Arena-Taschenbuch
Band 50756

Weitere Titel in der Reihe »Die Pferde vom Friesenhof«:
Pferde, Sommer, Abenteuer
Sommerglück auf vier Hufen
Pferdefreundschaft für immer

Ebenfalls von der Autorin in der Reihe »Reiterhof Birkenhain« erschienen:
Ein Pferdesommer ohne Ende
Grenzenlose Pferdeliebe
Pferde sind die besten Freunde
Geheimnisse und Reiterglück

Margot Berger
begann ihre Journalistenlaufbahn als Redakteurin bei großen Tageszeitungen und Frauenzeitschriften. Die begeisterte Reiterin arbeitete dann als selbstständige Journalistin und Buchautorin in Hamburg. Sie starb im Oktober 2012.

Margot Berger

Ein Sommer voller Pferdeglück

Zwei Pferderomane in einem Band

Arena

1. Auflage als Limitierte Sonderausgabe im Arena-Taschenbuch 2015

Einband- und Innenillustration: Melanie Brockamp
Umschlagtypografie: KCS GmbH · Verlagsservice & Medienproduktion, Stelle/Hamburg
Sondergestaltung: komm Design/achkomm.com/Würzburg
Gesamtherstellung: Westermann Druck Zwickau GmbH
ISSN 0518-4002
ISBN 978-3-401-50756-9

www.arena-verlag.de
Mitreden unter forum.arena-verlag.de

Inhalt

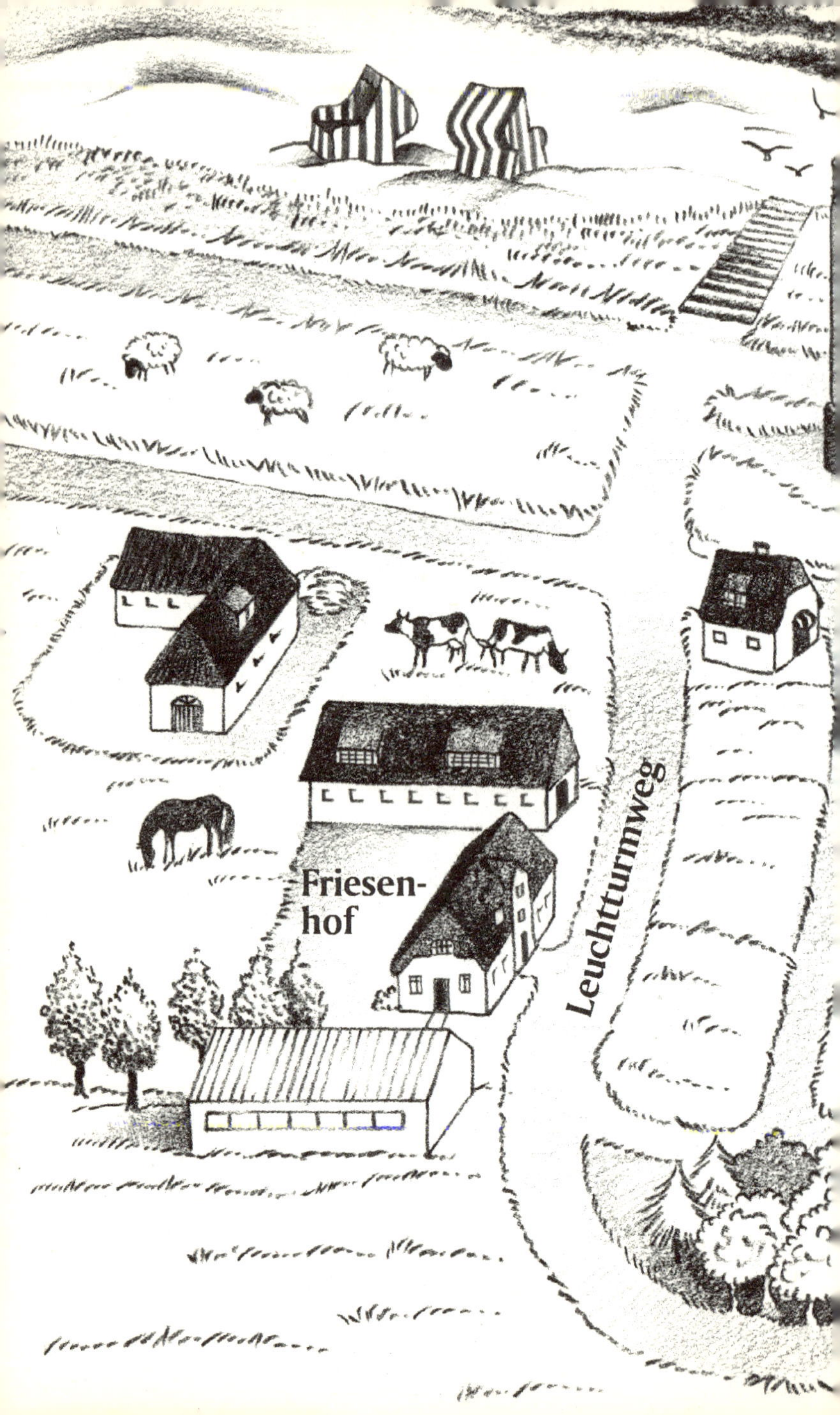
Friesen-
hof
Leuchtturmweg

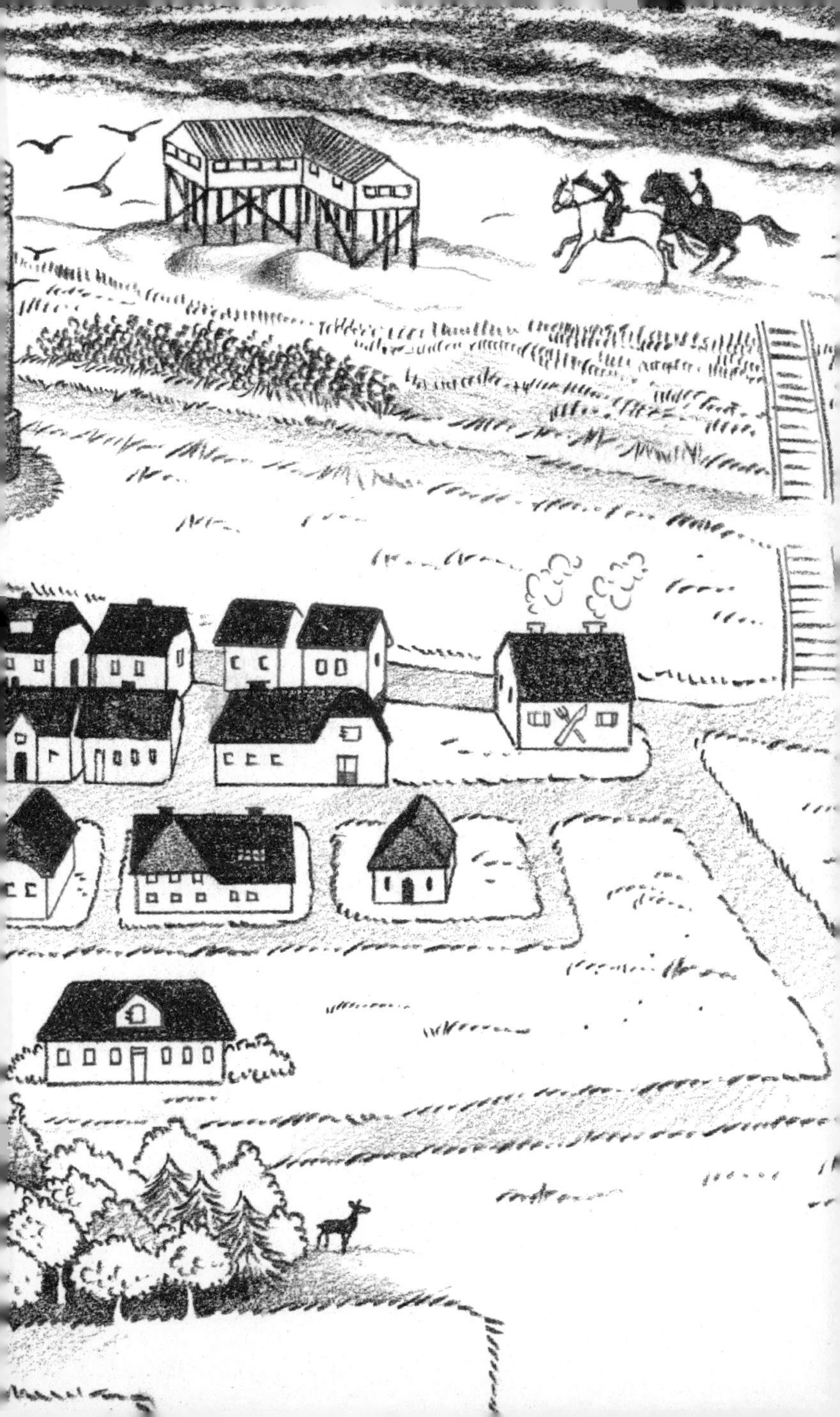

Es spielen mit:

Klara Lea

Lea Eichhorn (12) ist temperamentvoll und unbekümmert, ein richtiger Feuerkopf. Für alles zu haben, was Spannung verspricht. Manchmal schrammen Leas verrückte Abenteuer haarscharf an einer Katastrophe vorbei. Wenn es um Pferde geht, ist sie aber total zuverlässig.

Klara Eichhorn (13 ½) muss ihre wilde Schwester immer wieder bremsen. Meist schafft sie das, denn Klara ist die beste Streitschlichterin der Welt. Zumindest finden das ihre Eltern, die Tierärzte Meike und Markus Eichhorn. Es gibt wenig, das Klara auf die Palme bringt. Aber wehe, wenn Tiere schlecht behandelt werden ...

Auf dem Reiterhof der Familie Eichhorn ist ständig etwas los. Rätselhafte Ereignisse und spannende Abenteuer halten die Reiterinnen in Atem. Ohne fremde Hilfe läuft oft gar nichts. Ein Glück, dass auf diese fünf Mädchen aus Westerbüll stets Verlass ist:

Kim Behrens, die Spröde – bringt verzwickte Dinge auf den Punkt und tut unbeirrt, was sie für richtig hält.

Nelly Ingwersen, die Zuverlässige – ist die Tochter des Strandkorb-Vermieters, die anpackt, wenn Not am Mann ist. Nellys großer Bruder Niels ist für alles zu gebrauchen . . . und sooo süß.

Emma Hansen, die Ängstliche – muss sich mit krankhaft besorgten Eltern abplagen und heimlich zum Stall schleichen.

Mascha Mewes, die Lustige – kann auch mit Zicken umgehen und sie für alles begeistern.

Jette Jacobs, die Schlaue – lebt im Gasthaus »Wattenkrug«, wo die Gerüchteküche brodelt. Ihr Spürsinn ist unschlagbar. Logisch, dass Jette später zur Polizei will.

Wirbel um zwei Shettys

Inhalt

1. Kapitel
Der Schlittenhund dreht durch

Das hat es in meinem ganzen Leben noch nicht gegeben!«, rief der Direktor der Theodor-Storm-Schule den davonstiebenden Schülern nach. »Und das am ersten Tag nach den Sommerferien!«

Lachend und schreiend verteilte sich der wilde Schwarm auf dem Schulhof und stürmte dem Ausgang zu. Wie eine Bombe war soeben die Nachricht des Schulleiters eingeschlagen: »Das halbe Gymnasium von Westerbüll steht unter Wasser.« Rohrbruch.

Mindestens eine Woche würde man die Räume nicht benutzen können. Das bedeutete, dass die fünften, sechsten und siebten Klassen ihre Ferien verlängern durften – allerdings mit der Aufgabe, eine Hausarbeit über Hochwasser zu schreiben.

»Unser Glückstag, Emma!«, rief Lea Eichhorn, als sie mit ihrer Freundin zum Fahrradstand rannte.

Noch ahnten die Mädchen nicht, dass ihre Freude ein paar Stunden später einen Dämpfer erhalten sollte. Noch tanzte Lea begeistert herum. Ausgelassen pfefferte sie ihre Schultasche auf den Gepäckträger und hielt ihr Gesicht in den Nordseewind. Die Brise machte die brütende Wärme erträglich, die schon am Morgen über Westerbüll lag.

»Eine Woche länger bei unseren Pferden! Vielleicht kannst du endlich mit dem Reiten anfangen.« Lea gab ihrer Freundin Emma Hansen einen Knuff.

»Du kennst doch meine Eltern. Die mit ihrer Angst!«

Lea schwang sich aufs Rad und tippte sich an die Stirn. »Denen sagen wir nichts davon! Deiner Mutter erzählst du, dass du jeden Tag zu uns kommst, weil wir an dem Referat arbeiten.« Um eine Ausrede war Lea Eichhorn nie verlegen.

Sie kurvten durch das Fahrrad-Gewirr und riefen ihren Mitschülern Glückwünsche zum Wasserschaden zu. Lea und Emma nahmen den Weg über den Deich, weil dort mehr Wind ging. Am Leuchtturm bogen sie Richtung Reiterhof ab. Die Hitze nahm zu. Über dem Leuchtturmweg flirrte die Luft.

Behagliche Stille lag über dem Friesenhof, als die Mädchen dort eintrafen. Niemand war zu entdecken. Um diese Zeit hatten die Ferienkinder Reitunterricht auf dem Außenplatz.

»Beine am Pferd lassen!« Die Stimme von Markus Eichhorn, Leas Vater, dröhnte zu ihnen herüber. »An der langen Seite Tempo verstärken!«

Aus Süddeutschland waren noch Reiterkinder da, aber so ein Trubel wie im Hochsommer herrschte nicht mehr.

Vor dem Stall stellten die Mädchen ihre Räder ab. Lea hüpfte vor einem offenen Fenster hoch und spähte nach innen. Kein Pferd zu sehen. Das hieß, dass sie entweder auf der Weide grasten oder geritten wurden. Ihr Liebling Magic stand auch nicht in seiner Box. Der schöne Friese ging im Reitunterricht mit, wenn Lea Schule hatte. Sie seufzte. Schade, heute hätte sie Zeit für ihn gehabt.

»Dürfen wir ins Friesenzimmer?«, fragte Emma. Sie meinte eines der fünf Gästezimmer, die im Erdgeschoss des Friesenhofes lagen.

Lea nickte und schulterte ihren Rucksack. Wenn ein Raum unbewohnt war, durfte sie dort mit ihren Freundinnen übernachten.

Lea und Emma polterten ins Haus. Im Flur empfing sie angenehme Kühle. Sie rannten an der Küche vorbei ins Friesenzimmer, wo die Terrassentür weit offen stand. Warmer Wind strich herein und brachte den Duft von Heckenrosen mit.

Kaum hatten die Mädchen das Zimmer betreten, ging mit Emma Hansen eine wundersame Wandlung vor. Sofort flogen Schuhe und Hose in die Ecke. Emma zog einen Stoffbeutel unterm Bett hervor und räumte ihn aus. Mit Andacht stülpte sie sich eine zerkratzte Reitkappe auf den Kopf und zog eine abgewetzte Reithose an. Das durchgerittene Hinterteil kündete von vielen Stunden im Sattel.

Was Emma da anzog, waren Leas abgelegte Reitsachen. Emma nutzte jede Gelegenheit, die uralten Teile auf dem Friesenhof zu tragen.

Die Erklärung war einfach: Emma besaß keine eigene Reitkleidung. Das lag nicht daran, dass ihr dafür das Geld fehlte.

Nein, es lag einzig und allein an Emmas Eltern. Die hatten fürchterliche Angst, dass ihre Tochter anfing zu reiten.
Niemand verstand Emmas merkwürdige Eltern, nicht einmal die Erwachsenen. Besonders deshalb nicht, weil Emma zwei Shetlandponys besaß. Herkules und Helena hießen die Füchse, die der Opa ihr vor Jahren geschenkt hatte – zum Entsetzen der Eltern. Emma liebte die Ponys über alles, aber sie durfte sie nicht reiten. Ihre Eltern schwebten in tausend Ängsten, dass ihr etwas zustoßen könnte. Die Shettys standen auf einer Weide im Nachbardorf Sanderhörn.
Zufrieden sah Emma an sich hinunter, als sie umgezogen war. Über Spiele und Bücherstapel hinweg stieg sie zum Schrank und schob die Schiebetür auf. Sie kletterte hinein und kauerte sich mit angezogenen Knien auf den Boden: Emmas Lieblingsplatz. Wohlig grunzend langte sie zum Bücherberg und suchte einen Pferderoman aus.
»Wenn der Schlittenhund dich hier sehen könnte!« Lea lachte und warf Emma ein Kissen für den Rücken zu.
Der Schlittenhund – damit meinte sie Emmas Mutter, die eigentlich Angela Hansen hieß. Lea hatte ihr den Spitznamen verpasst, weil Frau Hansen gletscherblaue Augen hatte, eben wie ein Schlittenhund. Mit diesen hellen, aufmerksamen Augen überwachte sie ihre Tochter.
Emma verzog das Gesicht und vertiefte sich in ihr Buch. Lea warf sich aufs nächste Bett und nahm sich ein Pferdequiz vor.
Es dauerte nicht lange und Emmas Handy klingelte.
»Deine Mutter«, prophezeite Lea, ohne aufzusehen. »Sie hat herausbekommen, dass die Schule ausfällt, und will wissen, wo du steckst. Wetten?«

Emma meldete sich. Die vorwurfsvolle Stimme der Anruferin war so laut, dass sie bis zu Lea drang. »Meine Güte, Kind, ich höre eben, dass die Schule ausfällt. Wo steckst du denn?«

»Eins zu null«, bemerkte Lea.

Emma zog die Schultern hoch. »Wir sollen ein Referat ausarbeiten, Mama. In Gruppenarbeit.«

Dann bekam Lea nicht mehr alles mit. Ihre Freundin wirkte verstört.

»Wieso?«, sagte Emma mehrmals und zum Schluss: »Ja, Mama.«

Mit schweren Beinen stieg sie aus dem Schrank und zog sich mechanisch um.

»Was ist los?«, fragte Lea.

Emma zuckte die Schultern und hängte die Reithose über einen Bettpfosten. »Weiß nicht. Sie sagt, es gibt etwas Ernstes zu besprechen. Mama hat heute Nachmittag frei, mein Vater auch. Bestimmt ist etwas Schlimmes passiert.«

Emmas Eltern arbeiteten beide in einem Labor, in einem Forschungsinstitut. Lea fand, Emmas Mutter wirkte genauso keimfrei wie vermutlich ihr Arbeitsplatz. Außer Angela Hansen kannte Lea keine andere Frau, die aussah wie einer Tiefkühltruhe entstiegen.

Lea sprach ihrer Freundin Mut zu.

Doch Emma schüttelte den Kopf. »Da läuft etwas schief«, flüsterte sie und verließ mit steifen Beinen das Haus.

Sie sollte recht behalten. Als Emma einige Stunden später wieder auftauchte, sah sie noch bleicher und durchsichtiger aus als sonst. Lea saß mit ihrer Schwester Klara beim Essen,

als Emma mit gesenktem Blick an der offenen Küche vorbeischlich.
»Emma?«, rief Lea. Keine Reaktion.
Die Schwestern sprangen auf und liefen hinter ihr her zum Friesenzimmer, in dem Emma gerade verschwand. Abwesend streifte sie ihre Schuhe ab und stieg in den Kleiderschrank.
Lea und Klara wechselten ratlose Blicke. An ihr Kissen gelehnt saß Emma da und starrte vor sich hin.
Vorsichtig sprach Klara sie an. »Was ist passiert?«
Sie bekam keine Antwort. Als auch Lea nachfragte, brach Emma in Tränen aus.
»Unser Glückstag ist heute, hast du gesagt«, stieß sie hervor. »Dabei ist es ein Unglückstag.« Emma zitterte und schlang weinend ihre Arme um die Knie.
»Herkules und Helena«, flüsterte Emma mit erstickter Stimme. »Meine Eltern wollen sie verkaufen. Aus lauter Angst, dass mir etwas passiert, wenn ich bei meinen Ponys bin. Mama hat eine Anzeige aufgegeben. In einer Pferdezeitung.« Emma schluchzte auf und fuhr stockend fort: »Gestern hat jemand angerufen, der Herkules und Helena kaufen will. Er sucht zwei Shetty-Füchse und kommt extra aus Köln hierher.«
Lea stampfte auf, dass der Holzboden krachte. »So eine Schweinerei! Erst verbieten deine Eltern dir, Herkules und Helena zu reiten – und dann verkaufen sie die Shettys hinter deinem Rücken. Ohne dich zu fragen.« Empört marschierte Lea im Zimmer hin und her. »Das dürfen sie nicht! Nur über meine Leiche.«

»Über meine auch.« Klara ballte die Faust.
Dankbar blickte Emma zu den beiden hoch und wischte sich die Tränen ab. Die Mädchen vom Friesenhof waren echte Kumpels. Bevor Lea und Klara nach Westerbüll gezogen waren, durfte Emma ihre Ponys fast nie besuchen. Lea und Klara hatten Emmas Mutter so lange bekniet und ihr gut zugeredet, bis Emma regelmäßig zur Weide fahren durfte. Inzwischen durfte Emma sogar ab und zu bei Schulfreundinnen übernachten.
Lea kickte ihre Schuhe von den Füßen und quetschte sich gegenüber von Emma in den Schrank. Ihre Knie stießen aneinander. »Hast du wirklich alles versucht, deine Eltern umzustimmen?«
»Was denkst du denn?«, kam es gequält aus der anderen Schrankecke. »Aber Mama sagt, die Sache ist beschlossen. Shettys würden alt, dreißig oder fünfunddreißig Jahre, so lange könnten wir sie sowieso nicht behalten.«
Klara ließ sich auf den Boden fallen und zog einen Schreibblock aus dem Spielestapel. »Wann kommt der Typ aus Köln?«
»Am Wochenende. Oder am Montag.«
»Was? So bald? Heute ist schon Donnerstag.« Klara schlug den Block auf. »Das heißt, die Sache ist dringend. Wir brauchen einen genialen Plan. Wir müssen Helena und Herkules schnell in Sicherheit bringen.« Klara kaute an ihrem Kugelschreiber. »Ihr habt unverschämtes Glück, dass ihr nicht zur Schule müsst, wegen des Wasserrohrbruchs.«
»Sag ich doch.« Aufmunternd stieß Lea gegen Emmas Schienbein. »Ein Glückstag.«

Aus feuchten Augen sah Emma ihre Freundin an. »Du hast Nerven.«
»Keine Panik. Deine Shettys bleiben hier. Die verstecken wir.«
Klara nickte. Obwohl sie die Besonnenere der beiden Schwestern war, stand auch für Klara fest, dass sie Emma unterstützen musste. Ungerechtigkeiten hasste sie. Und war das vielleicht keine Ungerechtigkeit, einem Mädchen grundlos die Ponys wegzunehmen? Echte Gründe waren für Klara, dass der Pferdebesitzer krank wurde oder arbeitslos und kein Geld für Boxenmiete, Futter und Tierarzt übrig war.
Das alles war nicht der Fall. Nur weil Emmas Eltern einen Sicherheitstick hatten, sollten zwei glückliche Shettys und eine glückliche Emma unglücklich werden?
Klara schrieb »gute Verstecke« auf die erste Seite.
»Wir brauchen einen Unterschlupf. Bei uns auf dem Friesenhof geht es natürlich nicht, da fragen deine Eltern zuerst nach. Also wo?«
»Auf einem anderen Reiterhof?«, schlug Emma vor.
Lea winkte ab. »Vergiss es. Die werden misstrauisch, wenn wir ohne Erwachsene kommen und zwei Shettys unterstellen wollen.«
Klara gab ihr recht. »Was wir brauchen, ist ein richtiges Geheimversteck. Ein Ort, auf den niemand kommt. Am besten eine einsame Weide mit vielen Pferden, zwischen denen deine Ponys nicht auffallen.«
»Island«, sagte Emma. Seit sie den Shetty-Rettungsplan austüftelten, fühlte sie sich wohler.

Klara lachte. »Wäre perfekt. Nur zu weit. Außerdem brauchen wir als Versteck eine Gegend, in der wir uns auskennen. Und nicht zu weit entfernt. Aber eine Insel wäre nicht schlecht. Es gibt doch genug vor unserer Nase. Sylt und Föhr und Amrum.«

Klara malte Pferdeköpfe auf den Block und sinnierte weiter. »Amrum ist gut. Lea und ich waren schon mal dort, mit der Schule. Damals, als wir noch in Hamburg wohnten.«

Emma horchte auf, sackte dann aber erneut in sich zusammen. »Wie sollen wir denn zwei Ponys auf eine Insel bringen? Das hat doch alles keinen Sinn.«

Klara blickte sie streng an. »Gib gefälligst nicht gleich auf, Emma. Den Transport kriegen wir hin. Wozu kennen wir Niels Ingwersen?«

Der siebzehnjährige Sohn von Strandkorb-Vermieter Ingwersen war Klaras großer Schwarm. Niels sah klasse aus mit seinem sonnengebräunten Gesicht und den weißblonden Haaren, ausgebleicht von Wind und Salzwasser. Er durfte schon Auto fahren, seinen Führerschein hatte er bei einem Schüleraustausch in den USA gemacht.

Lea hustete bedeutungsvoll. Sie verzichtete aber auf einen Kommentar, um den roten Faden nicht zu verlieren. Sie grübelte. »Stört mich nicht, ich hab es gleich«, murmelte sie. Man sah ihr an, dass sie eine Idee verfolgte.

Plötzlich sprang sie aus dem Schrank und stürzte auf den Flur. »Wartet, ich hole etwas aus meinem Zimmer!«, rief sie und kam kurz darauf mit einer prall gefüllten Mappe zurück, die sie auf den Boden warf. Sie suchte darin und scherte sich nicht darum, dass die Seitenteile einrissen. Schließlich hielt

Lea eine Karte von Amrum in der Hand, die sie triumphierend auf dem Fußboden ausbreitete.
Emma stieg aus dem Schrank und beugte sich mit Klara darüber.
»Was hast du vor?«, fragte Klara.
Lea fuhr mit dem Finger über die grünen Flächen entlang des Deiches. »Das sind Wiesen und Weiden. Den ganzen Sommer stehen dort Kühe mit Kälbern. Und Islandpferde mit Fohlen. Die Kühe sind rotbraun, die meisten Isländer sind Füchse. Dazwischen fallen rotbraune Shettys überhaupt nicht auf.«
Klara pfiff durch die Zähne. »Nicht dumm. Das wäre ein super Versteck. Zumindest für ein paar Tage.«
Emma war hin- und hergerissen zwischen Niedergeschlagenheit und Hoffnung. »Aber wir können Herkules und Helena doch nicht einfach auf Amrum aussetzen und zurückfahren. Wer weiß, was passiert, wenn man sie entdeckt? Nein, das geht nicht.«
Lea starrte sie an. »Wer spricht denn von zurückfahren? Wir bleiben natürlich auf Amrum. So lange, bis deine Eltern einsehen, dass sie dir die Shettys nicht wegnehmen dürfen.«
»Ach ja?« Emma war platt.
»Wen meinst du mit ›wir‹?«, wollte Klara wissen.
Lea griff zum Stift und markierte auf der Karte den Dünenort Norddorf mit den Isländerweiden. »Ich meine Emma und mich. Ist doch logisch. Du musst ja zur Schule, Klara.«
»Wie willst du unseren Eltern klarmachen, dass du verreist? Und vor allem Emmas Eltern? Hast du überhaupt Geld?«
Mit einer ärgerlichen Handbewegung tat Lea die Frage ab.

»Darum kümmern wir uns später. Erst zu Amrum. Dort kenne ich jemand seit unserer Klassenreise, ein Mädchen . . .«
Lea berichtete von Frauke, die zwei Jahre älter war als sie. Mit Fraukes Mutter hatte die Klasse jeden Tag Sport am Strand gemacht. Lea hatte sich mit Frauke angefreundet und später noch mehrmals mit ihr telefoniert. Erst durch Eichhorns Umzug war der Kontakt eingeschlafen. Aber Fraukes Telefonnummer gab es noch, die war auf den Rand der Karte gekritzelt.
»Ich wette, wir können bei Frauke übernachten. Ihre Mutter ist einsame Spitze. Sie verlangt bestimmt kein Geld von uns, wir müssen nur die Fähre bezahlen.« Lea zog ihr Handy hervor und rief auf Amrum an.
»Kein Anschluss unter dieser Nummer«, schnarrte eine Frauenstimme vom Tonband.
»Mist.« Lea steckte das Handy wieder ein, aber sie verlor nicht den Mut. »Ich weiß genau, wo Frauke wohnt. Unsere Klasse hat sich jeden Tag vor ihrem Haus getroffen, direkt an den Dünen. Der Straßenname fing mit Fleg. . . an, wir haben immer Flegelweg gesagt. Da stehen nur wenige Häuser.«
Lea beugte sich wieder über die Karte und studierte die Straßennamen. Auf dem Übersichtsplan waren nur Hauptstraßen vermerkt, der gesuchte Weg war nicht dabei. »Egal, die Straße finde ich garantiert. Bei Frauke können wir auch ohne Anmeldung übernachten.« Lea breitete die Arme aus und sah Emma an. »Zur Not bleiben uns die Strandkörbe. Oder das graue Haus.«
»Graues Haus? Klingt gruselig. Was ist das?«

Klara lachte. »Keine Sorge, Emma. Das ist ein altes Hotel. Hundert Jahre alt, längst geschlossen. Liegt in den Dünen, in der Nähe des Schullandheims. Das Holz ist vom Seewind ausgebleicht und deshalb ganz grau. Ich finde es sehr romantisch.«

Emma zog den Kopf ein. Man sah ihr an, dass sie nicht sicher war, ob die Insel das richtige Versteck war.

Klara wägte ab, ob ihre Schwester und Emma die Fahrt nach Amrum wagen konnten. Amrum war eine gemütliche Familieninsel. Und nicht weit entfernt von Westerbüll. Mit dem Auto eine Stunde bis zur Fähre. Was sollte schon passieren? Das einzige Risiko war, dass Lea und Emma nicht bei dieser Frauke schlafen konnten. Andererseits – selbst wenn die Mädchen eine Nacht im grauen Haus verbringen müssten, wäre das nicht schlimm im Sommer.

Klara stupste Emma aufmunternd an. »Also abgemacht? Nach Amrum?«

Emmas Gesicht war ein einziger Zweifel. Sie suchte Ausflüchte, drehte und wand sich wie ein Wurm, schließlich wollte sie die Sache auf morgen verschieben. Lea platzte der Kragen. »Emma! Wir haben nicht Lichtjahre Zeit. Der Käufer für deine Shettys kommt bald!«

Fahrig strich Emma über ihr schmales Gesicht. Sie fühlte sich von Lea und Klara in die Zange genommen.

Emma stellte sich vor, wie ihre Eltern in Panik gerieten, wenn sie merkten, dass sie verschwunden war. Besonders ihre Mutter. Die würde ganz Westerbüll verrückt machen, Himmel und Hölle in Bewegung setzen, um sie zu finden.

»Du musst auch mal deine eigenen Wünsche durchsetzen«,

sagte Lea. »Der Schlittenhund hält dich wie in einem goldenen Käfig.«

Emma schniefte kläglich. »Aber er – ich meine sie – meint es doch nur gut mit mir.«

Sie steckte in einem Zwiespalt. Emma liebte ihre Shettys mehr als alles auf der Welt. Ihnen vertraute sie Geheimnisse an, die sie keinem Menschen sagen mochte. Die Angst, ihre Ponys zu verlieren, schnürte Emma die Kehle zu. Andererseits wollte sie ihre Eltern nicht in Panik versetzen.

Lea raufte sich die Haare. »Wie willst du sonst verhindern, dass Herkules und Helena verkauft werden – außer durch Flucht? Meinst du, du kannst deine Eltern doch noch überreden, die Shettys zu behalten?«

Stumm schüttelte Emma den Kopf. Sie sah zu Boden und war froh, als ihr Handy klingelte.

»Deine Mutter«, sagte Lea voraus.

»Ja, ich komme, Mama«, sprach Emma ins Telefon. »In fünf Minuten. Ja, ich bin vorsichtig.«

Klara seufzte. »Dein Handy ist wie eine Fessel. Stell das blöde Ding doch ab, Emma.«

»Darf ich nicht.«

2. Kapitel
Falsche Fährten

Als Emma gegangen war, rief Lea ihre Freundinnen aus der Parallelklasse an. Jette, Nelly und Mascha hatten wegen des Wasserschadens ebenfalls schulfrei.

Voller Wut über Emmas Eltern radelten die drei zum Friesenhof, wo sie sich im Friesenzimmer die Köpfe heißredeten.

Jette, die Jüngste von ihnen, übernahm das Kommando. »Das Wichtigste: Emma und Lea brauchen einen Vorsprung. So lange wie möglich müssen wir vertuschen, dass sie mit den Ponys ausgebüxt sind.«

Im Fall von Lea war das kein Problem. Sie durfte oft woanders schlafen, ohne dass ihre Eltern groß nachfragten.

Aber Emma! Ständig spionierten Mutter und Vater hinter ihrer Tochter her. Wenn sie bei anderen übernachtete, verlangten die Hansens andauernd Lebenszeichen.

»Wenn Emmas Eltern merken, dass ihre Tochter untergetaucht ist, setzen sie alles in Gang: Polizei, Spürhunde, Hubschrauber, Fernsehen, Rundfunk. Einfach alles«, befürchtete Lea. »Darum dürfen die Hansens auf keinen Fall ahnen, dass wir weg sind.«

Sie brauchten falsche Alibis. Ein Netz aus Terminen, Treffpunkten und Vertuschungsmöglichkeiten.

Jette Jacobs wurde zur Chefplanerin bestimmt. Das scharfsinnige Mädchen mit dem dunklen Haar war die geborene Detektivin. Wenn es in Westerbüll nach Abenteuer roch, war Jette Jacobs dabei.

Im Fall »Herkules und Helena« musste Jette allerdings nicht aufklären, sondern falsche Spuren legen.

Auf jeden Fall wollten die Mädchen, die in Westerbüll blieben, die folgenden Nächte zusammen verbringen. Jeden Tag in einem anderen Haus. Wenn sie nach Emma gefragt würden, wollten sie behaupten, dass die gerade mit Lea eine Radtour machte. Bei den Gasteltern würde man ständig für Unruhe sorgen – klingeln, kommen und gehen, durcheinanderreden und telefonieren, zur Tarnung Baseballkappen und Sonnenbrillen aufsetzen. Niemand merkte dann, ob drei, vier oder fünf Mädchen zu Besuch waren. Und ob Emma dabei war oder nicht.

Jette hatte reichlich Ideen, wie sie Emmas Mutter auf falsche Fährten locken konnte.

Emma sollte ihren Hausschlüssel und verschiedene Zettel mit Notizen bei den Mädchen hinterlassen. Klara würde die Briefe heimlich in Hansens Wohnung bringen, wenn Emma auf Amrum war. Jette wollte Emmas Rad bei sich verstecken,

auch den Fahrradhelm und die auffällige Leuchtweste. Jette hatte vor, als Emma-Doppelgänger durch den Heckenrosenweg zu fahren.
Klara notierte alle Täuschungsmanöver und steckte den Block ein. »Und nun zum Transport der Ponys . . .«
Nelly Ingwersen grinste. »Gib zu, Klara, du hast schon einen Fahrer im Auge. Vielleicht meinen Bruder Niels?«
Klara ärgerte sich, dass sie automatisch rot wurde, wenn die Sprache auf Niels kam.
»Niels ist der Einzige mit Führerschein«, sagte sie schnell und trat an die offene Terrassentür. Ihr glühendes Gesicht musste nicht jeder sehen. »Ich meine, Niels ist der Einzige, den wir einweihen können.«
Normalerweise verpasste auch Lea keine Gelegenheit, ihre große Schwester mit dem »schönen Niels« aufzuziehen, doch jetzt hielt sie das für Zeitverschwendung. Ein weiteres Problem musste gelöst werden. Sie brauchten eine perfekte Tarnung für die Flucht nach Amrum, da sie nicht einfach mit zwei Ponys auf die Fähre spazieren konnten. Falls später nach ihnen gesucht wurde, würden sich zu viele Leute an sie erinnern. Zwei Mädchen mit Ponys sieht man nicht alle Tage auf einem Schiff. Vielleicht trafen sie sogar Leute aus Westerbüll.
Lea blickte in die Runde. »Überlegt euch, womit wir die Shettys befördern wollen. Am besten wäre ein Pferdehänger, darin sieht man die Ponys nicht. Aber woher nehmen? Vom Friesenhof können wir keinen ausleihen, das fällt sofort auf.«
Nelly Ingwersen wusste Rat. Ihr Bruder Niels konnte den passenden Anhänger mitbringen. Zu Hause standen genug

bereit. Damit transportierte Nellys Vater Strandkörbe. Manchmal liehen Bauern Anhänger von ihm aus, um ein Kalb zu befördern. Was für Kälber passend war, musste auch für Shetlandponys möglich sein.

Am frühen Donnerstagabend stand der Plan »Versteck auf Amrum«. Jetzt kam es nur noch auf Emma an. Sie hatte die härteste Nuss zu knacken. Sie musste ihre Eltern dazu bringen, sie einige Tage fortgehen zu lassen. Ein Vorsprung für die Flucht auf die Insel.

In Hochstimmung fuhren die fünf vom Friesenhof zu Emma. Sie wohnte nur einen Steinwurf weit entfernt, jenseits der Kuhweide, am Heckenrosenweg 5.

Emma war im »Haus Heckenrose« zu Hause, einem eleganten Gebäude mit Markisen aus weißem Lack. Obwohl ihre Wohnung ganz oben lag, im zweiten Stock, hatten Hansens an jedem Fenster ein Eisengitter mit messerscharfen Spitzen anbringen lassen.

Ganz Westerbüll machte sich darüber lustig. Es sah so aus, als fürchteten Hansens, jemand könnte mit dem Hubschrauber auf dem Dach landen, um die gesamte Familie zu kidnappen. Hansens Wohnung wirkte von außen wie ein Luxusgefängnis. So etwas Ähnliches war sie ja auch für Emma.

Emmas Zimmer ging zur Straße hinaus. Meistens genügte es, wenn man pfiff oder rief, um auf sich aufmerksam zu machen.

Jette steckte zwei Finger in den Mund und stieß einen gellenden Pfiff aus. Die fünf Mädchen lehnten sich an ihre Fahrräder und starrten nach oben, aber Emma erschien nicht am Fenster.

Stattdessen ging an der Seite das Küchenfenster auf. Im Rahmen erschien Frau Hansen. Emma schlüpfte an ihrer Mutter vorbei in die Fensteröffnung und winkte schwach nach unten. Besitzergreifend legte Frau Hansen den Arm um ihre Tochter.

»Der Schlittenhund ist aus der Tiefkühltruhe gekrochen«, flüsterte Lea den anderen zu. Laut rief sie nach oben: »Es geht um das Referat über Hochwasser. Wir wollten das mit Emma besprechen.«

»Jetzt?«

»Ja, wir müssen am Wochenende damit anfangen.«

Nach kurzem Wortwechsel rief die Mutter nach unten: »Emma kommt gleich! Aber nur kurz, das Abendessen steht auf dem Tisch.«

»Na, kalt wird es auf jeden Fall nicht«, sagte Lea leise. »Bei Schlittenhunden gibt es gefrorenes Rentierfleisch, wenn ich mich nicht irre.«

Nelly kicherte. »Genau. Das hat Frau Hansen persönlich im Labor auf Pest und Cholera untersucht.«

Im Schneckentempo kam Emma die Außentreppe heruntergeschlichen. Lea ließ ihr Rad fallen und rannte ihrer Freundin entgegen.

»Wir haben alles perfekt geplant. Samstag fahren wir mit Niels zur Fähre nach Amrum.«

Emma ließ sich auf die unterste Stufe fallen und stützte den Kopf in die Hände. »Bestimmt werde ich seekrank.«

Klara, Nelly, Mascha und Jette schoben ihre Räder heran und bildeten einen Halbkreis um die Treppe. Enttäuscht sahen sie auf Emma hinunter, die keine Begeisterungsschreie ausstieß, wie sie es erwartet hatten. Empört baute sich Lea vor Emma auf.

»Die kurze Fahrt! Da wird keiner seekrank. Stell dich nicht so an.«

Emmas Augen schimmerten feucht. »Ich schaffe das nicht. Meine Eltern merken todsicher etwas. Die Sache geht schief.«

Lea hatte nicht wenig Lust, ihre Freundin zu packen und durchzuschütteln. Doch Emma tat ihr leid, wie sie so jämmerlich von der Treppe zu ihr hochblickte.

»Ich hab vorhin alles versucht, aber meine Eltern lassen sich nicht umstimmen. Sie meinen, es wäre das Beste für mich, wenn Herkules und Helena verkauft werden.«

Lea nickte grimmig. »Deine Eltern meinen, für sie selbst ist es das Beste. Denk doch mal logisch: Wenn du keinen Grund mehr hast, allein zur Weide zu fahren, können sie dich total überwachen.«

Jette packte Emmas Fußknöchel. »Als Nächstes kaufen sie dir eine Fußkette mit Eisenkugel, wie in alten Filmen. Natürlich vergoldet.«

Emma zog ihre Beine zurück und legte den Kopf auf die Knie. Ihre Arme hingen matt hinunter. »Wenn wir nach Amrum fahren, gibt es viele Geheimnisse und Lügen. Ach, Lea, bring du doch Herkules und Helena in Sicherheit. Jette soll mitfahren. Oder Nelly und Mascha.«

Welch ein merkwürdiger Vorschlag!

Verdutzt sahen sich die angesprochenen Mädchen an. Lea war wie vor den Kopf geschlagen. Dann fauchte sie ihre Freundin an: »Es sind deine Ponys, Emma Hansen! Deine, nicht unsere. Vielleicht willst du Herkules und Helena in Wahrheit gar nicht behalten? Bist ganz froh, dass sie weg sind? Dann hast du immer eine gute Ausrede, warum du nicht reiten kannst. Wahrscheinlich hast du nur Angst davor.«

Emma sprang auf und trommelte mit den Fäusten auf Lea ein. Tränen liefen über ihr Gesicht. »Du bist gemein! Du weißt, dass ich die beiden behalten will.«

Klara mischte sich ein. »Den Eindruck machst du wirklich nicht, Emma. Wir spielen für dich Theater, um dir zu helfen. Und zwar gerne. Aber du bist die Hauptdarstellerin. Ohne dich läuft nichts.«

»Pst!«, zischte Nelly.

Vom Bürgersteig kamen zwei Urlauber mit Strandtaschen, bahnten sich einen Weg durch die Fahrräder und stiegen die Haustreppe hinauf. Verstohlen sahen sie sich nach der Gruppe mit dem weinenden Mädchen um.

Emma linste zu Klara hoch und wischte sich über das Gesicht. »Hauptdarstellerin?«, schluchzte sie. »Ich kann doch nichts.«

»Das redet dir der Schlittenhund ein«, sagte Lea ungerührt. »Beweis deinen Eltern, wie gut du auf eigenen Füßen stehen kannst.«

»Und deine Shettys auf eigenen Hufen.« Mascha zog eine Grimasse, um die anderen zum Lachen zu bringen. Es gefiel ihr nicht, dass das Gespräch eine so unerfreuliche Richtung nahm. Andererseits durfte sich Emma nicht vor dem Mitmachen drücken.

Allmählich fing sich Emma wieder. Sie putzte sich die Nase.

»Ich verderbe immer alles. Weil ich ein blöder Angsthase bin.«
Lea regte sich ebenfalls ab. »Musst ja kein blöder Angsthase bleiben. Sieh zu, dass du morgen von deinen Eltern grünes Licht für die nächsten Tage kriegst. Dann holen wir die Ponys Samstag früh bei Bauer Bosse ab und fahren los.«

3. Kapitel
Nichts wie weg!

Emma ließ ihren gepackten Rucksack nicht aus den Augen, während sie unter der Aufsicht ihrer Mutter Bio-Müsli löffelte.

Es war der ersehnte und gefürchtete Samstagmorgen. Emma war überzeugt, wenn sie noch eine einzige Haferflocke aß, würde ihr Magen rebellieren. Der muckte sowieso schon. Kein Wunder, wenn man total übermüdet war. Die ganze Nacht hatte sie sich gewälzt und an das Abenteuer gedacht, das sie heute erwartete. Emma hatte sich dazu durchgerungen: Sie würde erst wieder heimkehren, wenn ihre Eltern nachgaben.

Stöhnend legte sie den Löffel neben die Schüssel. Mit der Serviette tupfte sie sich den Schweiß von der Stirn, an dem nicht der warme Morgen schuld war, sondern ihr Reisefieber.

»Iss, Kind. Wer weiß, was du bei Nelly bekommst. Ich packe dir noch ein paar Haferflocken-Riegel ein.« Frau Hansen griff nach dem Rucksack.

»Nein.« Emma sprang so heftig auf, dass der Löffel zu Boden fiel. Dann riss sie sich zusammen und nahm ihrer Mutter den Rucksack ruhig aus den Händen. »Die anderen lachen über mich, wenn ich so viel mitbringe«, sagte sie und presste das Gepäck an sich.

Nicht auszudenken, wenn ihre Mutter einen Blick hineinwerfen würde! Dann wäre Amrum gestorben.

Emma wurde schwindlig, wenn sie an den Briefumschlag im Rucksack dachte. Darin steckte heiße Ware. Zum Beispiel Fotokopien der Pferdepässe. Klara meinte, die brauchten sie, falls jemand sie verdächtigte, die Shettys gestohlen zu haben. Und dann waren da die Täuschungsbriefe, die Klara später in Hansens Wohnung schmuggeln wollte.

Außerdem befand sich Geld in der Vortasche, verdächtig viel. Sämtliche Scheine, die Emma kürzlich zu ihrem zwölften Geburtstag bekommen hatte. Ihre Eltern dachten, das Geld hätte sie längst zur Bank gebracht. Aber ein sechster Sinn hatte Emma davon abgehalten.

Prüfend glitten Frau Hansens gletscherblaue Augen über ihre Tochter. »Es gefällt mir gar nicht, dass du tagelang wegbleibst. Aber ich kann es dir wohl nicht abschlagen. Wegen der Schularbeiten – und weil du in der Sache mit den Ponys einsichtig warst.«

Emma horchte auf. Hörte sie etwa heraus, dass es möglich war, ihre Mutter umzustimmen? Gab es eine letzte Chance? Flehend sah sie ihr in die Augen.

»Ich will aber nicht, dass Herkules und Helena verkauft werden. Sie sind meine liebsten Freunde. Wenn ich sie behalten darf, verspreche ich alles, was du willst.«
Frau Hansen schüttelte den Kopf. »Nein, Kind. Ich komme um vor Sorgen, wenn du bei den Pferden bist.«
Seufzend stand Emma auf. Es war nicht auszuhalten mit der Angst ihrer Mutter. Nicht nur, wenn es um Pferde ging, immer. Gestern zum Beispiel hatte sie Emmas schwarze Lieblingshose und ein cooles schwarzes Hemd weggeworfen. Angeblich bekam man Allergien von der Farbe. Sie hatte Emma ungefärbte T-Shirts mitgebracht. Scheußlich.
Emma setzte den Rucksack auf und griff zum Fahrradhelm. Sie musste das Pony-Rettungsprogramm durchziehen. Sollen sich meine Eltern doch Sorgen machen, dachte sie trotzig. Dann begreifen sie vielleicht, wie wichtig es mir ist, die Shettys zu behalten.
Ihre Mutter drückte sie an sich, als gälte es, Emma vor dem Ertrinken zu retten. »Hoffentlich bekommst du kein Heimweh. Ich vermisse dich jetzt schon. Papa auch, soll ich dir sagen. Er wurde ganz früh ins Labor gerufen – eine Panne.«
Rasch löste sich Emma aus der Umarmung und verließ die Wohnung, ehe sie wieder weich wurde.
Mit klopfendem Herzen ging sie die Treppe hinunter.
Sie ließ eine Hand über das kühle Stahlgeländer gleiten, ihre Finger zitterten.
Wenn ich ein Buch über meine Flucht schreiben würde, überlegte Emma und steckte ihre Hand in die Tasche, würde meine Hauptperson ihr Zimmer mit Himbeersirup übergießen, bevor sie geht – um ihren Eltern eine Lehre zu erteilen.

Sie seufzte. Sie befand sich nun mal in der Wirklichkeit und da goss man keinen Saft über teure Möbel. Aber Lea hätte es sicher getan.

Der Heckenrosenweg lag in beschaulicher Ruhe, als Emma um halb acht von zu Hause losfuhr. Als sie den Seehundweg erreichte, nahm sie ihren Fahrradhelm ab. Auf keinen Fall durfte sie vergessen, ihn gleich Jette zu geben.

Emma bog auf den Friesenhof ein, um Lea abzuholen. Gerade schob Markus Eichhorn eine Schubkarre aus dem Stall. Erschreckt zog Emma die Handbremse, sie wusste nicht, wie sie sich verhalten sollte. Ihr nervöser Magen meldete sich.

Doch Markus Eichhorn hob nur die Hand und rief ihr zu: »Freut mich, dass ihr zusammen übernachten dürft. Hast du deine Eltern doch herumgekriegt!« Grüßend verschwand er um die Ecke.

Emma sah ihm nach. Merkwürdig, dachte sie, dass ich ihm gegenüber ein schlechtes Gewissen habe.

Von der Weide stürmte Lea heran. Ein ausladender Rucksack hüpfte auf ihrem Rücken auf und ab.

»Ich musste mich noch von Magic verabschieden«, sagte sie atemlos. »Klara kümmert sich um ihn, bis wir zurück sind. Und jetzt nichts wie weg!«

Sie klemmte sich hinter Emma auf den Gepäckträger und dirigierte sie über den Leuchtturmweg zu einer Parkbucht am Deich. Der kleine Parkplatz lag an der Straße nach Sanderhörn.

Dort wartete Niels Ingwersen in einem Auto mit Anhänger. Auf der Rückbank rutschten Nelly und Jette aufgeregt hin und her.

»Sie kommen!«, rief Nelly.
Mit einem Ruck flogen die Autotüren auf. Beim Aussteigen verhakten sich Nelly und Jette fast in den Henkeln der Eimer, die zwischen ihren Füßen standen. Sie liefen dem Fahrrad entgegen.
Jette nahm Emma Rad und Schutzhelm ab. »Ich beneide dich glühend«, sagte sie zu Emma. »Toi, toi, toi.«
»Wollen wir tauschen?«
»Emma – bitte«, sagte Lea streng und zog sie ins Auto.
»Moment.« Hastig öffnete Emma ihren Rucksack und übergab Jette den Briefumschlag mit Hausschlüssel und Täuschungszetteln, bevor sie die Tür zuzog.
Nelly drückte ihre Nase an die Autoscheibe. »Denkt daran – jeden Tag um Mitternacht ruft ihr von Amrum bei uns an.«
Da fuhr Niels Ingwersen schon an.
Nach Sanderhörn waren es nicht einmal zehn Minuten. Bauer Bosse ahnte nicht, dass sie kamen. Auf seinem Bauernhof konnte man ohne Anmeldung erscheinen, auch frühmorgens.
Bosses Hof lag am Ortseingang von Sanderhörn. Niels lenkte den Wagen mit dem Anhänger in die Einfahrt und parkte am Ende des Hofs. Im Kuhstall hörte man jemand rumoren. Lea und Emma atmeten tief durch, ehe sie ausstiegen, um mit Bauer Bosse zu sprechen – die erste große Herausforderung.
Niels blieb im Wagen sitzen und zog seine Baseballkappe in die Stirn. Zwar kannte ihn Bauer Bosse nur flüchtig, aber er wollte nicht riskieren, dass der ihn erkannte und ansprach.

Im Stall stand der Bauer über die Futtergasse gebeugt und spritzte sie mit Wasser ab, als die Mädchen hereinkamen. Bosse neigte den Kopf zur Seite und hörte zu, während er mit einer Hand den Wasserschlauch hielt und mit der anderen schrubbte. Bedächtig nickte er, als er hörte, dass die Ponys bis zum Verkauf auf dem Friesenhof untergestellt werden sollten.

»Habe schon von deinen Eltern erfahren, dass die Shettys verkauft werden. Ich kann sie verstehen. Aber für dich, Emma, tut es mir leid.«

Emma hob stumm die Schultern und wandte sich ab, um ihre Tränen zu verbergen.

»Könnt ihr die Ponys allein verladen?«, wollte Bauer Bosse wissen.

Er schien zu glauben, dass Herr Eichhorn im Auto wartete. Der Bauer blickte zu Lea, von ihr erwartete er offenbar Sachverstand.

»Kein Problem.«

»Vergesst die Putzbox nicht. Und die Decken!«, rief der Bauer hinter den Mädchen her.

»Geht klar.«

Lea und Emma drückten sich fest die Hände, als sie wieder draußen standen. Eine Hürde war geschafft.

Sie liefen über die Weide, wo die rotbraunen Shettys inmitten der Kuhherde standen. Die Ponys waren kugelrund, viel zu dick. Herkules und Helena fraßen unentwegt, sie guckten erst hoch, als die Mädchen vor ihnen standen.

Emma befestigte die Führstricke und hockte sich zu den Ponys ins Gras. Sie kraulte Helena die Ohren, die kurz und plüschig aus der dicken Mähne ragten. Grummelnd rieb Helena ihren Kopf an Emma. Herkules leckte ihr liebevoll übers Gesicht. Emma lachte glücklich auf und umarmte ihre Ponys. »Nein, euch gebe ich nie her«, flüsterte sie. In diesem Moment wusste sie, dass es richtig war, in das Abenteuer Amrum zu starten.

Die Ponys trotteten mit den Mädchen zum Gatter, wo Lea stehen blieb, während Emma zum Stall lief, um Pferdedecken und Putzzeug zu holen. Bepackt bis zum Kinn kehrte sie zurück.

»Typisch meine Mutter«, kam es dumpf unter Massen von grünem Tuch hervor. »Wie kann man für Shetlandponys Pferdedecken kaufen? So etwas brauchen die nun wirklich nicht. Was machen wir jetzt damit?«

»Mitnehmen«, entschied Lea. »Für den Transport sind sie gar nicht schlecht. Im Hänger zieht es immer, sagt mein Vater, auch im Sommer. Warte, ich helfe dir. Wir legen sie Herkules und Helena auf.«

Es stellte sich heraus, das die Decken Kapuzen hatten, die den Shettys bis an die Ohren reichten. Nur die vorwitzigen kleinen Gesichter lugten hervor. Außerdem gab es noch durchscheinende Fliegenmasken, die über Ohren und Augen gezogen werden konnten.

»Vielleicht brauchen wir die komplette Tarnung auf dem Schiff«, sagte Lea. Zum Glück konnte man die Kapuzen aufrollen und festheften.

Niels hatte den Hänger geöffnet. Herkules und Helena trabten über die Verladeklappe hinein, als könnten sie es nicht abwarten, ihre erste Seereise zu unternehmen.

»Perfekter Pony-Hänger, Niels«, lobte Lea. »Du hast sogar das Heunetz aufgehängt.«
Jetzt aber nichts wie weg. Je schneller sie vom Hof verschwanden, desto besser.
Emma blickte nicht mehr nach hinten, als sie abfuhren. Sie wollte in Zukunft nur noch nach vorne schauen.
Dabei wäre ein Blick zurück gut gewesen. Dann hätte Emma nämlich Bauer Bosse entdeckt, wie er auf dem Hof stand und mit den Armen ruderte und winkte. Ihm war gerade eingefallen, dass bei ihm seit Jahren zwei Ledersättel für Herkules und Helena lagen, angeschafft von Emmas Opa. Emma wusste nichts von der Reitausrüstung. Bauer Bosse durfte ihr nie etwas davon sagen, das hatten Emmas Eltern verlangt. Aus Angst, dass Emma sonst heimlich reiten würde.
Als der Hänger nicht mehr zu sehen war, ließ Bauer Bosse die Arme sinken. Achselzuckend ging er zurück an seine Arbeit. Wenn er Zeit hatte, wollte er Hansens Telefonnummer heraussuchen und sie wegen der Sättel anrufen. Aber damit eilte es ihm nicht. Heute hatte er genug anderes zu tun. Vielleicht morgen.

4. Kapitel
Schottische Ponyhunde

Kurz darauf ließ das Gespann mit den Shetlandponys das Ortsschild von Westerbüll hinter sich. Niels hielt die Mädchen bei Laune, die vor Aufregung auf der Rückbank zappelten. Er erzählte ihnen, was er sich für die Ponybeförderung auf dem Schiff ausgedacht hatte. Aus Aluminiumrohren wollte er leichte Transportboxen zusammensetzen, die wie große Hundeboxen auf Rollen aussahen. Die Boxen sollten sie nach der Überfahrt irgendwo am Hafen von Amrum festketten und mit den Ponys zu Leas Freundin Frauke marschieren.

Emma drehte sich der Magen um, als sie von der umständlichen Aktion hörte.

»Willst du uns nicht lieber mit dem Hänger hinüberbringen und . . .«

Mitten im Satz stockte Emma. Ein silbergrauer Volvo stand

in einer Seitenstraße und blinkte nach rechts, also in ihre Richtung. Sofort brach Emma der Schweiß aus. Ihr Vater fuhr genau so ein Modell.

»Runter! Ich glaube, das war mein Vater.«

Mit einem Griff zog sie Lea neben sich in den Bodenraum und stieß die leeren Eimer um, die unten standen. Ängstlich lugte Emma zwischen den Sitzen hindurch zu Niels. »Kommt der Volvo hinter uns her?«

Niels warf einen Blick in den Rückspiegel. »Ja, jetzt setzt er zum Überholen an.«

»Das geht schief«, wisperte Emma. »Ist die Plane vom Hänger hinten offen?«

»Klar. Sollen deine Ponys etwa ersticken?«

Emma machte sich noch kleiner. »Mein Vater wird Herkules und Helena erkennen, auch von hinten. Gleich blinkt er und hält dich an, Niels.« Emma schluchzte. »Alles war umsonst.«

Niels verdrehte die Augen. Diese Emma Hansen! Welch ein Unterschied zu Lea. Oder zu seiner Schwester Nelly. Die beiden fürchteten sich vor nichts. Dabei waren sie kaum älter. Nelly und Lea gaben nie klein bei. Sie hätten ihren Vätern die Hölle heißgemacht, wären sie an Emmas Stelle gewesen.

»Schwachsinn! Deine Shettys sehen unter ihren grünen Decken aus wie Jagdhunde. Oder Kälber. Außerdem – hat dein Vater eine Hamburger Autonummer? Na also.«

Aufatmend rutschte Emma wieder nach oben. Sie pustete über ihre heiße Stirn und fühlte sich den Puls. »Kann man schon als Kind einen Herzschlag kriegen?«

Lea starrte sie an. »Normale Kinder nicht, aber du bestimmt.«

Der Rest der Fahrt verlief ohne Zwischenfälle – wenn man davon absah, dass Emmas Mutter einmal anrief.
Nach einer Stunde kündigte ein Schild den Fährhafen Dagebüll an. Sandbirken und Silberpappeln säumten die schnurgerade Straße.
Das letzte Stück fuhren sie am Deich entlang, auf dem Schafe in der Sonne grasten. Von Weitem erkannte man die hohen Kassenhäuschen vor dem Hafen.
Umsichtig reihte sich Niels in die Autoschlange ein, die langsam vorwärts kroch. Dann besann er sich anders, scherte aus und lenkte seinen Wagen auf den Parkplatz, wo sie alle ausstiegen.
Die Sonne brannte, der leichte Seewind milderte kaum ihre Kraft. Die Luft roch intensiv nach Nordsee und schmeckte nach Meersalz. Wellen schwappten müde an den Kai.
Mit Getöse schob sich eine weiße Autofähre an die Landungsmauer. An eisernen Pollern standen Arbeiter, fast am Abgrund, um das Schiff festzumachen.
»Am besten fragt ihr vorher nach den Preisen.« Niels zeigte auf das flache Gebäude, an dem »Abfertigung Amrum-Fähre« stand. »Kann sein, dass man Transportboxen anmelden muss.« Er griff ins Auto und holte die beiden Eimer hervor. »Bringt gleich Wasser mit zum Tränken. Ich kann leider nicht vom Auto weg.«
Die Mädchen nickten und stiefelten los. Aber vorher spähten sie in den Hänger. Die Ponys wurden unruhig. Herkules wieherte und scharrte mit den Hufen. Emma stieg auf die Stoßstange und strich beruhigend über die grünen Pferdedecken. »Gleich seid ihr in Sicherheit.«

Sie lief hinter Lea her, die ungeduldig die Tür zur Abfertigungshalle offen hielt.
Lea steuerte einen leeren Schalter an. »Nach Amrum. Zwei Kinder und zwei Hunde in Transportboxen. Nur Hinfahrt.«
Der Mann in schwarzer Uniform hatte seine Hand bereits nach den Tickets ausgestreckt, stockte aber. »Wieso Hunde in Transportboxen? Warum nehmt ihr sie nicht an die Leine?«
Sofort machte Emma einen Schritt zur Seite und umklammerte ihren Eimer wie einen Rettungsring. Dieser Art von Frage war sie nicht gewachsen. Das musste Lea übernehmen.
»Die regen sich leicht auf, wenn andere Hunde an Bord sind. Ich möchte sie lieber in den Transportboxen mitnehmen.«
Mit hochgezogenen Augenbrauen betrachtete der Mann das energische Mädchen mit dem schwarzen Zottelhaar und den schüchternen Blondschopf daneben.
»So einen Fall hatte ich noch nie. Sekunde, ich frage meine Kollegen.«
Er winkte zwei Männer heran, flüsterte mit ihnen und wandte sich dann wieder an Lea.
»Sind die Tiere gefährlich? Kampfhunde? Die dürfen nicht an Bord.«
»Nein, nein, unsere – äh – Hunde sind einfach groß.«
Leise berieten sich die drei Männer, dabei ließ der Uniformierte die Mädchen nicht aus den Augen. Er schien zu riechen, dass etwas faul war.
»Wo sind denn eure Eltern?«
»Die . . . die kommen später nach.«

»Sie lassen euch mit zwei Riesenhunden verreisen?«
Allmählich wurden die anderen Leute in der Schlange ungeduldig. Offenbar fürchteten sie, ihre Fähre nach Amrum zu verpassen.
Lea ärgerte sich schwarz über sich selbst. Warum hatte sie die Sache nicht vorher geklärt? Das fehlte noch, dass man sie hier für Ausreißer hielt.
Emmas Gesicht sah käsig aus. »Bitte, Lea, lass uns mit Niels zurück nach Hause fahren. Mit Herkules und Helena. Das geht schief hier.«
Lea fauchte sie leise an. »Was willst du? Dass der Schlittenhund deine Ponys verkauft? Dann siehst du sie nie wieder.«
Misstrauisch lehnte sich der Beamte gegen die gläserne Trennwand. »Was ist nun mit euren Eltern?«
»Ich, nein, ich meine wir. Wir . . .« Lea verhaspelte sich, fing sich aber wieder. »Draußen wartet unser großer Bruder, der fährt mit uns nach Amrum. Wir nehmen doch lieber Fahrkarten für Auto und Anhänger. Hin und zurück. Ein Erwachsener, zwei Kinder.«
Erleichtert über ihren Gedankenblitz ging Lea ans Fenster und klopfte an die Scheibe.
Niels blickte auf und winkte.
»Na gut«, brummte der Mann, der Leas Blick gefolgt war. »Dann brauche ich aber seine Wagenpapiere. Ich sage euch ungefähr, was es kostet.« Er warf einen abschätzenden Blick auf das Fahrzeuggespann und gab Daten in seinen Computer ein.
Als er den Preis nannte, verschlug es Lea und Emma die Sprache. Ungefähr zweihundert Euro sollten sie zahlen. Im

Geiste überschlugen die beiden ihre Reisekasse. Die Fähre würde die Hälfte ihres Geldes verschlingen. Unmöglich. Fieberhaft dachte Lea nach. Die Urlauber in der Schlange drängelten und machten ihrem Ärger Luft.
»Was kostet eine einzelne Fahrkarte für Zwölfjährige nach Amrum? Nur Hinfahrt?«, fragte Lea.
»Acht Euro.«
Das klang schon besser. Lea wechselte einen Blick mit ihrer Freundin.
Der Beamte sah den Mädchen an, dass sie angestrengt rechneten. »Auto, Hänger und Fahrer kosten allein fast zweihundert Euro«, erklärte er. »Kann euer Bruder die Hunde nicht doch ausladen und angeleint mit aufs Schiff nehmen? Hunde kosten nichts.«
Lea nickte. Emma zückte ihre Geldbörse und kaufte eine Rückfahrkarte für Niels und zwei einfache Tickets für Zwölfjährige. Von Anfang an hatte sie darauf bestanden, alles von ihrem Geburtstagsgeld zu bezahlen. Schließlich ging es um ihre Ponys.
Lea schnappte sich die Karten und zog Emma mit sich. Im Waschraum füllten sie die Eimer mit Wasser und schleppten sie ins Freie. Vor Brücke 2, wo die Fähre nach Amrum lag, parkte eine lange Reihe von Autos. Die Fahrer lehnten in den Wagentüren und warteten auf das Zeichen zum Losfahren aufs Autodeck.
Auf einem Gleis neben dem Schiffsanleger ratterte ein Zug bis zum Ende des Hafens. Quietschend kam die Bahn zum Halten. Eine große Schar Mädchen und Jungen quoll heraus.

Lea blieb stehen und blinzelte sorgenvoll zu den voll besetzten Waggons hinüber.

»Auch das noch! Auf dem Schiff sind wir sofort von Kindern umzingelt. Die wollen garantiert ins Schullandheim. Wenn die uns mit Herkules und Helena sehen! Dann können wir gleich ein Schild an die Fähre nageln: ›Ausreißer mit Ponys unterwegs.‹«

Vom Parkplatz gellte ein Pfiff herüber – Niels.

»Beeilung, ich muss gleich zurück«, sagte er, als sie am Hänger ankamen. »Wir müssen noch die Transportboxen zusammenbauen. Was kostet die Überfahrt?«

Lea setzte den Eimer ab. »Vergiss die Boxen. Das klappt nicht.« Sie erzählte ihm, dass sie ihre »großen Hunde« an der Leine mitnehmen sollten. »Wenn wir mit Herkules und Helena an Deck stehen, tobt auf dem Schiff die Hölle, das garantiere ich dir. Guck mal.« Lea deutete zu den Bahngleisen hinüber.

Eine bunte Kinderschar mit Rucksäcken und Sporttaschen schob und stieß sich von dort zum Fähranleger. Unter Geschrei und den Rufen der Betreuer sammelten sich alle an Brücke 2, wo das Schiff nach Amrum abfuhr.

Lea seufzte. »Keinem Kind kann man ein Shetlandpony als Hund unterjubeln. Es sei denn, man verhüllt es von oben bis unten.«

»Richtig«, sagte Emma eifrig. »Wofür haben wir die Pferdedecken mit Kapuze? Und die Fliegenmasken? Die ziehen wir meinen Shettys bis über die Nase. Von hinten kann man die Ponys gut für Hunde in Hundemänteln halten.«

Zweifelnd sah Lea sie an. »Um das zu glauben, muss man ei-

nen mächtig weichen Keks haben. Aber etwas Besseres fällt mir auch nicht ein.« Sie wollte Niels seine Fahrkarte in die Hand drücken. »Du musst übrigens mitfahren, Niels, damit wir nicht noch mehr Verdacht erregen. Hier ist dein Ticket.«
Niels zog seine Hand zurück, als hätte Lea ihm Stacheldraht zugesteckt. »Spinnst du? Ich muss unbedingt zurück nach Westerbüll. Es war nicht ausgemacht, dass ich mitfahre.«
»War es nicht«, räumte Lea ein. Energisch drückte sie Niels die Fahrkarte in die Hand. »Aber die Lage hat sich geändert. Wir haben dich als unseren Bruder ausgegeben. Du musst mit. Am besten bleibst du auf der Fähre unten und hältst die Ponys fest. Wir verschwinden gleich aufs Oberdeck.«
Verzweifelt fuhr sich Niels durchs Haar. Jedes Mal, wenn er sich breitschlagen ließ, den Mädchen vom Friesenhof einen Gefallen zu tun, endete die Sache im Chaos. Ungehalten funkelte er Lea an.
Doch die kannte Niels und wusste, wie sie ihn weichklopfen konnte. »Klara wäre sehr enttäuscht von dir, wenn du uns im Stich lässt.«
Klara – der Gedanke an sie zauberte ein Lächeln auf Niels' Gesicht. Lea wusste, wie sehr er ihre Schwester Klara mochte. Und dass er alles für sie tat.
Niels stieß einen Seufzer aus. »Du gerissenes, kleines Luder!« Er kroch in sein Auto und suchte darin herum. »Okay, ich mache es. Bedankt euch bei Klara«, sagte er, als er mit einer ledernen Hundeleine und einem Strick wieder zum Vorschein kam. »Seht zu, dass ihr die Shettys mit den Decken ordentlich verhüllt. Falls jemand nach der Rasse fragt, gebe ich sie als Schottische Ponyhunde aus. Bloß gut, dass es

auch Halfter für Hunde gibt, sonst müssten wir noch Halsbänder stricken.«

Emma fiel ihm um den Hals und folgte dann Lea zur Rückseite des Anhängers. Schnaubend rückten die Ponys an die Seite, als die Mädchen hinaufstiegen. Endlich Wasser! Schnell tranken sie die Eimer leer. Lea und Emma zogen die Kapuzen über die struppigen Köpfe von Herkules und Helena. Über Augen und Ohren verpassten sie ihnen dunkle, durchscheinende Fliegenmasken.

»Die Ponys dürfen hier nicht lange stehen, eingemummelt wie die sind«, sagte Lea, als sie von der Verladeklappe nach draußen sprang. »Sonst kriegen sie einen Hitzschlag. Gut, dass auf der Fähre immer ein kühler Wind weht.«

Vom Parkplatz aus beobachteten sie, wie Radfahrer und Fußgänger an Bord gelassen wurden. Kurz bevor die Autos auf die Fähre nach Amrum gewunken wurden, luden sie die Ponys ab und Niels übernahm die beiden. Emma und Lea liefen ein Stück vorneweg.

Die Decken waren viel zu lang für die Shettys, aber das war gut, denn so hüllten sie die Ponybeine fast vollständig ein. Die winzigen Hufe sah man überhaupt nicht, sie wurden von zotteligem Fell verdeckt.

Herkules und Helena trotteten neben Niels über den Asphalt. Ihre Füße machten kaum Geräusche, weil sie keine Hufeisen trugen. Ein Glück. Wie hätte man dem Kontrolleur klappernde Hundepfoten erklären sollen?

Trotz der vorzüglichen Tarnung musterte der Fahrkartenprüfer argwöhnisch die rotbraunen Tiernasen, die unter dem Kopfschutz hervorguckten. »Sind die brav?«

Niels nickte, dabei konnte er die Shettys kaum halten.
Der Mann in der schwarzen Uniform runzelte die Stirn und kontrollierte die Fahrkarte. »Sehen gar nicht aus wie Hunde. Eher wie kleine Ponys.«
»Nein, das sind Hunde. Aber Sie haben recht – es sind Schottische Ponyhunde. Total liebe Familientiere.« Niels schickte ein Stoßgebet zum Himmel, dass die Hundeleine hielt, denn Herkules zerrte heftig daran.
Der Uniformierte trat zur Seite und ließ den hochaufgeschossenen Jungen durch. »Ob Hund oder Pony – hier waren schon öfter Pferde an Bord. Sogar große.«
Niels hatte alle Hände voll zu tun, die stürmischen Ponys zu bändigen. Um ein Haar wären sie im Galopp übers Autodeck gejagt.
Mit gemischten Gefühlen beobachteten Lea und Emma die Szene. Zögernd kletterten sie die steile Eisentreppe hinauf. Durchs Geländer spähten sie zu Niels hinab, der hinter einer vorspringenden Wand Schutz vor Blicken suchte. Mittlerweile hatte Niels Herkules und Helena im Griff. Selbst die Autoschlange, die nun aufs Deck kroch, ließ ihn gelassen bleiben. Der Motorenlärm würde jedes Schnauben der Ponys übertönen.
Beruhigt stiegen die Mädchen ganz nach oben. Das Sonnendeck lag in gleißendem Licht. Lea kniff die Augen zusammen und holte ihre Sonnenbrille hervor. Emma trug ihre längst. Leichter Wind strich über die Gesichter, sanfter, als man das auf einer Nordseefähre erwartete. Träge bewegte sich die Fahne der Reederei vor makellos blauem Himmel. Kreischend segelten weiße Möwen über das Deck. Wenn sie

Brot in den Händen der Passagiere entdeckten, stießen sie gierig nach unten.

Auf den Bänken drängten sich Dutzende von Kindern und Jugendlichen. Ein paar blickten auf, als Lea und Emma nach freien Plätzen Ausschau hielten.

»Wir dürfen nicht Deutsch reden, damit uns keiner anspricht«, raunte Lea. »Wir tun, als ob wir aus Dänemark kommen.« Sie konnten beide kein Dänisch, aber der Klang war ihnen vertraut. »Wir bauen überall ein gedehntes ä oder ö ein. Pass auf.« Lea hakte Emma unter und sang: »Säääähnetööörte äääuf Bääälkööön. . .«

»Köööpenhäääagen äääm Säääämstäääg«, antwortete Emma zusammenhanglos nach einer Weile. Und dann: »Öb Mööömööö es schööön gemööörkt hööót?«

Das hieß: »Ob Mama es schon gemerkt hat?«, und war ernst gemeint.

Diese Frage stellte sich zur gleichen Zeit auch Klara Eichhorn in Westerbüll. Hatte Emmas Mutter die Flucht schon bemerkt? Klara befürchtete es deswegen, weil sich in dem Haus am Heckenrosenweg 5 nichts tat – obwohl Emma versichert hatte, dass ihre Eltern samstags zwischen zehn und elf Uhr zum Einkaufen fuhren. Seit einer Stunde wartete Klara versteckt im Vorgarten, aber niemand kam aus dem Haus, obwohl es schon fünf vor elf war.

Die Sonne brannte auf Klaras Schultern. Sie wechselte ihre unbequeme Haltung hinter den Hortensiensträuchern. Bestimmt bekam sie einen Sonnenbrand. Hummeln summten um ihren Kopf. Schmetterlinge ließen sich auf den blauen Blütenbällen nieder. Klara seufzte. Sie wartete nicht auf

Hummeln, nicht auf Schmetterlinge, sondern auf einen Schlittenhund – auf Frau Hansen. Wo blieb sie? Die Einkaufszeit von Emmas Eltern wollte Klara nutzen, um den ersten Täuschungszettel ins Haus zu schmuggeln. Schlüssel und Brief hielt sie fest in der Hand, der Umschlag sah arg zerdrückt aus.

Durch die Hortensienblüten linste Klara zum Eingang. Beunruhigend, dass das Ehepaar Hansen nicht auftauchte. Was bedeutete das? Waren Emma und Lea bereits entlarvt? Wenige Stunden nach ihrer Abfahrt? Alarmierten Hansens schon die Polizei?

In diesem Moment ging die Haustür auf.

»Na endlich«, murmelte Klara, als Herr Hansen die Außentreppe herunterkam. Seine Frau folgte mit Einkaufskorb. Während normale Menschen in der Mittagshitze schwitzten, wirkte Emmas Mutter in ihrem blauen Leinenkleid wie frisch geduscht. Vielleicht schlief sie tatsächlich in der Tiefkühltruhe, wie Lea behauptete.

Emmas Eltern stiegen in ihren silbergrauen Volvo und fuhren davon. Im Schutz der Hecken drückte sich Klara den Gehweg entlang bis zur Straßenecke. Niemand sah sie, denn wer nicht unbedingt im Freien sein musste, blieb bei der Hitze im Haus oder lag am Strand. Als sich der Volvo über den Seehundweg entfernte, rannte Klara zu Emmas Haus.

Unbemerkt ging sie hinein und lief die Treppen zu Hansens Wohnung hoch. Leise öffnete sie mit Emmas Schlüssel die Tür und schlüpfte in den dämmrigen Flur. Klara traute sich nicht, Licht zu machen. Die Tür zum Wohnzimmer mit der breiten Fensterfront stand zwar offen, aber wegen der Wärme waren die Vorhänge zugezogen.

Geräuschlos öffnete Klara zwei Schränke im Flur, in denen sie Mäntel und Jacken vermutete. Sie schob die Kleiderbügel beiseite und war erleichtert, als sie Emmas leichte Weste mit Leuchtstreifen entdeckte. Klara knotete sie um die Hüften und öffnete ihren braunen Briefumschlag. Rasch blätterte sie die vorbereiteten Zettel durch, die Emma geschrieben hatte. Alle begannen ungefähr mit demselben Satz: »Hi, Mama und Papa! Habe euch leider nicht angetroffen.«

Dann folgten verschiedene Gründe, warum Emma angeblich zu Hause gewesen war, zum Beispiel: »Hole mein Allergie-Sonnenschutzmittel.« Oder: »Nehme mir Naturjoghurt aus dem Kühlschrank. Nelly hat leider keinen.«

Alle Zettel gab es in mehreren Ausführungen mit unterschiedlichen Wochentagen und Uhrzeiten. Klara fischte den Brief mit folgendem Inhalt heraus: »Habe meine Fahrradweste mit Leuchtstreifen vergessen und nehme sie mit. Emma (Samstagmittag)«.

Gut sichtbar legte Klara den Zettel auf den Wohnzimmertisch und beschwerte eine Ecke mit der Glasvase. Dann machte sie, dass sie aus der Wohnung kam.

5. Kapitel
Können Handys schwimmen?

Seit sie in Dagebüll abgelegt hatten, fühlte sich Emma ungeheuer gut – als hätte sie alle Probleme an Land zurückgelassen. Genauer gesagt in Westerbüll, am Heckenrosenweg 5. Nicht, dass sie ihre Eltern blöd fand. Emma mochte sie natürlich. Nur ihre ewige Furcht, ihre entsetzliche Angst vor dem Reiten, ihre ständige Sorge um sie – das machte Emma fertig. Zu Hause kam sie sich zerbrechlich vor wie eine Glasfigur. Einmal träumte Emma, ihre Mutter habe sie aus Versehen angestoßen, da fiel sie um und zerbrach in tausend Stücke.

Aber nun war das Maß voll. Endgültig. Nur weil ihre Eltern übertrieben furchtsam waren, sollten die Shettys verkauft werden? Nein und nochmals nein!

Alle zehn Minuten stieg sie zum Autodeck hinunter. Scheinbar zufällig schlenderte sie an Herkules und Helena vorbei, die in ihrer grünen Vermummung weniger auffielen, als sie befürchtet hatte. Niels hielt die Stellung, versorgte die Ponys mit Möhren und sammelte Pferdeäpfel in einer Plastiktüte ein.

Gut gelaunt kehrte Emma jedes Mal zu Lea aufs Sonnendeck zurück. Mehr als eine Stunde Fahrt lag hinter ihnen, als Emma das sechste Mal zurückkam. Weit hinten in der Nordsee zogen die Halligen wie aufgereiht vorbei, die Insel Föhr hatten sie längst hinter sich gelassen. Jetzt konnte es nicht mehr weit bis Amrum sein. Emma lehnte sich neben Lea an die Reling und hielt ihr Gesicht in die prickelnde Seeluft. Ab und zu blinzelte sie zum Heck, wo die Fähre eine wirbelnde Schaumspur hinterließ.

Als ihr Handy piepste, zuckte Emma wie elektrisiert zusammen.

»Der Schlittenhund«, flüsterte Lea und hielt Emma am Arm fest, bevor sie sich melden konnte. »Deine Mutter hat bestimmt den Zettel gefunden, den Klara ihr hingelegt hat. Wegen der Fahrradweste. Gib Acht, was du sagst. Denk daran, wir sind bei Nelly Ingwersen.«

Lea zog Emma ein Stück von der Schulklasse weg und gab ihr ein Zeichen, sich zu melden.

»Hallo, Mama?«

Lea grinste. Emmas Mutter sagte jedes Mal als Erstes: »Halte bitte das Gerät fünf Zentimeter vom Kopf ab, wegen der Strahlung.«

Emma antwortete wortkarg auf den Schwall an Fragen, der sich über sie ergoss. Trotzdem hörte Lea heraus, dass Klaras erster Zettel angekommen war. Super. Lea bekam auch mit, dass Emma mit hundert Vorschriften bombardiert wurde. Sie wurde unsicher und gab Babyantworten. Verlegen schaute Emma zu Boden, als Lea sie scharf ansah. Würde Emma als Nächstes beichten, dass sie gerade Herkules und Helena nach Amrum brachte?

»Wirf das Handy weg«, forderte Lea flüsternd. »Damit hat sie dich an der Leine. Wie einen Hund.«

Emma wandte sich ab und hielt sich das freie Ohr zu. Aber Lea ließ nicht locker. Sie bog Emmas Finger zur Seite und wisperte: »Wir brauchen dein Handy nicht, wir nehmen meins. Man kann bei Handys feststellen, woher die Gespräche kommen. Begreif doch, wie gefährlich das ist.«

Emma zögerte. Ihr Blick ging übers Meer. Bis zum Horizont nur funkelndes Wasser. Blauer Himmel ohne Grenzen. Unendliche Weite. Eine Insel ohne Vorschriften lockte. Kein enges Zuhause mit Ängstlichkeit, die einem die Luft abschnürte. Keine ungefärbten T-Shirts. Kein Reitverbot. Freiheit für sie, für Herkules und Helena.

In einem jähen Entschluss gab Emma sich einen Ruck. Sie holte mit dem Handy aus. »Hallo, Mama, ich höre nichts mehr!«, rief sie. »Ich glaube, das Ding ist kaputt.«

Kreischend stoben die Möwen davon, als Emmas Handy über Bord flog und aufs Wasser klatschte. Einen Moment tanzte es auf den gekräuselten Wellen. Emma meinte, aus der Tiefe noch die Stimme ihrer Mutter zu hören.

»Ich hab's getan«, sagte sie überrascht und beugte sich über die Reling. »Wohin führt die Nordsee, Lea?«

Lea spuckte ins Wasser. »In den Atlantik. Letzten Endes bis nach Amerika. New York.«

»Wahnsinn. Stell dir vor, die finden mein Handy vor New York und Mama quasselt immer noch.«

Kichernd fassten sie sich an den Händen und rannten ausgelassen eine Runde um die Bankreihen. Emma fühlte sich wie befreit.

Doch die erste Begeisterung hielt nicht lange an. Schon bald beschlich Emma wieder unbestimmte Angst. Bereits dreimal hatte sie ihr Handy auf den Misthaufen geworfen. Auf Leas Drängen. Aber jedes Mal hatte sie es wieder geholt. Das war jetzt nicht mehr möglich.

»Hoffentlich geht das nicht schief«, sagte sie düster.

Aber Emma hatte keine Zeit zum Trübsalblasen, denn mittlerweile nahm das Schiff Kurs auf den Hafen von Amrum, sie mussten sich nach unten zum Parkdeck aufmachen.

Der Leuchtturm kam näher und die erste Häuserreihe am Hafen. Im Wasser dümpelten kleine Schiffe und Segelboote. Ab und zu blitzte es an Land, das waren die Windschutzscheiben der Autos, die auf die Verladung zum Festland warteten.

Als sich die Fähre der Kaimauer näherte, flogen Schwärme von Seevögeln auf. Urlauber winkten dem Schiff zu.

Lea seufzte. Noch mehr unerwünschte Zuschauer! Je mehr Menschen die Ponys sahen, umso schwieriger wurde ihr Versteckspiel. Am gefährlichsten waren Kinder. Die ließen sich so leicht keinen Bären aufbinden.

Leas größte Sorge war: »Wenn die Schulklassen von Bord gehen, hoffe ich nur, dass sie unsere Shettys nicht bemerken.«

Emma lächelte zufrieden. »Schon geregelt – vorhin, als ich

Helena und Herkules besucht habe. Ganz blöde bin ich nämlich nicht.«

»Und was hast du geregelt?«

»Neben den Shettys steht ein Lastwagen. Ich habe den Fahrer angesprochen, stell dir vor. Er öffnet seine Wagentür, sobald die Leute aussteigen. Dahinter verschwinden meine Kleinen vor den Augen der Leute.«

Gönnerhaft klopfte Lea ihr auf die Schuler. »Aus dir wird noch mal ein vernünftiger Mensch, Emma.«

Hinter den Fußgängern zwängten sich die Mädchen vom Friesenhof durch eng geparkte Autos zum Ausstieg. Wie versprochen stand der grüne Lastwagen mit offener Fahrertür vor den Shettys. Grinsend streckte der Fahrer den Daumen hoch, als Emma an seinem Führerhaus vorbeiging.

Lea und Emma gingen fast als Letzte von Bord, hinter ihnen folgte Niels mit den vermummten Shettys. Er beeilte sich, an den Wartenden vorbeizukommen, trotzdem fielen die Tiere in ihren grünen Decken auf. Aber da sich viele Urlauber begrüßten und für Gewusel sorgten, konnte Niels mit seinen »Schottischen Ponyhunden« rasch das Weite suchen.

Hastig überquerte er den Parkplatz. Dahinter schlug er einen schmalen, menschenleeren Weg zum Watt ein. Zum Glück war es ein heißer Tag, ein typischer Strandtag, an dem sich niemand mit Spaziergängen am Hafen die Zeit vertrieb.

Im Schatten eines Bootshauses blieb Niels stehen, wischte sich über die Stirn und stöhnte. »Ich wusste gar nicht, welche Kraft in Shettys steckt. Das war eine Strapaze! Dafür

müsst ihr mir zu Hause mindestens tausend Gefallen tun.«
Feierlich übergab er die Ponys an Lea und Emma. »Nehmt die Decken ab«, sagte er und warf einen Blick auf die Fähre, mit der er gleich zurückfahren wollte. Viel Zeit blieb ihm nicht bis zur Abfahrt. »Soll ich sie mit zurücknehmen?«
Emma überlegte. »Nein, vielleicht brauchen wir die Decken noch als Tarnung.« Sie rollte die Kapuzen zurück und lockerte die Gurte, bis die Decken nur noch lose auflagen und der Seewind darunter greifen konnte.
»Na dann – auf ins Abenteuer!« Niels war schon unterwegs zum Anleger. »Aber meldet euch sofort, wenn etwas schiefläuft.«
»Hier läuft nichts schief. Wir sind keine Babys!«, rief Lea ihm nach. Dabei war ihr durchaus ein bisschen flau, aber das behielt sie für sich. Die unsichere Unterkunft lag Lea im Magen. Mehrmals hatte sie versucht, Frauke anzurufen, aber immer antwortete nur ein Tonband. Sicher hatte sie eine neue Telefonnummer. Jede andere Möglichkeit verscheuchte Lea aus ihren Gedanken.
»Willkommen im Paradies«, sagte sie zu Emma und zeigte über Wattenmeer und Salzwiesen, als ob die Insel ihr gehörte. Lea schloss die Augen und hielt die Nase in den Wind. »Wie gut das riecht.« Über Amrum lag der Duft von Salzwasser und Schlick, von Algen, Heckenrosen und Strandhafer. Und es roch nach Ferien, Faulenzen und Freiheit.
Emma lächelte zaghaft. »Ich kann es noch gar nicht glauben, dass wir hier sind.«
Herkules stupste ihr den Kopf in die Kniekehlen. Nach der langen Schifffahrt wollte er sich bewegen.

Frauke wohnte in Norddorf, dem Badeort am anderen Ende der Insel. Mit zwei Ponys konnte man schlecht den Bus nehmen, also hieß es zu Fuß gehen. Lea und Emma folgten den Wegweisern für Radfahrer. Sie gingen lange Zeit am Watt entlang, dann ein Stück durch Heide und Kiefernwälder. Um die Wohngebiete machten die Mädchen einen Bogen. Lieber nahmen sie Umwege in Kauf und schlängelten sich mit den Ponys auf engen Pfaden entlang den Kornfeldern.

Am Wiesenrand piepste und zwitscherte es unaufhörlich. Mit schnellen Flügelschlägen schossen kleine Vögel aus Hafer und Gerste. Die Luft war erfüllt von ihren aufgeregten Schreien.

Die Mädchen gingen zwei Stunden bis zur Inselspitze. Das letzte Wegstück führte am geteerten Deich entlang, links lagen große Kuhweiden.

Am Rand einer Wiese machten sie Pause, aßen Bananen und Joghurt. Herkules und Helena steckten ihre Köpfe durch den Zaun und tranken aus den Badewannen, die als Tränken für die Kühe dienten.

Nach dem Essen holte Lea ihr Handy hervor und reichte es Emma. »Ruf deine Mutter an, bevor sie durchdreht.«

Mit Herzklopfen wählte Emma die Nummer in Westerbüll. Wie sie diese Gespräche hasste! Nun kam noch die Angst dazu, sich zu verplappern. Doch zu Emmas Freude sprang der Anrufbeantworter an. Mit dem Tonband ließ sich entspannt reden. Emma erzählte von der Hausarbeit über Hochwasser, die sie gemeinsam schrieben.

Anschließend rief Lea bei Klara an und berichtete, dass Niels

sie bis nach Amrum begleitet hatte. Sie versprach, sich um Mitternacht erneut zu melden.
Sie schnallten ihre Rucksäcke auf und zerrten die Shettys aus dem Gras. Nun waren sie fast am Ziel. Jenseits der Wiesen zeichnete sich eine lange Häuserreihe ab.
»Norddorf«, sagte Lea. »Endlich. Sieh mal, das graue Haus.« Sie wies zu den Dünen hinüber, die den Badeort einbetteten. Ein mächtiges Holzgebäude überragte die Insel. Wie ein geheimnisvolles, verzaubertes Schloss lag es am Ende des Weges.
Doch Emma hatte keine Augen für das verwunschene Haus. »Ich sehe noch etwas anderes«, flüsterte sie strahlend, als sie weitergingen. »Guck mal, Lea.«
Lea lachte. Sie wusste genau, was ihre Freundin meinte. »Sage ich doch – hier ist das Paradies.«
Aus der Entfernung erkannte man neben dem Haus pferdeförmige Farbtupfer – braune, rotbraune, dunkelbraune. Und ein paar winzige Farbtupfer daneben.
»Das sind die Isländer! Mit ihren Fohlen. Wie versprochen, Emma Hansen.«
Ohne Vorankündigung rannten Herkules und Helena plötzlich los. Sie witterten ihre Artgenossen und wollten sie begrüßen.
»Halt! Spinnt ihr?«, rief Lea. Sie konnte gerade noch vermeiden, lang hinzuschlagen. Energisch fasste sie Helena ins Halfter und schimpfte mit den Shettys. »Benehmt euch! Ihr dürft ja zu euren Kumpels auf die Weide. Später, wenn die Luft rein ist. Erst müssen wir für uns ein Bett finden. Kapiert?«

Die Ponys beruhigten sich erst, als sie ein paar Möhren bekamen.
Der Weg führte sie fast direkt am grauen Haus vorbei, das friedlich in der Nachmittagssonne lag, umgeben von wilden Rosenhecken.
Ein paar Urlauber saßen vor dem vernagelten Eingang im Gras und blinzelten behaglich in den Himmel. Wohlwollend sahen sie den Shettys nach. Auf Amrum wurden häufig Pferde von einer Weide zur anderen geführt, das war ein gewohntes Bild.
Die beiden Isländerweiden erstreckten sich fast bis in die Dünen.
»Wir können Herkules und Helena unmöglich sofort auf die Koppel bringen«, sagte Lea, als sie weiter zum Ortszentrum gingen. »Der Pferdebesitzer kommt bestimmt jeden Tag und schaut nach seinen Isis. Wir stellen die Shettys erst spätabends dazu.«
Bei diesem Prachtwetter trafen sie nur eine Handvoll Menschen. Die Sonne schien herrlich warm, darum blieben die Urlauber lange am Strand. Ungestört gelangten Lea und Emma bis zu der Gabelung, wo Fraukes Straße abgehen musste. Emma blieb mit den Ponys hinter einer Baumgruppe, während Lea jeden der vier Wege hochlief.
Schon nach kurzer Zeit kehrte Lea strahlend zurück. »Ich habe die Straße! Fleegamwai. Gut, dass ich mich noch an unseren Spitznamen ›Flegelweg‹ erinnerte.«
Mit den Ponys gingen sie den Fleegamwai hinauf. Ein Mann in Shorts kam ihnen entgegen. Er warf einen erstaunten Blick auf die Shettys, stellte aber keine Fragen. Nur wenige

Häuser säumten die schmale Straße, die meisten waren aus rotem Backstein mit tief heruntergezogenen Dächern.

»Das ist es.« Lea blieb vor einer Einfahrt stehen. »Hier, der weiße Lattenzaun. Davor haben wir uns jeden Tag getroffen. Die Fahne erkenne ich auch wieder.« Sie deutete auf einen hohen Mast mit flatterndem Tuch. »Lewwer duad as Slaaw« stand darauf.

»Was heißt das?«

»Lieber tot als Sklave – das Motto der Inselbewohner. Das sollte auch dein Leitspruch sein, Emma. Ich gehe jetzt und klingle.«

Emma zog Herkules und Helena in die abgeschirmte Parkbucht gegenüber. »Was machst du, wenn niemand zu Hause ist?«

»Nerv nicht. Amrum hat Hochsaison. Im Sommer fährt niemand weg.«

Lea ging zum Eingang und drückte auf den Klingelknopf. Sie zappelte vor Ungeduld. Gleich darauf wurde die Tür aufgerissen. Triumphierend drehte sich Lea zu Emma um. Ein kleiner blonder Junge mit nackten Füßen stand in der Türöffnung.

»Hallo, Kleiner! Hol mal deine Schwester.«

Die Junge kaute auf der Oberlippe und musterte Lea. »Hab keine Schwester.«

»Natürlich hast du eine Schwester. Frauke heißt sie.«

Der Blondschopf schrie ins Haus: »Mama!«

Im Flur erschien eine kräftige Frau mit zusammengebundenen Haaren, ein Geschirrtuch in der Hand.

»Du suchst jemand?«

»Ja. Entschuldigung, ich suche Frauke. Sie wohnt hier. Ich meine, letztes Jahr wohnte sie hier.«
Seine Mutter trocknete die Hände und zuckte die Schultern. »Wir sind neu hier eingezogen. Soviel ich weiß, haben sich die alten Besitzer getrennt. Mutter und Kinder sind nach Bayern gezogen.«
»Nach Bayern?«, wiederholte Lea entsetzt. Sie spürte ein Ziehen im Magen. Frauke wohnte in Bayern! Damit hatte sie nicht gerechnet. Was jetzt? Da hatte sie sich etwas eingebrockt. Mit der ängstlichen Emma und zwei Ponys auf einer Insel – und sie wusste nicht, wo sie heute Nacht schlafen sollten.
Die Frau hob entschuldigend die Hand. »Ich muss in die Küche, koche gerade Marmelade, die brennt mir an.«
Wie benebelt drehte Lea sich um und ging langsam zu Emma. Plötzlich hatte sie es nicht mehr eilig.
»Siehst du, ich habe keine Schwester!«, krähte der Junge hinter ihr her und warf die Tür ins Schloss.

6. Kapitel
Das geht schief!

Emma las von Leas Gesicht ab, dass es keine guten Nachrichten gab. Mit zusammengepressten Lippen hörte sie sich an, dass Frauke nicht mehr auf Amrum wohnte.

»Ich wusste, dass es schiefgeht«, murmelte Emma und drückte die Ponys an sich.

Urplötzlich hatte sie rasende Kopfschmerzen. Leas Nachricht pochte in ihrem Kopf und ließ keinen Platz für klare Gedanken. Emma fühlte sich wieder so zerbrechlich wie eine Glasfigur. Ein kleiner Stoß und sie würde in Scherben zerbrechen.

Natürlich hatte die Nachricht auch Lea getroffen. Aber Lea Eichhorn wäre nicht Lea Eichhorn, wenn sie nicht sofort nach Ausweichmöglichkeiten suchen würde.

Während sie mit den Ponys den Weg zum Deich einschlugen, überlegte Lea: »Jugendherberge? Nein, da lernt man zu viele Leute kennen. Die würden merken, dass wir uns ständig bei den Weiden herumtreiben.«

Zaghaft erinnerte Emma an ihr Geld, das sie eingesteckt hatte. Sie schlug vor, in einer Pension zu übernachten oder in einem Hotel.

Lea winkte ab. »Kannst du vergessen. Im Sommer ist hier alles ausgebucht.« Sie zeigte auf den Strandweg hinter sich, der inzwischen von Menschen und Fahrrädern wimmelte. »Jetzt findet man nichts auf Amrum. Außerdem – Mädchen ohne Eltern fallen auf. Nee, für die nächsten Nächte bleibt nur ein Strandkorb. Oder das graue Haus da drüben. Wähl du.«

Eine Rebhuhnfamilie flüchtete wenige Schritte von ihnen entfernt ins Gebüsch. Lea redete und redete. Irgendwann bemerkte sie, dass Emma neben ihr weinte. Ihre Freundin klammerte sich an Herkules' Halfter, als wäre das Pony ein rettender Anker. »Am liebsten würde ich mit dem nächsten Schiff zurückfahren. Oder Mama anrufen, damit sie mich abholt.«

»Bist du bescheuert?« Wütend stampfte Lea auf. »Wofür mache ich das alles? Nur für dich, damit du Herkules und Helena behalten kannst. Und du heulst! Dabei gibt es nichts zu heulen. Es ist ein klasse Sommertag. Wir haben genug zu essen. Geld auch. Weiden für die Ponys. Wir haben keine Schule und sind auf der schönsten Insel der Welt. Aber Emma Hansen heult. Ich fasse es nicht.«

Nach Leas Standpauke hörte Emma auf zu weinen, aber sie gab keine Antwort. Stumm ging sie mit Herkules den langen Weg weiter. Das graue Haus rückte näher.

Am Straßenrand, dort wo der Deich begann, standen vier Bänke, keine war besetzt. Es war später Nachmittag, um diese Zeit kauften die Urlauber fürs Abendbrot ein. Lea steuerte eine Bank an und zog ihre Freundin zu sich herunter. Beleidigt drehte sich Emma zur Seite. Die Ponys machten sich über das Gras her.

Lea streckte Emma die freie Hand hin. »Tut mir leid, dass ich dich angemeckert habe. Kennst mich ja.«

Emma schlug ein. Einen Streit konnten sie sich nicht leisten. Sie mussten zusammenhalten auf Amrum.

Emma stand auf, nahm die Pferdedecken ab und legte sie über die Lehne. Sie fand, nun müssten zuerst die Ponys auf eine Weide gebracht werden.

Lea nickte. »Genau. Wenn wir noch länger mit den beiden herumlaufen, können wir gleich zur Polizei gehen und sagen: ›Suchen Sie zwei Mädchen mit Pferden? Hallo, hier sind wir.‹«

Mit zusammengekniffenen Augen musterte sie die Weide mit den braun gescheckten Kühen und die Wiesen mit den Islandpferden.

»Fürs Erste stellen wir Herkules und Helena auf die Kuhweide«, schlug Lea vor. »Da stehen mindestens zwanzig oder dreißig Kühe mit Kälbern. Dazwischen fallen Herkules und Helena nicht auf. Mist, ausgerechnet jetzt kommen Leute!«

Eine Gruppe Radfahrerinnen kam auf sie zu. Die Frauen traten kräftig in die Pedale, um den steilen Anstieg zum Deich zu schaffen. Danach fuhren zwei Jungs vorüber, sie trugen auffallende T-Shirts in Blau und Rot. Beide waren etwa vierzehn Jahre und hatten flachsblonde Haare, fast weiß. Das

fiel Lea sofort auf, denn so blond wurde man nicht im Urlaub. Diese Farbe bekam man erst nach vielen Jahren im Nordseewind. Das mussten Inseljungs sein.
Was die wohl denken, wenn hier zwei Mädchen mit Ponys sitzen?, ging es Lea durch den Kopf. Sie blickte den Jungs nach, die sich über den Deich entfernten. Von oben sahen sich die Weißblonden verstohlen nach den Mädchen um. Als sie Leas Blick bemerkten, flitzten sie auf ihren Rädern davon.
Sie waren noch nicht außer Sicht, da tauchten Spaziergänger auf. Lea wurde nervös. Wohin wollten die alle? Sie drehte sich um und entdeckte hinter sich einen Wegweiser: »Zur Odde«.
Lea stöhnte auf, sie erinnerte sich an die Odde aus ihrer Zeit im Landschulheim. Die Odde war ein Vogelschutzgebiet an der Nordspitze von Amrum, das Lieblingsziel vieler Urlauber. Ganze Rudel von Menschen würden hier entlangkommen! Aber hier lagen nun einmal die Weiden, die sie brauchten. Sie hatten keine Wahl.
»Wir müssen schnell sein und die Shettys blitzartig auf die Koppel bringen«, sagte Lea leise, während sie einem Paar mit Ferngläsern hinterhersah. »Wir gehen auf und ab, und wenn gerade kein Urlauber auftaucht, zack, lassen wir die Ponys auf die Weide.«
Sie standen auf, klemmten die Decken unter die Arme und wanderten mit den Ponys umher. Beim fünften Versuch klappte es endlich, die beiden unbemerkt auf die Weide zu bringen. Emma drückte die Gattertür auf – und im Galopp stürmten Herkules und Helena auf die Kühe zu.

Lea musste lachen, weil die Ponys die Kühe umkreisten, als wollten sie sie wie im Wilden Westen zusammentreiben. Die Kühe kümmerten sich nicht weiter um die Shettys, die nun ihre Jagd aufgaben und die Nasen im Gras versenkten.
Mit einem Seufzer der Erleichterung lehnten sich die Mädchen aneinander. Eine Sorge weniger! Endlich konnten sie sich um ihre Schlafstelle kümmern.
Kaum hatten sie ihre Rucksäcke geschultert und die Pferdedecken vom Wiesenrain aufgehoben, ratterte ein Trecker über den Weg heran. Hinter dem grünen Traktor rollte ein Anhänger mit Wassertank. Entsetzt beobachteten die Mädchen, wie der Fahrer an jedem Gattertor stoppte und Badewannen und Bottiche hinter den Zäunen mit einem Schlauch auffüllte. Lea wurde es siedend heiß. Garantiert bemerkte der Mann die Shettys zwischen den Kühen. Dann war alles aus.
Lea und Emma rührten sich nicht, als der Trecker in ihre Richtung rumpelte und an der Kuhweide hielt. Mit angehaltenem Atem verfolgten sie, wie der Mann – es war ein Bauer, der alle Weiden mit Wasser versorgte – vom Sitz sprang und sich an den Wannen zu schaffen machte. Angestrengt starrte Lea auf einen bunten Fasan, der gerade über den Weg stolzierte. Dabei nahm sie ihn kaum wahr, sie dachte nur an die Shettys. Ihr Herz klopfte bis zum Hals. Sicher ging es Emma genauso. Lea traute sich nicht, einen Ton zu sagen. Aus den Augenwinkeln linste sie zur Weide.
Zwei Kühe aus der Gruppe setzten sich in Bewegung und gesellten sich zu den anderen, die einen Kreis um ihre Kälber bildeten. Während der Bauer den Wasserschlauch auf dem

Tankwagen verstaute, sah er zu der Herde hinüber. Jetzt müsste er die Ponys eigentlich entdecken. Aber nichts passierte.

Der Bauer stieg auf den Trecker und tuckerte zur nächsten Weide. Lea wäre am liebsten hinter ihm hergerannt und hätte ihn umarmt. Hatte er Seetang auf den Augen? War er blind? Nein! Von Herkules und Helena war schlicht und einfach nichts zu sehen. Kein Mähnenhaar, kein Schweif. Wie ein Schutzwall hatten sich die Kühe vor den Ponys aus Westerbüll aufgebaut.

»Er hat nichts gemerkt«, flüsterte Emma.

Erleichtert sprang Lea auf. Der Fasan stieß laute Schreie aus und tauchte auf der Weide unter. »Gerade noch mal gut gegangen. Heute Abend stellen wir die Shettys zu den Isländern. Das ist unverfänglicher.«

Sie warfen einen letzten Blick auf die Wiese, dann schlugen sie sich durchs Rosengestrüpp auf das graue Haus zu. Die öde Fläche davor, auf der Dünengras wucherte, wurde von einem Schild beherrscht: »Unbefugten ist der Zutritt verboten.«

Lea sah sich um, als sie mit Emma zum Haus ging. Sie rechnete damit, dass jemand sie ansprach und wegschickte. Aber die Spaziergänger interessierten sich nur für das Vogelschutzgebiet.

Das zweistöckige Holzhaus machte einen wuchtigen und verwinkelten Eindruck. Viele kleine Dachgiebel ließen darauf schließen, dass in alle Richtungen Wohnflügel abgingen. Die Holzbretter waren heil, nur der Anstrich war vermutlich vor langer Zeit abgeplatzt, darunter kam das rohe

Holz zum Vorschein. Zur Straße hin waren einige Glasscheiben zersplittert. Zur Meerseite standen oben vier Fenster offen. Alle anderen Fenster waren mit Brettern vernagelt.

Über einen zugewachsenen Bruchsteinweg gelangten Lea und Emma an die Eingangstür, die ebenfalls vernagelt war.

Mit gemischten Gefühlen betrachtete Emma die Treppenstufen. Einige Backsteine waren herausgebrochen, ein paar fehlten ganz, überall lag abgebröckelter Zement. Die Fugen klafften auseinander, in den Ritzen wucherte Löwenzahn.

»Das Haus stürzt bestimmt bald ein«, flüsterte Emma. »Außerdem – wir kommen erst gar nicht hinein.«

»Pah, das Haus steht seit hundert Jahren! Es wird wohl nicht ausgerechnet heute einstürzen, du Angsthase. Und ob wir reinkommen, das wollen wir doch mal sehen.« Lea trat ein paar Schritte zurück und begutachtete die Fenster. »Die Bretter sind nur aufgenagelt, die kann man mit der Kneifzange entfernen.«

»Hast du etwa eine?«

Ungeduldig hob Lea die Schultern. »Mal sehen, was ich dabeihabe. Auf jeden Fall gibt es Werkzeug in Norddorf.« Ihr Rucksack flog ins Gras und die grüne Pferdedecke dazu. Lea setzte sich auf den Boden und durchsuchte ihr Gepäck. Das einzig brauchbare Werkzeug war ein Taschenmesser.

Es führte kein Weg daran vorbei: Sie mussten in den Badeort, denn sie brauchten eine Kneifzange, um die Nägel herauszuziehen, außerdem Hammer und Nägel, um die Bretter wieder anzubringen.

Die Zeit drängte, die Läden schlossen bald. Emma bot sich

an, den Einkauf zu erledigen. Sie trabte los und war bald darauf mit einer Tüte zurück.

»Die beiden blonden Jungen haben mich vorhin überholt«, meldete Emma, während sie das Haus nach einer Einstiegsstelle untersuchten. »Auf die müssen wir achtgeben. Kann sein, dass sie uns beobachten.«

Sorgenvoll runzelte Lea die Stirn. »Was die bloß von uns wollen?«

Sie wählten ein tief heruntergezogenes Fenster an der Meerseite, das im Schatten einer vorgebauten Veranda lag. Diese Ecke fiel nicht gleich ins Auge.

Lea griff nach der Kneifzange und zog hastig an den Nägeln herum, die zum Teil schräg im Holz saßen. »Au!« Mit einem unterdrückten Aufschrei ließ sie die Zange fallen, sie hatte sich einen Splitter in die Haut gerissen. Emma begutachtete die Wunde. »Sei froh, dass es blutet. Das ist gut, wie ich von meiner Mutter weiß.«

Lea lutschte an ihrer schmerzenden Hand. »Was versteht die denn von Holzsplittern?«

Emma antwortete nicht und bückte sich nach der Zange. »Lass mich mal.«

»Du? Du kannst das nicht.«

Mit rotem Gesicht umklammerte Emma die Zange. »Du redest genau wie meine Mutter. Pass auf, dass du kein zweiter Schlittenhund wirst.«

Emma gab das Werkzeug nicht wieder ab. Mit sicheren, geschickten Bewegungen machte sie sich an der Holzverkleidung zu schaffen, hob die Nägel leicht an, lockerte die Bretter und legte Latte für Latte unversehrt beiseite.

Lea staunte, während sie mit spitzen Fingern den Splitter aus ihrer Hand zog. »Perfekt, Emma. Du bist echt begabt für so etwas.«
»Das kann doch jeder«, murmelte Emma und machte weiter, als wäre es die einfachste Sache der Welt, in ein Haus einzubrechen. Dabei hätte sie platzen können vor lauter Stolz. Endlich gab es etwas, das sie besser konnte als Lea.
Im nächsten Moment erstarrte Emma. Auch Lea bekam einen Riesenschreck. Sie wickelte gerade ein Taschentuch um die blutende Stelle und verharrte in der Bewegung. Ein großer Schatten glitt lautlos über den weißen Sandboden.
»Hier spukt es«, flüsterte Emma.
Lea wollte nicht als Angsthase dastehen, obwohl ihr das Herz bis zum Hals klopfte. Sie zwang sich, ruhig zu bleiben. »Quatsch«, sagte sie und drehte sich abrupt um. Hinter ihr beendete eine riesige Möwe ihren Segelflug und ließ sich auf einem Stein nieder. Lea schüttelte den Kopf. »Dein Spuk! Das war der Schatten eines Vogels. Ich wusste gar nicht, dass Möwen so groß werden.«
Mit bebenden Fingern entfernte Emma die letzten Latten und schwang sich durch das offene Fenster nach innen. Lea reichte ihr Rucksäcke und Pferdedecken und stieg dann ebenfalls durch die Öffnung. Was würde sie da drinnen erwarten?

7. Kapitel
Spukt es in der Ruine?

Der muffige Geruch von alten Räumen schlug ihnen entgegen. Das Zimmer, in dem sie landeten, stand völlig leer. Tapeten mit ausgeblichenem Blumenmuster lösten sich von den Wänden. Die hohe Tür hatte sich verzogen und hing windschief in den Angeln.

Als Emma den ersten Schritt machte, knarrte der Holzfußboden unter ihr. Sie blieb stehen, bis Lea sie vorwärts schob.

Auf Zehenspitzen schlichen die beiden weiter. Der nächste Raum war vernagelt und dunkel. Lea und Emma tasteten sich an der Wand entlang in den Flur, in den von oben schummriges Licht fiel. Unter ihren Füßen knirschte feiner Dünensand, der den Boden überall bedeckte. Der ständige Westwind hatte ihn durch die zerbrochenen Fenster hereingeweht.

Vom Flur führte eine Treppe nach oben. Sie ächzte, als sie die erste Stufe betraten.
Ängstlich verzog Emma das Gesicht. Leise ordnete Lea an, einzeln nacheinander hinaufzusteigen, um keinen Zusammenbruch zu riskieren.
Lea ging als Erste nach oben. »Hier ist es schön hell«, gab sie halblaut nach unten durch. »Keine Angst!«
Die Tageshitze steckte in dem Haus, besonders im oberen Stockwerk. Abendsonne durchflutete die leeren Räume, die sie betraten. In einem Zimmer fanden sie zurückgelassene Dinge von Bewohnern, die hier gehaust haben mussten. Auf dem Boden verstreut lagen verkrustete Pfannen und Töpfe, altes Besteck und angeschlagene Keramikbecher. In einer Ecke zwei schmutzige Bettdecken.
Offensichtlich waren andere vor ihnen auf die Idee gekommen, das graue Haus als Versteck zu nutzen.
»Lieber schlafe ich am Strand. In diesem Zimmer bleibe ich bestimmt nicht«, flüsterte Emma. »Die Decken sind total unhygienisch. Igitt, bestimmt sind sie verlaust.«
»Es spricht der Original-Schlittenhund«, lästerte Lea, aber sie drückte Emma beruhigend die Hand. »Nee, hier bleibe ich auch nicht. Aber die anderen Zimmer sahen eigentlich gut aus. Ist doch nur für ein paar Nächte.«
Sie liefen den Flur auf und ab, spähten aus den wenigen offenen Fenstern, um ein Zimmer mit optimalem Ausblick zu finden. Nach Norden breiteten sich hinter dem Deich saftige Wiesen aus, durch die ein Bretterweg zum Vogelschutzgebiet führte. Links türmten sich Dünen auf, aus denen ein Dach hervorlugte.

»Da wohnt der Vogelwart«, erinnerte sich Lea. Sie hatten ihn auf ihrer Klassenreise besucht. Über dem Wattenmeer verlor sich der Blick, fand erst wieder Halt an der Nachbarinsel Föhr. Lea zeigte hinüber. »Bei Ebbe kann man bis nach Föhr gehen. Vielleicht machen wir mal eine Wattwanderung mit Herkules und Helena. Deine Shettys sollen die Welt kennenlernen.«

Emma schauderte bei dem Gedanken. Bei Ebbe über den Meeresgrund gehen? Und was, wenn die Flut kam und sie hatten Föhr noch gar nicht erreicht? Sie schüttelte sich. »Ohne mich.«

Gemeinsam erkundeten sie Raum für Raum und entschieden sich schließlich für ein Schlafzimmer im ersten Stock. Vom offenen Fenster aus konnte sie die beiden Isländerweiden sehen, außerdem den Weg nach Norddorf und die Nordsee.

Rechts und links von den Isländerweiden verliefen schilfbewachsene Gräben. Hinten endeten die Wiesen in den Dünen. Kleine Teiche lagen dort, ideale Badestellen, aus denen gerade zwei Pferde prustend herauskletterten. Sie schüttelten sich, dass die Tropfen flogen.

»Ein Jammer, dass wir nicht wissen, ob heute noch jemand zu den Isis kommt«, sagte Lea und lehnte sich kurz aus dem Fenster, um den Weg zu kontrollieren. »Wir können nicht riskieren, Herkules und Helena jetzt schon zu den Isländern zu stellen. Der Besitzer schaut sicher noch nach seinen Pferden.«

Gegen neunzehn Uhr, als die Hitze einer angenehmen Wärme wich, radelte eine junge Frau von Norddorf heran und stellte ihr Rad am Weidezaun ab. Sofort wurde die Isländergruppe am Dünenrand aufmerksam. Mit erhobenen Köpfen setzten sich die Mutterstuten in Bewegung und liefen auf die blonde Besucherin zu. Die Fohlen hüpften vorneweg und machten Bocksprünge.

Lea und Emma beobachteten die Frau. Jeden Isi begrüßte sie einzeln und strich ihm über die Mähne. Sachverständig untersuchte sie die Beine auf Verletzungen. Obwohl die Mädchen ihr Gesicht aus der Entfernung nicht gut erkennen konnten, merkten sie an jeder Bewegung, dass sie die Pferde sehr gern mochte.

Spaziergänger, die unterwegs zum Deich waren, riefen ihr Grüße zu. »Alle Fohlen gesund, Inge?« Oder nur: »Moin, Moin, Inge!« Offenbar kannten sie alle die blonde Frau, die nun Salzlecksteine auslegte und dann zur zweiten Weide hinüberging, auf denen Isländer ohne Fohlen standen.

Lea trat vom Fenster zurück. »Wir warten, bis diese Inge wegfährt. Dann stellen wir Herkules und Helena zu den Isländern ohne Fohlen.«

»Wieso? Warum nicht zu den Stuten mit Fohlen? Das fällt weniger auf. Herkules und Helena sind so klein. Dass sie erwachsen sind, merkt keiner.«

»Die Urlauber vielleicht nicht. Aber die Mutterstuten sind nicht blöd. Die merken sofort, wenn sich fremde Ponys einschleichen. Vielleicht beißen sie Herkules und Helena weg – nee, das können wir nicht riskieren.«

»Hast wohl recht. Aber ein Problem bleibt, egal auf welcher Weide meine Shettys stehen: Was machen wir, wenn Inge kommt? Sie kennt doch jedes Pferd.«

»Bring mich nicht zur Verzweiflung! Wir müssen eben aufpassen, wenn Inge kommt. Dann weg mit den Shettys! Wir gehen mit ihnen spazieren. Falls Inge uns doch erwischt, denke ich mir eine Geschichte aus.«

Emma deutete auf den sandigen Fußboden. »Denk dir lieber aus, worauf wir schlafen sollen. Wir haben keine Luftmatratze, keine Iso-Matte, keinen Schlafsack. Und keine Decke.«

Triumphierend hob Lea die zusammengerollten Pferdedecken hoch. »Und was ist das? Kleine Spende vom Schlittenhund. Deine Mutter hat auch ihre guten Seiten. Außer ihr käme niemand auf die Idee, für Shetlandponys Decken zu kaufen. Nur Frau Hansen. Dank ihrer übertriebenen Vorsicht haben wir Bettdecken.«

»Aber keine Matratzen.«

Ärgerlich warf Lea die Decken nach Emma, die sich schnell wegduckte. »Dir kann man es nie recht machen. Die Prinzessin wünscht ein Schloss mit Himmelbett. Ich dachte, dir geht es um Herkules und Helena. Beiß mal die Zähne zusammen, du Weichling.«

Gekränkt wandte sich Emma zur Tür und ging zur Treppe. Lea rannte hinterher und packte sie an der Schulter.

Wütend schüttelte Emma sie ab und schrie Lea an, das erste Mal, seit sie sich kannten. »Du bist wie meine Mutter! Ich hätte genauso gut zu Hause bleiben können. Alles willst du allein bestimmen.«

Wie vor den Kopf geschlagen starrte Lea ihre Freundin an, die sie mit blitzenden Augen beschimpfte. Nach der ersten Überraschung fauchte Lea zurück: »Weil du so lahm bist! Einer muss ja die Leitung übernehmen.«

Wütend funkelten sich die Mädchen an. Wie zwei Kampfhähne standen sie sich gegenüber. Gern hätten sie sich die übelsten Dinge an den Kopf geworfen – aber waren sie nicht Freundinnen?

Bevor sich der Streit ausweiten konnte, lenkte ein Geräusch sie ab. Was war das? Vom Erdgeschoss drangen undeutliche Laute zu ihnen hoch. Erschrocken klammerten sich die Mädchen aneinander und versuchten, am Fuß der Treppe etwas zu entdecken. Holzdielen knarrten. Zitternd hielten sie sich gegenseitig fest und horchten die Stufen hinunter.

Wen hatten sie durch ihr Geschrei angelockt? Aufgeregt sah sich Emma nach Fluchtmöglichkeiten um.

Die Mädchen wagten nicht, nach draußen zu schauen. Erst nach einigen Minuten linste Lea aus dem Fenster und lachte leise auf. Ein Liebespaar schlich eng umschlungen vom Haus weg zu den Dünen. Lea winkte ihre Freundin heran. Neben Emma lehnte sie sich über die Brüstung und atmete tief ein.

Romantische Abendstimmung lag über Amrum. Die Luft war erfüllt von hellem Zwitschern. Die Teiche auf den Weiden schimmerten wie flüssiges Silber. Rötliche Sonne leuchtete in den Mähnen der Islandpferde. Das Wort Angst passte nicht in dieses Paradies.

Dann hörten sie erneut Geräusche im Erdgeschoss! Es knarrte, klapperte und rappelte.

»Sicher eine Katze. Oder ein Kaninchen.« Lea blieb diesmal cool. »Eins steht fest: Wir müssen das Fenster unten schleunigst wieder vernageln. Sonst haben wir heute Nacht die ganze Tierwelt von Amrum im Haus.«

Lea spähte aus ihrem Fenster im ersten Stock. »Wir brauchen einen neuen Eingang und Ausgang. Am besten ist dieses Fenster hier.« Sie nahm mit den Augen Maß. »Von hier können wir auf den Vorbau springen und weiter über das Regenrohr nach unten rutschen. Lass uns das gleich ausprobieren. Wir müssen sowieso raus und die Shettys auf die Isländerweide bringen.«

Schon schwang sich Lea aufs Fensterbrett und ließ sich auf das Flachdach der Veranda fallen. Es war wirklich keine Kunst. Sie bedeutete Emma, ihr zu folgen. Das Regenrohr vom Dach auf die Erde machte einen hinfälligen Eindruck und gab ächzend nach, als sich die Mädchen daran hinunterhangelten.

Sie krochen durch die Heckenrosen und überquerten den Weg zur Kuhweide. Weit und breit kein Mensch zu sehen – die Luft war rein.

Hastig führte Emma Herkules und Helena von der Kuhweide zur Isländerkoppel hinüber. Sofort drängten die Shettys auf die Pferdeweide, die Mädchen konnten gerade noch die Stricke entfernen, bevor ihre Ponys losstürmten. Gespannt beobachteten Emma und Lea, wie die beiden von der Herde aufgenommen wurden.

Die rotbraunen Isis stellten das Fressen ein und wandten ihre Köpfe zum Tor. Herkules und Helena blieben erst regungslos stehen, dann begannen sie zu grasen. Ungefähr fünf Minuten ging das so. Doch plötzlich, von einer Sekunde zur anderen, stürmten beide Gruppen wie auf Kommando aufeinander zu. Mit hochgereckten Köpfen umkreisten die Isländer ihre neuen Weidegenossen. Herkules und Helena stiegen und machten sich groß, dann schlugen sie mit ihren

kurzen Beinen aus. Das sah aus wie Handstand, eher lustig als gefährlich.
Mit einer Mischung aus Angst und Freude beobachtete Emma das Kennenlernspiel. »So sind sie, meine kleinen Shettys, die haben vor niemand Angst.«
»Ich auch nicht«, sagte Lea selbstbewusst. »Und du bald auch nicht mehr.«
Sie beobachteten die Shettys noch einige Minuten und gingen dann zurück zum Haus. Emma seufzte glücklich. »Ich bin froh, dass wir meine Kleinen entführt haben. Sie gehören zu mir. Immer und ewig. Warum begreifen meine Eltern das nicht?«
Unterwegs knickte Emma ein paar Büschel Schilf ab. »Damit fege ich den Sand aus unserem Zimmer.«
Lea lag etwas auf der Zunge, etwas über einen Sauberkeitstick, aber Emma hatte sich ja bereits gebessert, darum ließ sie das Lästern. Bloß keine Sticheleien! Sie waren aufeinander angewiesen und mussten sich verstehen. Jetzt hatten sie das Problem zu lösen, wie sie ohne Leiter in den ersten Stock kamen.
Mit vereinten Kräften schafften die Mädchen eine altersschwache Holzkiste, die sie hinterm Haus entdeckten, vor die Veranda. Lea stapelte umherliegende Ziegelsteine auf den Deckel.
Ohne Schwierigkeiten kamen sie nach oben. Nun wollten sie erst einmal essen und danach das offene Fenster im Erdgeschoss mit Brettern vernageln. Während Lea die Rucksäcke auspackte und Brötchen, Safttüten, Äpfel und Popcorn aufs Fensterbrett stellte, fegte Emma den Sand auf den Flur.

Über die Holzdielen des Zimmers rieselte das letzte rötliche Sonnenlicht.

»Abendessen!«, verkündete Lea und setzte sich mit Käsebrötchen und Apfelsaft auf den Boden, mitten in einen Sonnenstrahl.

Emma schnappte sich die Tüte Popcorn und ließ sich neben Lea nieder. Sie riss die knisternde Tüte auf und stopfte sich die Backen voll. Genüsslich schloss sie die Augen und zerbiss krachend die weißen Flocken. Zu Hause gab es kein Popcorn, wegen des Zuckergehalts. Verbot vom Schlittenhund.

8. Kapitel
Cool auf Amrum

Darf man fragen, was ihr hier sucht?«
Wie der Blitz schnellten Lea und Emma hoch, als sie die fremde Stimme hörten. Emma verschluckte sich und hustete krampfhaft. Lea starrte zur Tür. Zwei hellblonde Jungen in lässigen Skaterhosen, etwa vierzehn, standen in der Öffnung. Einer trug ein blaues T-Shirt, der andere mit den Sommersprossen ein rotes.
Lea erkannte die Eindringlinge sofort: Es waren die Radfahrer, die sie heute Nachmittag gesehen hatte. Wie verrückt raste ihr Herz und sie brachte kein Wort heraus. Was wollten die Jungen von ihnen? Geld? Oder wollten sie ihnen nur Angst einjagen?
Nach der ersten Schrecksekunde stürzte sich Lea auf den blauen Jungen. Mit einem Griff packte sie ihn am Kragen und zog ihn zu sich heran. »Hau ab, du Wicht!« Die Szene

hatte Lea im Film gesehen – als Methode, Gegner zu beeindrucken.

Im ersten Moment schien der Trick zu klappen, aber dann lachte der Junge Lea an und sagte: »Süß.«

Emma rannte zur Tür, sie versuchte, ins Treppenhaus zu flüchten.

»Lauf doch nicht weg!«, rief der Junge in Rot und hielt Emma am Handgelenk fest.

Das hätte er nicht tun sollen. Nicht bei Emma, die schon beim Aufstehen von ihrer Mutter hörte, dass die Welt schlecht sei. Nicht bei Emma, die täglich ermahnt wurde, dass sie sich wehren müsse. Nicht bei Emma, die zwei Selbstverteidigungskurse hinter sich hatte.

Ruckartig befreite sich Emma aus dem Griff und ließ ihren Handrücken ins Gesicht des Jungen schnellen. Gleichzeitig versetzte Emma ihm einen kräftigen Tritt gegen das Schienbein.

Der Junge schrie auf. Der Angriff von diesem zarten Geschöpf traf ihn völlig unvorbereitet. Schimpfend hüpfte er durchs Zimmer.

»Wie seid ihr denn drauf? Sehen wir aus wie Verbrecher? Kommt ihr aus einer Karatetruppe?«

Lea öffnete den Mund, um etwas zu sagen, aber sie bekam vor Erstaunen kein Wort heraus. Ihr Blick ging hin und her zwischen Emma und den Jungen. Was war mit ihrer kleinen Freundin passiert, die kämpferisch in der Tür stand? Emma sah aus, als wäre sie jederzeit bereit, Schläge auszuteilen.

Eilig zog der blaue Junge eine Geldbörse hervor und holte seinen Schülerausweis heraus, den er Lea hinhielt. »Ganz ru-

hig, Mädchen. Kommt wieder runter. Wir wohnen hier auf Amrum. Was dachtet ihr? Dass wir euch ausrauben wollen?«
Mit halbem Auge las Lea, dass er Thies hieß, ein alter Friesenname.

»Hauke«, sagte der Junge mit den Sommersprossen und rieb sich das Bein. »Ich heiße Hauke und wohne auch auf der Insel.«
Neugierig ließ er seinen Blick wandern – über die Pferdedecken, die Rucksäcke und das Abendessen.

Vorsichtig kam Emma zwei Schritte näher. »Dein Pech, dass meine Mutter mich zu Selbstverteidigungskursen gejagt hat. Tut mir leid. Man weiß ja nie, wer sich in leeren Häusern rumtreibt.«

»Hast recht – du zum Beispiel. Seid ihr von zu Hause ausgerissen?«

»Ja«, sagte Emma.

»Nein«, sagte Lea gleichzeitig. Schnell fügte sie hinzu: »Das war mehr eine Rettungsaktion. Gebt zu, dass ihr uns beobachtet habt.«

»Klar«, bestätigte Thies. »Wir wissen auch, dass ihr eure Ponys zu den Isländern gebracht habt, auf Inges Weide.«
Lea und Emma wechselten einen vielsagenden Blick. Die Jungen kannten die Pferdefrau – also konnte man ihnen wohl trauen.

»Popcorn?« Als Geste der Versöhnung hielt Emma den beiden die Tüte hin. »Ich heiße Emma. Und das ist meine Freundin Lea.«

Kurze Zeit später hockten sie zusammen auf dem Boden und knabberten die Reste des Popcorns. Natürlich wollten Thies und Hauke mehr wissen.

»Emma musste ihre Ponys in Sicherheit bringen, sonst hätten ihre Eltern die beiden verkauft«, erklärte Lea. Dann erzählte sie ihre ganze Geschichte. Von Westerbüll und dem Schlittenhund. Von Herkules und Helena. Vom Friesenhof, von Magic und Luna. Von ihrer Schwester Klara und ihren Freundinnen. Und von Frauke aus dem Fleegamwai, bei der sie übernachten wollten, die sie aber vergebens auf Amrum gesucht hatte.

»Frauke war in meiner Klasse«, sagte Thies. »Sie ist mit ihrer Mutter weggezogen. Ihre Eltern haben sich scheiden lassen.«

»Stimmt«, sagte Lea erfreut. »Das ist der zweite Beweis, dass ihr von der Insel seid. Ich glaube, ist seid ungefährlich, was meinst du, Emma?«

Drohend hob Emma die Fäuste. »Wenn nicht, wisst ihr ja, was euch blüht.«

»Hilfe, lass stecken!« Hauke lachte. Er rieb sein Gesicht. Die Sommersprossen glühten da, wo Emmas Ohrfeige gesessen hatte. »Ist schon peinlich genug, dass mich ein Mädchen verhauen hat, das einen Kopf kleiner ist. Nur gut, dass ihr uns braucht.«

»Pah«, sagte Lea sofort, »wir brauchen niemand.«

»Braucht ihr doch!« Hauke tippte mit dem Fuß gegen die Taschenlampe neben Leas Rucksack. »Denn ich wette, ohne unsere Warnung würdet ihr die Lampe anknipsen, sobald es dunkel wird.«

»Und warum sollten wir sie nicht anknipsen?«

Hauke zeigte nach Süden. »Euer Haus liegt genau im Blick der Erholungsheime. Die Kinder sehen das winzigste Licht bei euch. Jeder weiß, dieses alte Haus steht leer und wird bald abgerissen. Licht heißt: Da hält sich jemand auf trotz Verbot.« Er zählte an den Fingern ab, warum die Mädchen ihn außerdem brauchten: »Die Steine auf der Holzkiste müssen weg, viel zu auffällig. Ihr müsst mit einer Leiter in den ersten Stock. Das Fenster unten muss wieder vernagelt werden.«

Lea stand auf und wischte sich Krümel von der Hose. Sie peilte durchs Fensterloch. Hauke hatte recht – klar und deutlich erkannte sie die erleuchteten Kinderheime. Umgekehrt würde es ebenso sein.

»Woher weißt du das alles so genau?«, fragte Lea. »Ihr habt garantiert schon heimlich hier geschlafen.«

Thies lachte und zuckte die Schultern. »Logisch. Was denkst du denn? Wenn man so eine geheimnisvolle Ruine vor der Nase hat, muss man die Gelegenheit nutzen.«

Er bot an, das untere Fenster zu vernageln. Falls jemand ihn dabei beobachtete, konnte Thies vorgeben, abgerissene Bretter wieder anzubringen. Vorher wollten die Jungen Schlafsäcke, Isomatten und Luftmatratzen ins Haus schaffen.

Ohne lange zu zögern, fuhr Hauke nach Hause. Kurz bevor es dunkel wurde, kam er mit mit einem vollbepackten Fahrradanhänger zurück.

Flüsternd huschten sie mit den Sachen durchs dämmrige Treppenhaus, das unter ihren Schritten ächzte. Bald sah das obere Zimmer fast wohnlich aus. Jedenfalls gab es nun bequeme Betten und Lea und Emma mussten sich nicht mit Pferdedecken begnügen.

Hauke befestigte eine Schiffsstrickleiter an einem Balken des Verandadachs. Verließen Lea und Emma das Haus, sollten sie die Sprossenleiter aufs Dach werfen. Hauke besorgte einen langen Stock, mit dem man die Strickleiter vom Dach herunterangeln konnte.

Während Lea und Emma kichernd Tests mit der Strickleiter machten, kümmerte sich Thies um das offene Fenster im Erdgeschoss. Er band ein Tuch um den Hammer und nagelte die Bretter an.

Sie verabredeten sich für den nächsten Morgen, Sonntag, um 5.30 Uhr vor der Surfschule am Strand. Die Jungen wollten Essen mitbringen. Ins Haus zu kommen, schien ihnen zu riskant, denn Sonntag früh fand eine Wattwanderung statt. Der Weg zum Watt führte am grauen Haus vorbei.

Die Sonne war untergegangen, als sich die Jungen verabschiedeten, doch richtig dunkel war es nicht. Die Nordsee leuchtete noch einmal auf, bevor es Nacht wurde. Auf rätselhafte Weise erhellte das Meer die Dünen. Es schien, als dauerte der Sommertag weiter an.

Thies hinterließ seine Handynummer, dann hangelte er sich hinter Hauke aus dem Fenster.

Flüsternd rief Emma ihn zurück. »Weißt du, wann Inge zu den Isländern geht? Morgens oder abends? Wir müssen unsere Ponys rechtzeitig von der Weide holen.«

»Inge arbeitet im Hotel, sie hat nur abends Zeit«, gab Thies leise zurück.

»Perfekt. Bis morgen. Und – danke.«

»Bist ganz schön cool, Emma«, flüsterte Thies, bevor er sich abwandte. »Ich kenne kein Mädchen, das hier übernachten

würde.« Lautlos stieg er hinter Hauke hinunter und verschwand mit ihm durch die Heckenrosen.
Lea und Emma waren allein. Lea ließ sich auf ihre Luftmatratze fallen und streckte sich aus. Sie hatten ihr Lager hinter der Tür aufgebaut, schräg gegenüber vom offenen Fenster, durch das ein leiser Windzug strich. Es war immer noch brütend warm im Haus und die leichte Brise tat gut.
Die Mädchen lagen dicht nebeneinander, hielten sich an den Händen und lauschten auf die Geräusche draußen. Die Nordsee war deutlich zu hören, gleichmäßig rauschten die Wellen an den Strand. Sacht strich der Wind durch Strandhafer und Schilf. Die Vögel waren noch hellwach, von den Wiesen kam rastloses Gezwitscher. Ab und zu dröhnte ein dumpfes Muh durch die Nacht, auf den Weiden hörte man die Pferde schnauben.
»Überleg mal, was wir heute alles erlebt haben. Unglaublich, Emma! Der Tag kommt mir so lang vor wie vier Wochen.«
»Mir wie vier Jahre.«
Lea kicherte, sie dachte an den Moment, als Thies und Hauke plötzlich in der Tür standen.
»Du warst klasse, Emma. Wie du dem armen Hauke eine geklebt hast! Wieso hast du nie erzählt, dass du Selbstverteidigung gelernt hast?«
»War mir zu blöd. Was ist das schon gegen Reiten?«
»Jedenfalls hast du dir damit Respekt verschafft. Und reiten lernst du auch noch. Wetten, dass du endlich darfst, wenn deine Mutter dich heil zurückbekommt? Was glaubst du, wie froh sie sein wird, dass dir nichts passiert ist.«
»Oder sie dreht ganz durch.« Emma sah auf ihre Armband-

uhr. Die Ziffern leuchteten. »Gut eine Stunde bis Mitternacht, dann müssen wir Klara anrufen. Ob meine Eltern schon was gemerkt haben?«
Sie flüsterten noch einige Minuten und versuchten, wach zu bleiben. Doch das Meer wirkte wie ein Schlafmittel. Die Nordsee lullte sie ein, sie rauschte so gleichmäßig, so beruhigend, dass sie Mühe hatten, die Augen offen zu halten.
Der Wind frischte etwas auf und machte die Wärme erträglich, aber das merkten Lea und Emma nicht mehr, denn da schliefen sie schon. Emma hielt die Decke von Herkules im Arm und lächelte im Schlaf.

Mit wildem Herzklopfen schoss Lea um Mitternacht hoch, als ihr Handy klingelte. Benommen tastete sie nach dem Gerät. Sie brauchte einen Moment, um ihre Gedanken zu ordnen, bevor sie sich meldete.
In Westerbüll beugten sich drei Mädchenköpfe über den Hörer, den Klara in der Hand hielt. Sie saß zwischen Nelly, Jette und Mascha auf dem Matratzenlager in Nelly Ingwersens Zimmer.
»Na endlich«, sagte Klara erleichtert. »Warum meldet ihr euch nicht, Lea? Alles in Ordnung?«
Sofort war Lea hellwach. »Blöd, wir sind eingeschlafen.«
»Sind Emmas Ponys in Sicherheit?«
»Sie stehen auf einer Weide mit Isländern. Ein super Platz. Wir haben zwei Jungen kennen gelernt, die uns Luftmatratzen besorgt haben.«
»Wieso zwei Jungen? Seid ihr nicht bei Frauke?«
»Nee, die wohnt nicht mehr auf Amrum. Wir übernachten im

grauen Haus in den Dünen. Du weißt doch, das alte Hotel, das leer steht. Deshalb haben uns die Jungen ja Luftmatratzen gebracht.«

»Fremde Jungen? Sind die okay? Seid vorsichtig! Wie alt sind sie?«

Emma kroch zu Lea hinüber und lauschte ins Handy.

»Ungefähr vierzehn, sie wohnen auf Amrum. Klar sind sie in Ordnung. Einen davon hat Emma erst einmal verprügelt.«

»Emma? Unsere kleine Emma?«

Lea lachte leise. »Nehmt euch für die nächsten Wochen nichts vor. Wir haben viel zu erzählen.«

Klara berichtete, wie sie Emmas Eltern am nächsten Tag mit dem geplanten Fahrradtrick in Sicherheit wiegen wollten. »Morgen übernachten wir bei Mascha. Denkt daran. Und lass dein Handy von den Jungens aufladen. Bestimmt ist der Akku bald leer«, schloss Klara.

Für alle Fälle ließ sich Klara noch die Telefonnummer von Thies geben.

9. Kapitel
Überraschung in Rot

Den Rest der Nacht schliefen Lea und Emma nur noch unruhig. Das Gespräch mit Klara beschäftigte sie. Die Erschöpfung war vorüber. Nun lauschten sie auf jeden Laut im Haus. Das ganze Holz schien in Bewegung zu sein. Das alte Hotel lebte, leise knarrten Balken und Dielen. Türen klapperten. Zwischendurch ein Huschen und Trippeln. Bestimmt suchten Tiere hier Unterschlupf. Die Mädchen waren froh, dass sich ihre Tür schließen ließ.

Lange vor Sonnenaufgang standen Lea und Emma auf. Sie stiegen über die Strickleiter nach unten, warfen sie aufs Dach und liefen zur Isländerweide. Herkules und Helena fraßen Gras, das erkannte man in der Dämmerung. Neben jedem Shetty stand ein Isländerpferd, ein fuchsrotes und ein rot-weiß geschecktes. Die vier benahmen sich wie uralte Bekannte.

»Herkules und Helena freuen sich, dass sie Kumpels haben«, sagte Lea. »Richtige Pferdefreunde, nicht nur Kühe. Von Weitem kann man deine Shettys fast für Fohlen halten.«
Natürlich wusste Lea, dass jeder Pferdekenner den Unterschied bemerken würde. Shettys haben kurze Beine, Fohlen dagegen lange und staksige. Doch daran wollte Lea nicht denken. Die rote Fellfarbe der Pferde glich sich, das war für sie die Hauptsache.
Die Mädchen liefen von der Weide zum Deich und weiter durch die Salzwiesen zum Watt. Im Osten zog die Morgendämmerung auf. Der Himmel färbte sich feuerrot, bevor die Sonne aufging.
Lea zeigte auf ein Schild. »Hier starten die Wattwanderungen nach Föhr. Macht Spaß. Aber daraus wird diesmal wohl nichts.«
Lea sagte das leichthin. Wie sollte sie auch wissen, dass sie sich irrte?
»Ich habe Hunger«, bemerkte Emma. »Lass uns zum Strand gehen. Vielleicht kommen Hauke und Thies auch etwas früher. Frische Brötchen – hmmm.«
Über Bohlenwege liefen sie durch die grandiose Dünenlandschaft, auf und ab durch Sandtäler und über Sandberge – und plötzlich lag die Nordsee vor ihnen.
Die Surfschule mit den bunten Geräten war leicht zu finden. Durch tiefen weißen Sand stapften Lea und Emma zum Ständer mit den Surfbrettern hinunter. Daneben stand ein großes Trampolin. Sehr verführerisch. Die beiden sahen sich an: Durfte das unbenutzt bleiben? Mussten sie die erste überstandene Nacht nicht mit Luftsprüngen feiern?

Emma und Lea warfen die Schuhe in den Sand und schwangen sich aufs Trampolin. Juchzend hüpften sie auf dem Sprungtuch, machten waghalsige Drehungen, sprangen lachend wieder hinunter und rannten außer Atem über den Strand. Emma streckte die Arme aus und lief, so schnell wie sie nur konnte, am Brandungssaum entlang. Der Sand fühlte sich unter ihren nackten Füßen super an. Prickelnder Seewind brachte Emmas Gesicht zum Glühen und massierte ihre nackten Arme. Der Strand war unendlich lang, so herrlich lang. Beim Rennen musste man nicht an Westerbüll denken und an die Eltern. Am liebsten wäre Emma immer weitergelaufen.

Aber irgendwann bekam sie Seitenstiche und blieb keuchend stehen. Sofort dachte sie wieder an Helena und Herkules, an den drohenden Verkauf ihrer Ponys, an ihre Mutter und schon hingen die Probleme wie dunkle Wolken über ihr.

»Das geht schief. Ich glaube, weglaufen hilft nichts«, sagte Emma mit rasselndem Atem.

Lea schnappte nach Luft und tippte sich an die Stirn. »Siehst doch, dass es hilft. Jedenfalls sind deine Ponys erst einmal in Sicherheit.«

Sie spähte zur Surfschule hinüber. Dort fuchtelte jemand mit den Armen. Lea winkte zurück.

»Wenn du schlechte Laune verbreitest, wird dein Frühstück gestrichen.«

»Bloß nicht.« Emma lachte schon wieder.

Sie trabten zu Thies hinüber, der eine große Papiertüte schwenkte.

»Gut geschlafen auf unseren Luftmatratzen?«, fragte er. Mit dem Arm fegte er eine Sandschicht vom Plastiktisch, der im Windschatten der Surfbude stand.
Lea schnupperte an der Tüte. »Wo hast du die Brötchen so früh her?«
»Direkt aus der Backstube geholt. Das machen alle, die Hotels oder Pensionen haben.«
Aus seinem Rucksack packte Thies Nusscreme und Marmelade aus, Milch und Apfelsaft. Er deckte den Tisch mit Bechern und Messern. Es war sehr hell, obwohl die Sonne noch nicht aufgegangen war. Das Morgenrot wich blassroten Streifen.
Thies blinzelte zum Himmel. »Bei Morgenrot ändert sich das Wetter, meistens wird es schlechter. Hoffentlich ist euer Dach dicht, falls es Regen gibt.«
Emma hörte gar nicht hin. Suchend blickte sie über den Strand. In der Ferne joggten ein paar Frühaufsteher.
»Kommt Hauke nicht?«
Thies schnitt ein Brötchen auf. »Willst du ihm wieder eine kleben?«
Emma wurde rot. »Blödsinn.« Sie griff nach Thies' Brötchen, strich fingerdick Nusscreme darauf und biss mit wohligem Stöhnen in die knusprige Kruste.
»Wenn das deine Mutter sehen würde!« Lea konnte das Lästern nicht lassen. »Emma ohne Körnermüsli. Der Schlittenhund würde auf der Stelle ohnmächtig.«
Thies lachte. »Hauke kommt nach. Er will vorher eine Überraschung für dich besorgen, Emma. Etwas, das du sehr gern magst.«

»Eine Überraschung? Für mich? Was ich gern mag?« Emma zählte auf, was sie liebte, zu Hause jedoch nie essen durfte: knusprige Reibekuchen, Krabben vom Kutter, Lakritzschnecken, Walnusseis.

Thies winkte ab. »Total daneben. Denk an etwas Rotes.«

»Rote Grütze, Himbeereis, Räucherlachs, Spaghetti mit Tomatensoße, Hamburger mit Ketchup . . .«

Thies unterbrach sie. »Emma! Was ist rot, hat acht Beine – und was liebst du am meisten?«

»Zwei rote Gummibärchen!«, schrie Lea.

»Herkules und Helena!«, rief Emma und stieß fast den Tisch um, als sie aufsprang. »Da sind sie! Dort oben!«

Tatsächlich! Vom Dünenkamm näherten sich zwei fuchsrote Shettys, mit ihren kurzen Beinen versanken sie fast im Sand. Dazwischen ging eine große rote Gestalt, die die Ponys an langen Stricken führte – Hauke.

Überglücklich stapfte Emma ihm durch den hohen Sand entgegen. »Ich dachte, du freust dich, wenn deine Shettys mit uns frühstücken«, sagte Hauke. »Dann habe ich vielleicht eine Chance, dass du mich nicht verprügelst. Nimmst du mir ein Pony ab? Das war Schwerarbeit, sie hierher zu führen.«

»Dass du es überhaupt geschafft hast.« Emma nickte ihm anerkennend zu und griff nach Helenas Strick. »Mit einem Fremden gehen sie eigentlich nicht von der Herde weg.«

»Das habe ich gemerkt«, sagte Hauke trocken und betrachtete die rote Innenfläche seiner Hand. Der Strick – er stammte von seinem Surfbrett – hatte die Haut arg geschunden.

Sie arbeiteten sich zur Surfbude vor, wo der Strand fester

war. Sofort fingen die Shettys an zu scharren, warfen sich in den Sand, wälzten sich und sprangen prustend auf die Beine. Dann nahmen sie Kurs auf den Tisch und wollten an das Frühstück.
»Halt!« Thies zauberte eine Tüte mit Pferdebrot aus seinem Rucksack und hielt den Ponys die harten Brötchen hin. »Wir denken an alles.«
Emma hockte sich auf die schmale Holztreppe, die zur Surfbude führte, hielt ihre Shettys fest und ließ sich von Hauke mit Nusscreme-Brötchen füttern. »Das schönste Frühstück meines Lebens«, sagte sie und strahlte.
Die Sonne kroch über den Dünenrand und im nächsten Moment sah es aus, als ginge eine Riesenlampe über Amrum an. Sonnenlicht flutete über den Strand.
Am Ende des Bohlenwegs zuckelte ein Trecker mit angehängter Plattform hin und her und brachte Strandkörbe von der Dünenkante ans Meer. In der anderen Richtung pflügte ein Geländewagen durch den Sand. Die Inselbewohner nahmen ihre Arbeit auf.
Thies stand auf und räumte die Reste weg. »Wird Zeit zu verschwinden. Wenn uns jemand mit den Ponys sieht, gibt es nur Gerede.«
Die restlichen Brötchen steckte er in die Rucksäcke der Mädchen, außerdem Vorräte an Obst, Käse und Mineralwasser.
Thies nahm Leas Handy zum Aufladen mit, nachmittags wollte er es zum grauen Haus zurückbringen. Als Erkennungspfiff vereinbarten sie die Anfangstöne der Nationalhymne.

Über einen abseits gelegenen Steg schlugen sich die Jungen durch die Dünen. Lea und Emma nahmen mit den Ponys den offiziellen Pfad. Herkules und Helena rieben ihre Köpfe an den Mädchen und genossen es sichtlich, vertraute Menschen um sich zu haben.

Trotzdem freute sich Emma nicht unbeschwert. Die ganze Zeit hatte sie ein mulmiges Gefühl. Der Gedanke an ihre Eltern bedrückte sie. Eigentlich wollte sie ihnen keinen Kummer machen. Andererseits ertrug Emma den fürchterlichen Gedanken nicht, Herkules und Helena zu verlieren.

Was würde passieren, wenn der Kaufinteressent die Ponys nicht bei Bauer Bosse vorfand? Garantiert würden ihre Eltern sofort eine große Suchaktion starten und die Polizei alarmieren. Bestimmt würde man Klara und ihre Freundinnen unter Druck setzen. Verrieten sie dann ihr Versteck auf Amrum? Würde sie, Emma, dann verhaftet? Sie stellte sich vor, wie zwei Polizisten sie mit Handschellen auf die Fähre führten.

Bei der Vorstellung, auch Herkules und Helena würden Hand- oder vielmehr Fußschellen angelegt, musste Emma kichern, obwohl die Sache nicht spaßig war.

»Was lachst du so irre? Lass endlich dein Pony auf die Wiese, damit ich das Gatter schließen kann.«

Emma schrak auf. In Gedanken versunken hatte sie nicht bemerkt, dass sie bereits vor der Isländerweide standen. Ungeduldig ruckelte Lea mit dem Tor. Emma beeilte sich, Herkules freizulassen. Sehnsüchtig sah sie den Pferden zu, die sich begrüßten, als hätten sie sich eine Ewigkeit nicht gesehen.

»Wenn ich meine Shettys nicht behalten darf, drehe ich durch. Du glaubst nicht, wie ich mich vor dem Verkaufstag fürchte. Lach mich ruhig aus.«

Lea legte ihr den Arm um die Schultern. »Tue ich nicht. Wenn ich mir vorstelle, mein Magic würde verkauft . . .«

»Eine Hoffnung habe ich noch«, sagte Emma. »Der Käufer kommt aus Köln. Wenn meine Shettys nicht da sind, fährt er bestimmt kein zweites Mal die weite Strecke.«

Ihr Blick ging zum Ende der Weide hinüber, wo hohe Schilfhalme wucherten.

»Am liebsten würde ich für uns im Schilf eine Hütte bauen. Und den ganzen Sommer bei den Pferden auf Amrum bleiben.«

»Schön wär's«, seufzte Lea. »Dann würde ich Magic auch hierher holen.«

Die Mädchen schlugen den Weg zurück zum Meer ein.

Den Tag verbrachten sie am Strand. Im hellen Licht, mit Seewind auf der Haut, schienen die Sorgen nicht mehr so bedrückend. Sie bauten sich eine Sandburg abseits der Strandkörbe und sahen den Surfern zu, die über die Nordsee schossen.

Mittags kauften sie Pommes frites und setzten sich zum Essen an die Surfbude.

Nachmittags kehrten Lea und Emma zum grauen Haus zurück, um die Jungen abzupassen. Sie hockten sich an die Pferdeweide und warteten auf eine Gelegenheit, unbemerkt die Strickleiter vom Dach zu holen. An diesem Sonntagnachmittag wimmelte es von Ausflüglern.

Die Mädchen harrten noch im Gras aus, als Thies und Hauke

mit ihren Rädern kamen. Schon von Weitem winkten die Jungen aufgeregt. Lea und Emma standen auf und liefen ihnen entgegen.

»Was ist passiert?«, fragte Lea.

Kaum war Hauke vom Rad gesprungen, platzte er mit der Neuigkeit heraus: »Ihr müsst hier weg! Das Haus wird abgerissen.«

Lea fühlte sich, als hätte Hauke ihr kaltes Wasser über den Kopf gegossen. Sie musste tief Luft holen. »Ausgerechnet jetzt? Seid ihr sicher?«

Emma wurde blass unter ihrer Sonnenbräune und griff sich ans Herz. Es raste wie noch nie.

Die Jungen redeten wild durcheinander. Haukes Vater hatte die Nachricht beim Mittagessen verkündet. Das Holz sei extrem hinfällig, man habe Angst, dass das Gebäude einstürze. Darum wolle man mit dem Abriss nicht länger warten. »Diese Woche soll es losgehen, vielleicht schon morgen.«

Den ganzen Nachmittag hatten sich die Jungen Gedanken gemacht, wo die Mädchen unterkommen könnten. Thies präsentierte den besten Vorschlag.

Seine Cousine wohnte auf der Nachbarinsel Föhr, auf einem Bauernhof mit Pferden. Thies war sicher, dass sie ihren Vater überreden könnte, die Shettys aufzunehmen. »Meine Cousine ist absolut tierlieb – wenn sie eure Geschichte hört, schmilzt sie vor Rührung.«

Emma schöpfte wieder Hoffnung.

»Blöderweise ist meine Cousine heute auf einem Reitturnier, darum kann ich sie telefonisch nicht erreichen«, fuhr Thies fort. Ihm fiel Leas Handy ein, das er aufgeladen hatte.

Er zog es aus der Hosentasche und gab es Lea zurück. »Lass es abgeschaltet, bis du es brauchst, sonst ist der Akku bald wieder leer.«

Wie konnte er ahnen, dass sich in Westerbüll jemand die Finger wund wählte, um dieses Handy zu erreichen?

Thies berichtete, wie er sich den Umzug nach Föhr vorstellte. »Wir nehmen die Fähre. An Bord halten Hauke und ich eure Shettys, damit euch niemand mit den Ponys sieht.«

Montag nach der Schule wollten die Jungen zum Amrumer Hafen kommen, um Lea und Emma zu begleiten. Es gab noch zahlreiche Einzelheiten zu besprechen. Als Thies und Hauke sich am Sonntagabend verabschiedeten, dämmerte es bereits und es wurde Zeit, die Shettys von der Weide zu holen. Jeden Moment konnte Inge erscheinen.

»Morgen früh räumen wir das Zimmer im grauen Haus. Vor der Schule«, kündigte Thies an. »Um Punkt sieben sind wir da und holen alles ab. Schlafsäcke, Luftmatratzen, Isomatten.«

Doch was taugen die besten Pläne, wenn dann etwas dazwischenkommt?

10. Kapitel
Der Schlittenhund schnüffelt

Währenddessen spitzte sich am Sonntag auch in Westerbüll die Lage zu – aber erst am späten Nachmittag . . .
Der Sonntagmorgen begann für das verschworene Team in Westerbüll mit der kribbelnden Aussicht auf ein neues Täuschungsmanöver, mit dem man Emmas Eltern in Sicherheit wiegen wollte. Jette sollte als Emma-Doppelgängerin durch den Heckenrosenweg fahren. So lange, bis Frau Hansen aus dem Fenster guckte und sie entdeckte.
Von Emma wussten die Mädchen, dass ihre Mutter sonntags um neun Uhr in der Küche das Frühstück vorbereitete. Punkt neun Uhr. Was Emma normalerweise mächtig auf den Geist ging – nämlich die Pünktlichkeit und Korrektheit ihrer Mutter –, war in diesem Fall ein Pluspunkt. So konnte man Ablenkungstricks leichter planen.
Warme Augustsonne schien auf Westerbüll, als Klara, Jette,

Nelly und Mascha aufstanden. Sie hatten die Nacht bei Nelly Ingwersen verbracht und wollten unbedingt vor dem Frühstück in den Heckenrosenweg. Kichernd kramten sie Emmas Radausrüstung hervor und umringten Jette, während die sich anzog.

Jette war genauso zierlich wie Emma, wenn auch etwas kleiner, aber das spielte auf dem Fahrrad keine Rolle. Von allen Seiten wurde Jette beäugt, ob sie wohl als Emma durchgehen konnte.

Jette streifte Emmas Sicherheitsweste über, die in Neongrün und Orange leuchtete, und stopfte ihr langes Haar mit den Zöpfchen unter den Fahrradhelm. Erwartungsvoll blickte sie in die Runde. »Wie sehe ich aus?«

Nelly, Mascha und Klara traten zurück und begutachteten sie kritisch.

Klara verzog das Gesicht. »So geht das nicht, Jette. Deine dunklen Haare blitzen unter dem Helm hervor. Außerdem ist Emma blasser als du. Viel blasser. Der Schlittenhund glaubt niemals, dass Emma an einem Tag so braun geworden ist.«

Gut, dass sie Nelly hatten. Die kam immer auf verrückte Ideen. Nelly lief aus dem Zimmer und kehrte mit einer hauchdünnen hellen Strumpfhose und einer Dose Babypuder zurück.

Sie nahm Jette den Fahrradhelm ab und zog ihr die Strumpfhose übers Haar. Ohne sich um Jettes Protest zu kümmern, zwirbelte Nelly die Strumpfhosenbeine oben zusammen und setzte Jette den Helm wieder auf. Dann schlug Nelly noch den Kragen der Leuchtweste hoch, damit man im Nacken keinen Ansatz sah. Nun kam das Gesicht dran. Mit einem Wattebausch stäubte Nelly ihrer Freundin weißen Puder über die dunklen Augenbrauen und ins Gesicht.

»Jette sieht aus, als wäre sie in einen Mehlsack gefallen«, stellte Mascha fest. »Wie ein bleicher Halloween-Geist.«

»Aber nur aus der Nähe«, beruhigte Klara die anderen. »Denkt dran, Emmas Mutter sieht sie von oben, aus dem zweiten Stock, und nur auf dem Fahrrad.«

Jette starrte in den Spiegel, den Nelly ihr hinhielt. »Wenn mich ein Junge aus meiner Klasse sieht, bringe ich dich um, Nelly. Aber was tut man nicht alles, wenn es um Pferde geht. Und nun nichts wie los!«

Sie liefen nach draußen, schnappten ihre Fahrräder und verdrückten sich im Schatten der Bäume. Zum Glück sah man weit und breit keinen von der Familie Ingwersen, der sich über Jettes Blässe gewundert hätte.

Eilig fuhren sie die Nordseestraße hinunter und kurvten über einen Feldweg, von dem der Heckenrosenweg abging. Die ganze Zeit hielt Jette den Kopf gesenkt, damit niemand ihr weiß gepudertes Gesicht sah. Nun schielte sie auf die Uhr. »Fünf Minuten vor neun. Wir starten jetzt.«

Gemächlich radelten Jette und Mascha über den Heckenrosenweg, während Klara und Nelly das Küchenfenster von Familie Hansen im Auge behielten. Das Kippfenster im zweiten Stock stand halb offen. Aus der Entfernung meinte Klara, dahinter eine Frau zu erkennen. Jette durfte nicht nach oben gucken, vielleicht würde der Schlittenhund die Täuschung doch bemerken.

Dreimal fuhren Jette und Mascha bis ans Ende der Straße,

drehten um und wiederholten die Tour. Zweimal bedienten sie anhaltend ihre Fahrradklingeln. Mit einem Seitenblick auf Klara registrierte Jette bei jedem Wenden, dass sie den Kopf schüttelte. Das bedeutete: Bei Hansens hat niemand aus dem Fenster geguckt.

Bei der vierten Tour langweilte sich Jette und wurde nachlässig. Sie ließ den Lenker los und kurvte freihändig über die menschenleere Straße.

»Spinnst du?«, zischte Mascha neben ihr. »Emma darf doch nicht freihändig fahren! Willst du unbedingt den Schlittenhund auf die Straße locken?«

Erschrocken ergriff Jette den Lenker, gerade als Klara sie zu sich heranwinkte.

»Wir müssen Lärm machen, damit Frau Hansen endlich aus dem Fenster schaut. Sie bleibt ja nicht ewig in der Küche. Wenn sie erst beim Frühstück am Tisch sitzt, war der ganze Aufwand umsonst.«

Klara wusste bereits, wie sie für Krach sorgen konnte: Sie wollte ein Pferd vom Friesenhof holen und ein Stück in den Heckenrosenweg reiten. Hufe mit Eisen dröhnen gewaltig auf dem Asphalt, ein Geräusch, das den Schlittenhund hundertprozentig ans Fenster locken würde.

Nelly bekam den Auftrag, vom Handy aus mehrmals bei Hansens anzurufen und aufzulegen, damit der Schlittenhund die Arbeit in der Küche unterbrechen musste.

Im Eiltempo raste Klara das kurze Stück zum Friesenhof. Zum Glück war ihr Vater mit den Ferienkindern ausgeritten.

Als Klara in den Stall huschte, schickte sie ein Stoßgebet zum Himmel: »Hoffentlich steht ein Pferd mit Hufeisen drinnen.«

Ihre Lieblingsstute Luna war nicht da, aber vier andere Pferde standen in den Boxen, die blonden Fjordis Flicka und Joker und die schwarzen Friesen Willem und Friso. Rasch trenste sie Willem und führte den Friesen über den Hof. Aus den offenen Fenstern des Friesenhauses drang das Klappern von Geschirr. Klara zuckte zusammen. Bloß weg, bevor ihre Mutter herausschaute und Fragen stellte. Klara schwang sich auf Willems bloßen Rücken und gelangte ungesehen zum Heckenrosenweg.
Sie bog von hinten in Emmas Straße ein, sodass sie von Hansens Haus aus nicht zu sehen war, nur zu hören. Ihr Plan ging auf. Kaum klapperten Willems schwere Hufe auf dem Asphalt, wurden überall in der Straße die Gardinen beiseite geschoben. Aufgeregt gab Nelly das ersehnte Zeichen: Frau Hansen blickte aus dem Fenster.
Sofort drehten Jette und Mascha die entscheidende Fahrradrunde.
Als Frau Hansen gegen die Scheibe klopfte, traten die beiden, ohne aufzublicken, fester in die Pedale.
Perfekt! Das Täuschungsmanöver war gelungen.
Lachend und triumphierend kehrten sie heim, während Klara zum Friesenhof ritt, wo sie Willem unbemerkt in seine Box brachte. Danach fuhr sie zu Nelly.
Den ganzen Tag gab es bei den vier Mädchen in Westerbüll nur ein Thema: Familie Hansen. Wie lange konnte man Emmas Eltern noch hinhalten? Wenn die Sache aufflog, wie würden sie reagieren? Wütend? Ärgerlich? Oder schmolzen sie dahin vor Gram, weil ihre Prinzessin vor ihnen geflohen war? Würden sie Emma jeden Wunsch erfüllen,

wenn sie nur unversehrt zurückkehrte? Wenn Hansens die Shettys dann doch behielten – wo sollten Herkules und Helena bleiben? Schließlich war es keine Lösung, sie nur irgendwo auf eine Wiese zu stellen, ohne dass Emma je in den Sattel steigen durfte. Emma sollte endlich reiten lernen. Ab wo? Leider vermietete Klaras Vater keine Boxen für Privatpferde.

»Bei Bauer Bosse in Sanderhörn waren die Shettys doch gut untergebracht«, meinte Mascha. »Sie brauchen nur eine andere Wiese, keine Kuhweide. Der Haken: In Sanderhörn kann Emma nicht reiten lernen.«

Endlich, nach dem Mittagessen, hatte Klara die zündende Idee.

»Die Shettys wohnen bei Bauer Bosse wie bisher. Und zum Reitunterricht bringen wir sie auf den Friesenhof. Bis Emma selbst reiten kann, holen wir die Ponys von Sanderhörn ab. Jette und Nelly, ihr seid leicht und könnt gut auf den Kleinen sitzen.«

Nachdem diese geniale Lösung gefunden war, fühlten sich die vier sehr zufrieden. Dabei stand das Ganze auf reichlich wackeligen Füßen. Alles hing von der Entscheidung von Emmas Eltern ab. Bisher gab es nicht mal den Hauch einer Hoffnung, dass sie die Shettys behalten würden. Aber den Gedanken daran verdrängten die Mädchen mit Macht.

Nachmittags packten sie ihre Schlafsachen zusammen und radelten zu Mascha, wo sie heute übernachteten.

Während Jette und Nelly sich bei Mascha einrichteten, fuhr Klara an diesem Sonntag ein zweites Mal zum Friesenhof.

Wie jeden Nachmittag wollte sie Luna reiten. Ihr Vater legte Wert darauf, dass täglich erfahrene Reiter im Sattel der Friesen saßen.

Der Friesenhof lag friedlich in der Nachmittagssonne, als sie ankam und ihr Rad am Eingang abstellte. Von der Shettyweide drang übermütiges Lachen herüber. Die Ferienkinder spielten mit Rambo und Zorro.

Klara stieg durchs Treppenhaus nach oben. Familie Eichhorn wohnte unterm Dach. Die Wohnzimmertür stand offen und Klara sah ihren Vater am Fenster sitzen und lesen. Sie steckte die Nase ins Zimmer.

»Hi, Papa. Ich reite jetzt Luna und Magic.«

Erstaunt blickte Herr Eichhorn von seinem Fachblatt auf. »Wieso auch Magic? Kommt Lea nicht?«

»Nein. Wird heute nichts. Sie schreibt mit den anderen an ihrem Referat. Bis später, Papa.«

Während sich Klara in ihrem Zimmer in die Reithose zwängte, beobachtete sie die Kinder auf der Shettyweide. Rambo und Zorro hatten ihren Spaß daran, mit den Ferienmädchen Fangen zu spielen. Schnaubend flitzten sie hin und her, ausgelassen warfen sie ihre Köpfe.

Klara dachte an weniger glückliche Shettys – an Herkules und Helena. Sie seufzte. Bis jetzt war der Käufer offenbar noch nicht aufgetaucht. Sonst hätten Emmas Eltern schon ganz Westerbüll aufgemischt. Klara drehte ihre blonden Haare im Nacken zusammen und stopfte sie im Hinausgehen unter den Reithelm.

Das Telefon klingelte, als Klara am Wohnzimmer vorbeiging. Mit halbem Ohr bekam sie mit, wie ihr Vater sagte:

»Moin, Herr Bosse. Wie geht es in Sanderhörn? – Was liegt noch bei Ihnen? Bitte? Ich verstehe nicht . . .«
Mit hochrotem Gesicht stürzte Klara ins Zimmer und riss ihrem Vater den Hörer aus der Hand. Seine Zeitschrift fiel zu Boden, fast hätte sie auch noch das Saftglas umgestoßen.
»Das ist für mich. Es geht um Emmas Ponys.« Klara griff nach dem Hörer und entfernte sich ein paar Schritte.
»Was ist das für ein Benehmen?«, polterte Markus Eichhorn und strich die Zeitungsseiten glatt. So kannte er seine Tochter gar nicht.
»Herr Bosse, ich soll Emma sicher etwas ausrichten. Wegen der Shetlandponys«, flötete Klara mit zuckersüßer Stimme in den Apparat.
Bauer Bosse klang irritiert. »Wieso? Die Ponys stehen doch bei euch auf dem Friesenhof.«
»Ja, so ist es, Herr Bosse.«
»Na schön. Bei mir liegen noch zwei Sättel, die Hansens gehören. Hab dort angerufen, aber bei denen läuft ständig das Tonband. Auf so eine Maschine spreche ich nicht. Die sollen ihre Sättel abholen.«
Klara wusste nichts von Sätteln, aber sie reagierte schnell.
»Ich weiß Bescheid. Wird erledigt, Herr Bosse. Geht aber erst morgen Nachmittag. Nein, Sie müssen sich nicht mehr bei Hansens melden.«
Hastig stellte Klara das Telefon an seinen Platz zurück und machte, dass sie aus der Tür kam.
Erstaunt sah Markus Eichhorn seiner Tochter nach, erstaunt mit einem Anflug von Argwohn. Er beschloss, der Sache auf

den Grund zu gehen. Aber bevor er dazu kam, schellte es an der Haustür.
Auch Klara hörte das Klingeln, als sie die Stufen hinuntersprang. Das war gerade noch mal gut gegangen mit Bauer Bosse! Prima, dass Besuch für ihren Vater kam, das lenkte ihn von dem Anruf ab.
Doch die Erleichterung dauerte nur kurz. Denn das nächste Unheil nahte. Es stand vor der Tür und trug eine gletscherblaue Bluse.
Klara traf fast der Schlag, als sie öffnete. Der Schlittenhund! Emmas Mutter! Dahinter stand Emmas Vater, ebenfalls in Gletscherblau.
Ob sie wissen, dass die Shettys weg sind?, schoss es Klara durch den Kopf.
Doch im nächsten Moment dachte sie an Bauer Bosse, der eben angerufen hatte. Nein, die Hansens konnten nichts ahnen.
»Wir wollten vorhin Emma besuchen«, sagte Frau Hansen ohne Begrüßung. »Bei dieser Mascha Mewes. Aber da waren alle ausgeflogen. Heute Morgen haben wir unsere Tochter mit dem Rad im Heckenrosenweg gesehen.« Sie versuchte, an Klara vorbei auf den Hausflur zu spähen. »Ist Emma hier?«
Stumm schüttelte Klara den Kopf. Sagen konnte sie nichts, ihre Kehle war trocken. Natürlich war nicht Emma durch den Heckenrosenweg gefahren, sondern Jette in Emmas Kleidung.
»Was ist denn, Klara?«, rief ihr Vater übers Geländer.
Klara räusperte sich. »Nichts.«

Frau Hansen schob ihren Kopf in den Flur. »Wir sind es, Herr Eichhorn. Die Eltern von Emma.«
Markus Eichhorn streifte seine sandfarbene Weste über und kam die Treppe herunter. »Wie passend, dann kann Klara Ihnen gleich die Nachricht von Bauer Bosse weitergeben.«
Klara fühlte sich so wohl wie ein Pony in einem Rudel Wölfe. Abwechselnd wurde ihr heiß und kalt. »Herr Bosse schlug vor, dass Emma . . .« Sie machte eine Pause, weil ihr nichts einfiel. ». . . dass morgen jemand ein Foto auf der Weide macht«, beendete Klara lahm.
Markus Eichhorn runzelte die Stirn. »Deshalb ruft er hier an? Wegen eines Fotos?«
Frau Hansen wandte sich an ihren Mann, der bis jetzt geschwiegen hatte. »Es soll sicher ein Abschiedsfoto von den Ponys werden. Nett von Bauer Bosse, dass er daran denkt. Wir fahren nachher zu ihm, was meinst du?«
Erschrocken fuhr Klara herum. »Nein, das geht nicht. Herr Bosse fährt gleich weg. Das soll ich ausrichten. Er kommt erst heute Nacht zurück.«
Herr Eichhorn lehnte sich an das Treppengeländer und verschränkte die Arme. Er warf seiner Tochter einen tiefen Blick zu, der fragte: Was wird hier gespielt? Zu Frau Hansen sagte er: »Abschiedsfoto? Warum?«
»Wissen Sie es nicht? Wir verkaufen Emmas Ponys. Sie hat eingesehen, dass es sinnlos ist, sie zu behalten.«
Das Gespräch nahm eine Richtung, die Klara ins Schwitzen brachte. Als Nächstes würde ihr Vater fragen, warum ihm keiner etwas erzählt hatte. Dann wollte er garantiert wissen, warum seine Töchter sich nicht über den Verkauf auf-

regten. Sonst ließen sie auch kein gutes Haar an Emmas Eltern. Danach würde ihr Vater sich seine Gedanken machen. Mit Lea reden wollen. Und mit Emma. Alles, nur das nicht!
Klara schnappte sich ihre Reitgerte und lief hinaus.
»Ich muss Luna reiten, sonst wird es zu spät.«
Herr Eichhorn rief ihr nach: »Die Pferde sind auf der Weide! Wir müssen sie erst hereinholen. Warte auf mich, ich komme nach!«
Klara lief zur Koppel. Unter keinen Umständen wollte sie sich weiter über Emmas Shettys unterhalten. Sie hoffte inständig, dass Hansens verschwinden würden, wenn sie die Pferde holten. Die Chancen standen gut, denn der Schlittenhund hatte panische Angst vor Pferden. Oder vielmehr vor Krankheitserregern, die Tiere nach Hansens Ansicht verbreiteten.
Aber heute waren Hansens zäh. Sie folgten in gebührendem Abstand. Klaras Mutter hatte schon begonnen, die Pferde von der Weide zu führen. Viele fanden ihren Weg in die Boxen selber, wie die Friesen Magic und Luna, Friso und Willem. Ihre Hufe klapperten auf der Stallgasse, als sie sich einsortierten. Als Luna Klaras Stimme draußen hörte, trottete sie aber aus der vorderen Stalltür gleich wieder auf den Hof.
Dabei musste die große Friesenstute an Frau Hansen vorbei. Leichenblass wich sie zurück. Luna folgte ihr gutmütig, sie hoffte auf Leckerli. Auffordernd stupste die Stute ihr grünes Grasmaul gegen die makellose Bluse.
Besorgt kam Klara näher, sie fürchtete, dass der Schlittenhund panisch herumschrie und Luna sich aufregte. Aber

Frau Hansen war gar nicht in der Lage zu schreien. Aus ihrer Kehle drang nur ein Krächzen, als der Pferdekopf sich hinunterbeugte und ihre Hand beleckt wurde.
Klara staunte über Luna und sie ärgerte sich auch ein bisschen. Warum gab sich ihre geliebte Luna mit dem Schlittenhund ab? Aber dann musste sie lachen, denn Frau Hansen blickte wie erstarrt auf ihre feuchte Hand. »Wo kann ich mich waschen?«, flüsterte sie.
Markus Eichhorn kam hinzu und deutete mit unbewegtem Gesicht auf das Friesenhaus. »Der Waschraum ist im Flur.«
Kichernd band Klara Luna vor dem Stall an und begann, sie zu putzen. Ihr Vater musste auch ein Lachen unterdrücken. Herr Hansen lachte nicht. Er tigerte den Weg auf und ab und faltete die Hände auf dem Rücken.
Mit rot geschrubbten Fingern kehrte Frau Hansen zurück. Sie unterhielt sich mit gesenkter Stimme mit Klaras Vater, leider so leise, dass Klara kaum etwas mitbekam. Offenbar ging es um die Frage, ob Pferde harmlos oder gefährlich sind. Warum sonst, fragte sich Klara, traute sich der Schlittenhund noch mehrmals an ihr Pferd heran? Noch einmal leckte Luna über Frau Hansens Hand und noch einmal rannte sie ins Haus und wusch sich.
Angestrengt belauschte Klara das leise Gespräch zwischen den Erwachsenen. Mehrfach sahen sie zur Weide hinüber, auf der die Ferienkinder mit den Pferden spielten. Klara verstand nur Wortfetzen, etwas von Verantwortung, die Kinder für Pferde übernehmen.
Was Klara nicht hörte, war der Vortrag, den ihr Vater dem

Ehepaar Hansen hielt. Er sagte: »Wissen Sie denn nicht, was die Ponys Ihrer Tochter bedeuten? Erst durch die Shettys hat Emma Freundinnen bekommen. Haben Sie nicht bemerkt, dass sich Emma inzwischen viel mehr zutraut? Ahnen Sie überhaupt, wie oft Emma Trost bei ihren Ponys sucht? Neulich konnte ich sie bei Bauer Bosse beobachten. Da saß Emma im Gras, zwischen Herkules und Helena. Sie weinte sich bei ihnen aus und redete sich ihren Kummer von der Seele. Das alles wollen Sie Ihrer Tochter nehmen? Nur weil Sie selbst übertriebene Angst haben?«

Markus Eichhorn lächelte nicht dabei, es war ihm ernst.

Herr Hansen schwieg. Frau Hansen zuckte hilflos die Schultern.

Da wurde Herr Eichhorn richtig wütend. »Überlegen Sie gut, was Sie Ihrer Tochter mit dem Verkauf der Ponys antun. Ob sie Ihnen das je verzeiht?«

Leider hörte Klara dieses Gespräch nicht. Vielleicht hätte sie ihrem Vater sonst das ganze Lügenmärchen erzählt. So aber dachte sie, es wäre besser, aus seinem Sichtfeld zu entkommen. Bevor er ihr unbequeme Fragen stellen konnte, verschwand Klara auf Lunas Rücken im Gelände.

Als Klara zurückkehrte, waren Hansens weg. Sie ritt nun mit Magic aus und fand bei der Rückkehr niemand mehr vor, auch ihre Eltern nicht. Die waren mit den Ferienkindern zu einem Abendausflug aufgebrochen. In der Sattelkammer hing eine Mitteilung ihres Vaters, dass er Klara morgen dringend sprechen wolle.

Während Klara vor dem Haus ihre schlaffen Fahrradreifen aufpumpte, grübelte sie nach, ob die Notiz ein gutes oder ein schlechtes Zeichen war. Sie setzte sich gerade aufs Rad, als ein silbergrauer Volvo vor dem Friesenhof hielt. Der Wagen von Emmas Eltern. Durchs Autofenster rief Frau Hansen Klara zu sich heran. »Sind deine Eltern schon weg?«

Klara nickte. Ein flaues Gefühl breitete sich in ihrem Magen aus.

»Schade. Wir hatten vorhin ein Gespräch mit deinem Vater und wollten ihm mitteilen . . . Ach nein, das kann ich dir nicht sagen. Ist Emma hier?«

Stumm schüttelte Klara den Kopf.

»Bei Mascha haben wir sie auch nicht getroffen«, fuhr Frau Hansen fort. »Zu dumm. Ich kann Emma nicht anrufen, ihr Handy ist kaputt. Du siehst sie doch gleich. Richte Emma bitte aus, dass ich sie morgen früh bei Mascha abhole. Um sieben Uhr, vor meiner Arbeit. Es ist sehr, sehr wichtig.«

»Das . . . das geht doch nicht.« Klara stotterte, so entsetzt war sie. Morgen um sieben würde Frau Hansen keine Emma vorfinden. Kreuzte der Schlittenhund tatsächlich so früh bei Mascha auf, flog der Schwindel auf.

Verzweifelt versuchte sie, Frau Hansen von dem Vorhaben abzubringen. Aber Klara hatte keine Chance gegen die entschlossene Frau. Es war nichts zu machen.

Frustriert fuhr Klara hinter dem Volvo her, der langsam vor ihr über den Leuchtturmweg zuckelte.

Natürlich gab es einen Riesenaufruhr, als Mascha, Nelly und Jette von Frau Hansens Entschluss erfuhren. Pausenlos wählten die Mädchen Leas Handy an, um die Lage zu beraten. Doch das Gerät war ausgeschaltet.

»Hilft nichts, wir müssen bis Mitternacht warten, dann ruft Lea auf jeden Fall an«, tröstete Klara schließlich sich und die anderen. »Wenn es doch endlich so weit wäre!«

11. Kapitel
Schlaflos im Geisterhaus

Im grauen Haus war es fast Mitternacht. Lea lag schlaflos auf ihrer Luftmatratze. Kurz vor zwölf stand sie auf und schaltete ihr Handy an, um zu checken, ob jemand auf die Mailbox gesprochen hatte. Aber dazu kam sie erst gar nicht, es klingelte sofort.

»Warum gehst du nicht ran?«, rief Klara aufgebracht am anderen Ende. »Hier brennt die Erde! Frau Hansen will Emma morgen um sieben Uhr abholen. Was glaubst du, wie wir dann unter Druck gesetzt werden!«

Eisiger Schreck durchfuhr Lea. »Meinst du, sie schickt uns die Polizei auf den Hals?«

»Klar. Wenn sie euch um sieben hier nicht findet, steht sie um halb acht bei der Polizei auf der Matte. Und wenn die Polizei erst nach euch fahndet, sitzt ihr in der Falle. Wir werden natürlich versuchen, so lange wie möglich nichts von

Amrum zu verraten, aber ich fürchte, ewig kommen wir damit nicht durch.«
Triumphierend rief Lea ins Telefon: »Lass sie ruhig auf Amrum suchen! Dort werden wir morgen nämlich gar nicht mehr sein.«
»Was habt ihr vor? Macht keinen Quatsch.«
»Wir müssen weg von der Insel. Morgen bringen Thies und Hauke uns nach Föhr. Wir nehmen die Nachmittags-Fähre.«
Aufgeregt berichtete Lea von dem geplanten Abriss der Hotelruine.
Sie überlegten hin und her, auch Jette, Nelly und Mascha gaben ihre Meinung ab.
Schließlich schlug Klara vor: »Wartet nicht bis nachmittags. Nehmt die Fähre, die morgens geht. Dann seid ihr weg von Amrum.«
Klara versprach, sich am nächsten Morgen zu melden, um von Frau Hansens Reaktion zu berichten.
Nach dem Telefongespräch wurde Emma ganz klein. »Alles meine Schuld«, murmelte sie vor sich hin und pellte sich aus ihrem Schlafsack. »Das geht schief. Wir sind geliefert. Soll ich nicht meine Eltern anrufen und alles beichten?«
Der Wind trieb abgerissene Schilfblätter ins Zimmer, wie eine Geisterhand wischten sie über Emmas Gesicht. Entsetzt schoss sie hoch. Die alten Balken unter ihr ächzten bedenklich, als sie auf die Füße sprang.
Da war sie wieder, diese Angst, die Emma schon fast überwunden glaubte. Wie eine unheimliche Krankheit kroch sie in ihr hoch. Mit bebenden Gliedern klammerte sich Emma an den Fensterrahmen und starrte hinaus. Auf der Weide

sah sie schemenhaft die Pferde stehen. Der Anblick machte sie ein wenig ruhiger.
»Wir müssen einen klaren Kopf behalten«, flüsterte Lea. Gemeinsam schmiedeten sie Pläne, wie sie die neuen Probleme bewältigen könnten.
Doch jeder Einfall hatte seine Schattenseiten. Irgendwann verlor selbst Lea ihre Zuversicht. War die ganze Flucht vergebens? Würden sie morgen am Hafen erwischt? Allzu früh konnten sie nicht losziehen, bis zur Morgendämmerung mussten sie warten. Im Dunkeln am Wasser entlang, das war zu riskant, fand sogar Lea. »Wie oft fahren morgens Fähren? Ob der Fahrplan von Ebbe und Flut abhängt?«, fragte sie.
Mit zitternden Knien stand Emma in der Zimmerecke und schnürte ihre Turnschuhe zu. Sie wollte vollständig angezogen den Morgen abwarten. Emma blickte auf. »Bestimmt. Bei Ebbe gibt es kaum Wasser im Wattenmeer. Du hast doch selbst gesagt, dann kann man nur zu Fuß nach Föhr.«
Den Satz sprach Emma ohne Hintergedanken aus – aber Lea durchzuckte er wie ein Blitz. Sie machte einen Luftsprung, den sie gleich bereute, weil der Fußboden unter ihr bedrohlich knackte. »Ein genialer Einfall, Emma. Wir gehen mit den Ponys durchs Watt nach Föhr. Dabei erwischt uns keiner.«
»Weißt du denn, wann Ebbe ist?«
»Das finden wir heraus. Wir gehen jetzt sofort nach Norddorf. Dort sind die Zeiten für Wattwanderungen angeschlagen.«
Lea tastete nach ihren Sachen und zerrte einen Pulli über

den Kopf. »Ich bin froh, wenn wir aus diesem Haus heraus sind. Jetzt, wo wir wissen, wie brüchig es ist.«

Es war drei Uhr nachts, als sie mit einer Taschenlampe bewaffnet aus dem Fenster kletterten und zum Badeort Norddorf liefen. Ihr Ziel war das Kurhaus, sie hofften, dass dort Ausflugsangebote angeschlagen waren.

Der Badeort lag im matten Schein von Hauslaternen. Hotels und Cafés hatten ihre Nachtbeleuchtung eingeschaltet. Geduckt drückten sich Lea und Emma an Zäunen und Wänden entlang. Um die Häuserecken strich lauer Wind, der an Stärke zunahm. Hastig huschten sie den schmalen Weg zum Kurhaus hinauf.

Plötzlich drang erbittertes Geschrei aus einem Gebüsch. Entsetzt blieben die Mädchen stehen. Emma krallte sich in Leas Pullover, seit gestern lagen ihre Nerven blank. Wieder diese wütenden Schreie. Da lachte Lea auf.

»Katerkämpfe«, flüsterte sie und ließ die Augen prüfend über die Fenster der umliegenden Pensionen wandern. Hoffentlich weckten die Katzen niemand auf. Wenn jemand um diese Zeit zwei Zwölfjährige entdeckte, würde er misstrauisch werden.

Aber sie erreichten das Kurhaus ohne Zwischenfall. An der Außenmauer hing neben einer Reihe von Fahrplänen ein Schaukasten. Lea richtete die Taschenlampe auf Zettel und Ankündigungen, dann fand sie das Gesuchte.

»Führungen durch das Wattenmeer: täglich außer montags. Abmarsch: eine Stunde vor Niedrigwasser. Nicht bei Extremwetter.«

Darunter klebte der Gezeitenkalender für August mit den

Uhrzeiten von Hoch- und Niedrigwasser. Lea richtete den Lichtkegel auf die Aufstellung und glitt mit dem Zeigefinger darüber.

»Heute ist Montag. Zum Glück ist keine Wattwanderung mit Führung.« Sie verharrte mit dem Finger auf dem Datum. »Niedrigwasser morgens um sieben Uhr.« Lea ließ die Lampe sinken. »Eine Stunde vorher soll man im Watt sein. Wir gehen um sechs Uhr vom grauen Haus los.«

»Aber Thies und Hauke kommen erst um sieben Uhr und holen die Sachen ab.«

»Darauf können wir nicht warten. Sonst schaffen wir die Strecke nach Föhr nicht.«

Lea fischte die Nummer von Thies aus der Hosentasche und rief ihn im Schutz eines Hauseingangs an. Es meldete sich nur die Mailbox, Lea flüsterte ein paar Sätze über ihren Plan aufs Band.

»Vielleicht hört er es morgen früh ab«, hoffte sie und steckte das Handy ein. »Lass uns jetzt zum Watt gehen. Wir müssen wissen, ob der Holzsteg breit genug für die Ponys ist.«

Kurz darauf überquerten sie den Deich am grauen Haus und gingen über den Steg zum Wattenmeer. Der Holzsteg lag im Dunkeln, man sah kaum die Hand vor Augen. Um die Richtung nicht zu verlieren, ließ Lea kurz ihre Taschenlampe aufblinken. Der Bohlenweg war breiter, als die Mädchen ihn in Erinnerung hatten. Laute Vogelrufe begleiteten sie, obwohl es Nacht war. Unzählige Seevögel rasteten bei Flut in den Wiesen des Vorlands. Sie warteten darauf, dass die Nordsee zurückwich, damit sie auf Nahrungssuche gehen konnten.

Emma und Lea erreichten das Ufer des Watts, wo es nicht mehr ganz so dunkel war. Fasziniert blieben sie stehen. Für einen Augenblick vergaßen sie die Probleme, die ihnen im Nacken saßen. Violett glänzte der schwere Schlickboden und der Nachthimmel spiegelte sich darin. Der Mond schwamm im seichten Wasser, das in Küstennähe flach über den Boden schwappte. Dahinter war das Wattenmeer völlig von der Nordsee überspült, es herrschte Hochwasser. Das Watt sah aus wie die Kulisse für ein großes Theaterschauspiel. Eine schwimmende Bühne – mit Emma und Lea als Hauptdarsteller. Wenn man eine Zeit lang auf die unendliche violette Weite starrte, wusste man nicht mehr, was oben und was unten war.

»Und da soll ich durch? Mit Herkules und Helena?« Emma schlotterte bei dem Gedanken.

»Nein, musst du nicht. Wir gehen natürlich erst bei Ebbe, wenn das Wasser abgelaufen ist.«

Lea begutachtete das Ufer. Mondlicht beleuchtete den Wegweiser mit der Aufschrift »Zum Vogelwart«. Gedankenvoll kratzte sie sich am Kopf. Der Vogelwart war bestimmt früh auf den Beinen. Auf keinen Fall durfte er sie mit den Ponys sehen. Sicher alarmierte er sonst die Polizei. Lea beschloss, die Ponys in ihre grünen Decken zu packen. Bei Ebbe schimmerte das Wattenmeer grünlich, das lag an den Algen. Grüne Pferde waren schwerer zu erkennen als rote.

Auf dem Heimweg war Emma ganz fahrig. Ständig lief sie vor und zurück, wedelte mit den Armen und fühlte sich so kribbelig, als stände sie unter Strom. Eine Kaninchenfamilie schreckte auf und hoppelte empört davon.

Es war weit nach fünf Uhr, als sie zu ihrem Unterschlupf zurückkehrten. Der Morgen graute, aber der Himmel war verhangen. Pfeifend blies der Wind um das wuchtige Gebäude. Lockere Teile klapperten und schepperten. Abweisend erhob sich das Holzhaus aus den Rosenhecken, ein unheimliches graues Ungeheuer, an dem die Strickleiter auf und ab tanzte. Ein Geisterhaus! Es sah gespenstisch aus.

Auf einmal hatten Lea und Emma es nicht mehr eilig, in ihr Zimmer zurückzukommen.

Mit klopfendem Herzen spähte Lea nach oben. »Vielleicht ist jemand über die Leiter hineingestiegen? Wir hätten sie verstecken sollen.«

Am liebsten wären sie erst gar nicht mehr eingestiegen. Aber Geld, Ausweise und Decken lagen oben. Es half nichts. Lea biss die Zähne zusammen, stieg auf die Holzkiste und griff nach der schwankenden Leiter. Tapfer kletterte sie auf das Dach des Anbaus, kniete sich an den Rand und hielt die Stricke fest, damit sie weniger wackelten.

Für Emma war es eine gewaltige Mutprobe. Ihre Zähne schlugen aufeinander, als sie sich Sprosse für Sprosse hinaufzog. An ihren Füßen schienen Bleigewichte zu hängen. Das alte Haus ächzte und stöhnte, als wüsste es, dass seine letzte Stunde gekommen war. Krachend flog eine Tür zu. Emma klammerte sich an die Taue, bis ihre Handknöchel weiß hervortraten. Wenn die Strickleiter riss? Wenn sie abstürzte? Und sich das Genick brach? Was würde dann aus Helena und Herkules? Wer würde ihren Eltern die schockierende Todesnachricht überbringen? Auf den letzten Sprossen ging Emma die Frage durch den Sinn, was wohl auf ihrem Grabstein stehen könnte.

Endlich war das rettende Dach erreicht! Mit einem Ruck zog Lea sie hinauf. Auf Emmas Stirn standen Schweißperlen. Sie holte tief Luft.

»Was findest du besser, Lea: ›Aus Tierliebe in den Tod‹ oder ›Sie opferte ihr Leben für ihre Ponys‹?«

»Was ist los? Wofür brauchst du solche Sprüche?«

»Für meinen Grabstein.«

»Hast du sie noch alle! Hier stirbt keiner. Es gibt kein Grab und es gibt keinen Grabstein. Wir gehen nach Föhr, dann sehen wir weiter. Wehe, du redest noch einmal solchen Unsinn.«

Sie zogen sich auf das Fensterbrett ihres Zimmers hinauf. Die glühende Hitze war aus dem Holzhaus gewichen. Jetzt kam der Wind direkt von der See. Lea ließ sich auf die Luftmatratze fallen, stand aber gleich wieder auf. Eine Sandschicht hatte das Lager überpudert.

»Wir packen unsere Rucksäcke und warten draußen, bis es hell wird«, schlug Lea vor.

Sorgfältig legte sie eine Pferdedecke über die brennende Taschenlampe, um den Schein zu dämpfen. Vielleicht waren Urlauber unterwegs, um den Sonnenaufgang zu erleben. Die Mädchen wollten nicht in letzter Sekunde Aufsehen erregen.

Auf allen vieren suchten sie in dem funzeligen Licht ihre Sachen zusammen. Unter ihnen knarrte der Holzfußboden. Wenn klagend eine Tür im Wind klappte, fuhren sie zusammen.

Mit fahrigen Fingern zogen sie sich um. Lea bestand darauf,

dass sie Badeanzüge unter der Kleidung trugen. Schuhe und Hosen wanderten in den Rucksack. Sie mussten im Watt Priele durchqueren, Wasserrinnen, die bei Ebbe mindestens bis zum Bauch reichten.

Zum Schluss schrieb Lea eine Notiz für Thies und Hauke, die sie mit einem Nagel durchbohrte und über die Türklinke schob.

»Nachricht von L. + E. für T. + H. Die Eltern von E. sind hinter uns her. Wir machen um sieben Uhr eine Wattwanderung nach Föhr und nehmen die Ponys mit«, stand auf dem Zettel. »Das fällt weniger auf als die Fahrt mit dem Schiff. Danke für alles. Wir melden uns heute Mittag von Föhr. PS: Regt euch nicht auf – wir kennen die beste Uhrzeit für die Wattwanderung.«

Sie hangelten sich aus dem Fenster und fielen sich um den Hals, als sie wieder auf der Erde standen. Bepackt mit Rucksäcken und Pferdedecken liefen sie barfuß zur Weide.

Die Pferde waren längst munter und grasten, ohne aufzusehen. Herkules und Helena wichen ihren neuen Isländerfreunden nicht von der Seite. Behände schlängelten sich die Mädchen durch den Zaun und legten den Shettys ihre Decken über. Mit Äpfeln überlistete Emma sie, ihr zum Ausgang zu folgen.

Mittlerweile war es richtig hell geworden, obwohl sich die Sonne hinter Wolkenbänken versteckte. In einiger Entfernung sah man zwei Frühaufsteher über der Deichkrone spazieren.

»Wenn jemand uns anspricht, geben wir die Shettys wieder als Schottische Ponyhunde aus«, ordnete Lea an und zog Helenas Decke gerade. »Wir gehen Gassi.«

12. Kapitel
Horror im Watt

Ohne nach rechts und links zu sehen, marschierten sie hintereinander über den Bohlenweg zum Wattenmeer. Der Wind nahm ständig zu. Die lauten Rufe der Vögel steigerten sich zu regelrechtem Lärm. Am Ende des Stegs lag das Watt vor ihnen, unendlich weit. Vom Hochwasser der Nacht waren lediglich flache Pfützen zurückgeblieben, soweit sie erkennen konnten.

»Achte auf Herkules«, warnte Lea und fasste Helenas Strick kürzer. »Wenn Pferde freie Flächen sehen, sind sie kaum zu bremsen.«

Sie wateten durch einen knöcheltiefen Teppich aus zusammengetriebenem Seetang. Glitschige Algen quollen durch die Zehen. In der Luft lag modriger Geruch. Emma musste sich zusammenreißen, um sich nicht zu ekeln. Mitten in der grünen Masse blieb Herkules stehen und flehmte mit hochgezogener Oberlippe. Das Pony sah verwirrt aus, offenbar fand es keine Erklärung für diesen Geruch. Grummelnd stampfte der kleine Fuchs neben Emma her.

Der Weg ging in schwammigen Schlickboden über, in dem die Huftritte der Ponys sekundenlang zu sehen waren, bevor sie verschwanden.

Dann wurde der Untergrund fester. Tippelspuren von unzähligen Vogelfüßen hatten ein bizarres Muster in den Sand gemalt. Die Shetlandponys hinterließen nun deutliche Spuren. Wie eingemeißelt zeichnete sich die Form der Hufe im harten Sand ab. Ihre Fährte war so auffällig, als hätten sie Erbsen gestreut – wie im Märchen von Hänsel und Gretel.

Lea seufzte und zeigte auf die Hufspuren. »Die Schottischen Ponyhunde nimmt uns keiner mehr ab.« Sie sah sich um und atmete auf, als sie weit und breit keinen Menschen entdeckte. Das Haus des Vogelwarts lag hinter einer Küstenbiegung.

Sie ließen die Dünen links liegen und folgten den meterhohen Stangen mit Reisigbündeln, die die Strecke durchs Watt nach Föhr kennzeichneten. Der Meeresboden war fest, sie kamen zügig voran.

Die Spitze der Nachbarinsel Föhr lag zum Greifen nah, direkt ihnen gegenüber. Trotzdem machte der Pfad einen weiten Umweg. Sie trauten sich nicht, ihn zu verlassen. Schließlich wohnten Lea und Emma selbst an der Nordsee, wenn auch noch nicht lange. Aber so viel wussten sie: Wenn man sich am Meer nicht an bestimmte Regeln hält, kann einem das zum Verhängnis werden.

Der Wind frischte auf. Er blies von Südwest, kam von der Nordsee und von der Seite.

Nach etwa fünfhundert Metern stießen sie an den ersten Priel.

»Teufel auch!« Lea schluckte. »Der ist gewaltig.«

Der Priel war so breit wie fünf Reithallen nebeneinander und sah aus wie ein Fluss. Der Wind strich von der See darüber und kräuselte die Oberfläche. Kleine Wellen bildeten sich.

Lea sah auf die Uhr. Sieben Uhr. Perfektes Niedrigwasser. »Wir haben Ebbe. Der Priel kann nicht tief sein. Bis zu den Knien. Höchstens bis zum Bauch.«

Kurz entschlossen drückte Emma ihr den Führstrick von Herkules in die Hand. »Halt fest, Lea, ich teste die Lage.«

»Du? Kommt gar nicht infrage.«

»Doch, schließlich sind es meine Ponys. Ich muss sie in Sicherheit bringen. Hast du mir oft genug gepredigt.«

»Wenn das bloß nicht schiefgeht.« Diesmal war es Lea, die den düsteren Satz sagte. Auf einmal kam ihr das Unternehmen sehr waghalsig vor.

Während Lea noch protestierte, krempelte Emma ihr Sweatshirt bis unter die Arme hoch. Sicherheitshalber schnallte sie den Rucksack ab und hielt ihn über den Kopf, als sie einen Fuß in den Priel setzte.

»Brrr.« Das Wasser war kalt, Nordsee eben, morgens um sieben noch nicht von der Sonne erwärmt. Im Sand vor sich erkannte Emma halb eingebuddelte Krebse. Mit hochgezogenen Knien stieg sie darüber hinweg. Hoffentlich bissen die nicht zu!

Die ersten Schritte in den Priel waren leicht. Aber mit jedem Meter nahm die Strömung zu. Der Wind blies Emma um die Ohren, es war kalt, im Freibad hätte Emma längst den Rückzug angetreten. Aber hier im Wattenmeer blieb sie eisern, sie hatte sich fest vorgenommen, nicht als Angsthase dazustehen. Schon bald stand Emma bis zur Hüfte im Wasser und kämpfte mit dem Gleichgewicht. Dabei hatte sie erst einen Bruchteil des Priels geschafft. Das kalte Wasser nahm ihr fast den Atem, doch sie wollte nicht aufgeben. Auf keinen Fall sollte Lea über sie lästern.

Doch Lea stand nicht der Sinn nach Sticheln. Nervös wartete sie mit den Ponys am Rand. »Sei bloß vorsichtig, dass du nicht abgetrieben wirst.«

Herkules und Helena schlugen übermütig mit den Vorderhufen ins kühle Nass und planschten im aufgewirbelten Wasser, bis ihre Decken nass waren.

Plötzlich ein gellender Aufschrei aus dem Priel!

»Hilfe! Hier ist kein Grund mehr!«

Einen Moment sieht man über den Wellen nur noch Hände mit Rucksack. Gurgelnd geht Emma unter.

»Emma!«, schreit Lea außer sich vor Entsetzen. »Komm zurück!« Zwei Sekunden vergehen, endlos für Lea, die leichenblass im Watt steht.

Da ist ihre Freundin wieder über Wasser. Hektisch schlägt Emma mit Armen und Beinen, versinkt erneut. Doch dann findet sie wieder Halt unter den Füßen.

Mit rudernden Armbewegungen kämpft sie sich an den Rand des Priels zurück. Sie bibbert am ganzen Körper. Der Wind bläst durch ihr nasses Haar und sie friert noch mehr.

Lea reißt sich den Pullover herunter und hält ihn Emma hin, die schwankend näher kommt. Mit letzter Kraft greift sie nach einem Ärmel.
In diesem Moment kann Lea die Stricke nicht richtig festhalten. Sofort wittern die Ponys ihre Chance. Sie reißen sich los und stürmen davon. Wie von Sinnen rennen sie ein Stück Richtung offener See, schlagen Haken und galoppieren ziellos vorwärts.
Emma merkt gar nicht, dass Lea ihr den Pullover überstreift. Mit aufgerissenen Augen starrt sie ihren Ponys nach. Emma kann Herkules und Helena nicht nachlaufen, jeder Zentimeter an ihr ist aus Eis.
Auf einmal sieht man nur noch spritzendes Wasser. Ein Pony ist in den Priel geraten! Angstvolles Wiehern weht mit dem Wind zu den Mädchen herüber.
»Nein«, wimmert Emma.
Ein hochgerissener Pferdekopf ist im Wasser zu erkennen. Auf dem festen Grund davor rennt das andere Pony hin und her. Jetzt sieht man heftiges Strampeln am Rand des Priels. Wasser spritzt. Dann stehen wieder beide Ponys auf festem Boden.
Herkules und Helena machen kehrt und fetzen über den harten Sand. Vorbei an den Mädchen. Zurück zu den Salzwiesen, zum Bohlenweg. Die durchnässten Decken kleben schwer auf ihren Rücken.
Da – was tut sich am Ende des Bohlenwegs? Dort taucht eine Person auf. Nein zwei. Zwei Gestalten in Rot und Blau, die auf die Mädchen zurennen und schreien. Was brüllen sie gegen den Wind?

»Bleibt stehen! Heute kommt keiner durch die Priele. Es ist Südwestwind.«
Einer der Jungen bekommt ein tobendes Ponys zu fassen, es ist Herkules. Der Junge muss alle Kraft aufwenden, um nicht von dem Shetty übers Watt gezogen zu werden.
Als das eine Pony sich ergeben hat, verliert das andere die Lust am Laufen. Im Schritt trottet Helena zu ihrem Kumpel und lässt sich widerstandslos führen.
So haben sich Lea und Emma noch nie gefreut, Thies und Hauke zu sehen! Durch aufspritzende Pfützen laufen die Jungen übers Watt auf die Mädchen zu. Herkules und Helena fegen trotz der schweren Decken mit wehenden Mähnen vorneweg, die Jungs müssen sich anstrengen, um mitzuhalten. Keuchend kommen sie bei Lea und Emma an.
»Seid ihr verrückt geworden?«, wettert Hauke und schnappt nach Luft. »Ihr hättet ertrinken können! Wattwanderung ohne Führung ist lebensgefährlich. Bei Südwestwind geht kein normaler Mensch los. Gut, dass wir euren Zettel gefunden haben. Wegen deiner Ponys kriege ich noch einen Herzinfarkt, Emma.«
Mit blauen Lippen steht Emma vor ihm. Sie geht in die Knie und drückt die nassen Ponys an sich. Ergeben lässt sie Haukes Predigt über sich ergehen.
»Kannst mir eine knallen«, sagt sie bibbernd. »Hast ja noch eine Ohrfeige gut.«
Erst jetzt sieht Hauke, dass Emma nass wie eine Katze ist. Er zieht sein rotes T-Shirts aus und wickelt es um ihre triefenden Haare.

Von den Dünen läuft jemand im blau-weiß geringelten Pullover herbei. Thies kneift die Augen zusammen.
Hoffentlich kein Besserwisser, der ihnen stundenlange Vorträge hält, statt Emma ins Warme zu bringen. Dann erkennt Thies das Gesicht des Mannes und atmet auf. »Der Vogelwart.«
Der junge Mann im blau-weißen Pulli sagt erst mal gar nichts, als er vor der seltsamen Gruppe mit zwei nassen Ponys und einem durchnässten Mädchen steht. Dann brummt er: »Als Vogelwart erlebt man einiges. Aber ihr seid die verrücktesten Vögel im Watt. Kommt mit.«
Ohne langes Gerede geleitet er die Truppe zu seinem Friesenhaus in den Dünen.

13. Kapitel
Im siebten Himmel

Kurz darauf sitzen sie alle im gemütlichen Wohnzimmer, direkt unter den niedrigen Fenstern, schlürfen heißen Kakao und blinzeln in die Sonne über Amrum, die durch die Wolken bricht. Emma trägt den dicken blau-weißen Vogelwart-Pullover und eine warme Jogginghose. Draußen auf der windgeschützten Terrasse sind Herkules und Helena angebunden und trinken aus Wassereimern. Ihre nassen Decken hängen zum Trocknen an der Leine.
Plötzlich springt Hauke auf und schlägt sich die Hände vors Gesicht. »Ach, du Schreck! Die Schule! Das schaffen wir nicht mal mehr zur zweiten Stunde.«
Der Vogelwart mustert Hauke von der Seite, als er zum Herd geht, um frischen Kakao zu holen.
Thies wischt sich den Mund ab und nickt. »Hast recht, Hauke. Das gibt Ärger.«

Empört mischt sich Lea ein. »Ärger? Ihr müsstet eine Medaille kriegen. Schließlich habt ihr uns gerettet. Und die Ponys auch.« Sie wendet sich an den Vogelwart, der die volle Kanne vor ihr absetzt.

Der Mann nickt, geht ans Bücherregal und greift nach dem Telefonbuch.

»Wie heißt euer Klassenlehrer?«, brummt er, während er die Nummer des Schulzentrums heraussucht. »Ich muss euch ja wohl entschuldigen – wegen eines Rettungseinsatzes.«

Triumphierend stoßen sich die beiden Jungen an, als der Vogelwart mit dem Telefon ins Nebenzimmer verschwindet.

Allmählich taut die verfrorene Emma auf und ihre Lebensgeister kehren zurück. Und langsam rückt das alte Problem erneut in den Vordergrund: Was wird aus ihren Shettys? Thies hat ihr zwar versichert, sie könnten den ganzen Sommer bei seiner Cousine auf Föhr bleiben. Aber wie sollte es danach weitergehen?

Seufzend schlingt Emma ihre Arme um die Schultern. »Jetzt stehen wir wieder am Anfang. Unser schöner schlauer Plan, alles Mist. Ich wusste, das geht schief.«

Lea winkt ab. »Cool bleiben, Emma. Was meinst du, wie froh deine Mutter ist, dass du nicht ertrunken bist. Die Geschichte vom Priel musst du ihr ganz dramatisch schildern. Nach dem Motto: Lieber tot als ohne Ponys.«

Lea horcht zum Nebenraum hinüber, wo der Vogelwart soeben das Gespräch mit der Schule beendet. Sie hört ihn das Haus verlassen. »Notfalls muss der Vogelwart mit dem

Schlittenhund sprechen. Erwachsene machen immer Eindruck.«

Fasziniert hören Thies und Hauke zu, wie Lea mit Händen und Füßen redet.

»Du könntest eine Schule für Erpresser aufmachen«, findet Thies.

»Und Emma eröffnet ein Studio für Selbstverteidigung«, wirft Hauke ein. »Auf jeden Fall hier auf Amrum. Dann verlieren wir euch nicht aus den Augen. Das wäre nämlich absolut blöd.«

Hauke wird bewusst, dass der letzte Satz wie eine Art Liebeserklärung klingt. Er beißt sich auf die Lippen und schaut verlegen aus dem Fenster, vor dem der Vogelwart steht und die Wassereimer der Ponys nachfüllt.

»Bei euch piept's wohl.« Lea tippt sich gegen die Stirn. Sie bleibt ungerührt, jedenfalls äußerlich, obwohl ihr Herz einen Freudensprung macht, weil die Jungen sie und Emma auf der Insel behalten möchten. Aber das würde Lea niemals zugeben. »Wir gehören auf den Friesenhof. Ich lasse doch meinen Magic nicht im Stich. Aber . . . warum kommt ihr nicht in den nächsten Ferien nach Westerbüll?«

»Super Idee«, sagt Hauke sofort.

»Geritzt.« Das kommt von Thies.

Die Runde diskutiert noch über das Wann und Wie, als das Handy von Lea klingelt. Sie zieht es hervor und guckt auf die Uhr.

»Das Gespräch ist sicher für dich, Emma. Mascha will dir wohl erzählen, dass deine Mutter Amok läuft«, sagt Lea voraus. Sie reicht das Gerät an ihre Freundin weiter. »Bestimmt

stand sie schon bei Mascha vor der Tür und wollte dich abholen.«
Emma zieht den Pullover enger um ihre Schultern und greift nach dem Handy. »Ohne Herkules und Helena kriegt Mama mich nicht zurück«, kündigt sie trotzig an. »Egal, was sie sagt.« Mit entschlossener Stimme meldet sie sich.
Gespannt rückt der ganze Kreis näher und lauscht.
Nein, es ist nicht Mascha. Auch nicht Klara. Es ist Frau Hansen, die aus dem Haus von Mascha Mewes in Westerbüll anruft. Sie steht am Telefon im Flur, umringt von Emmas Freundinnen. Gerade hat Frau Hansen erfahren, dass Emma mit ihren Ponys nach Amrum geflüchtet ist. Sie ist völlig aufgelöst. Sie weint und lacht am Telefon, das hört man durch die ganze Stube.
Lea flüstert Emma beschwörend zu: »Erzähl von der gefährlichen Flucht durchs Wattenmeer. Du musst sie weichkochen.«
Aber Emma winkt ab. Zuerst weint auch sie am Telefon, aber nach einigen Minuten lacht sie nur noch.
»Und?«, fragt Lea, als das Gespräch beendet ist. »Warum wollte dich deine Mutter so dringend abholen?«
Emmas Gesicht leuchtet. »Du wirst es nicht glauben, sie . . .« Ihre Stimme versagt, sie hustet und setzt noch einmal an. »Meine Mutter hat dem Käufer gestern abgesagt. Das ist es, was sie mir so dringend erzählen wollte. Helena und Herkules dürfen zurück zu Bauer Bosse. Mann! Ich kann es nicht fassen.« Emma schwebt im siebten Himmel.
Ungläubig starrt Lea sie an. »Heißt das, du darfst deine Shettys behalten? Und wir hätten uns den Stress mit der Wattwanderung sparen können?«

Emma nickt abwesend, steht auf und tritt ans Fenster. Versonnen betrachtet sie ihre Ponys, die sich die Morgensonne auf das nasse Fell scheinen lassen und mit dem Vogelwart schmusen.
»Mama sagt, sie weiß jetzt, wie wichtig die beiden für mich sind. Dein Vater hat sie überzeugt, dass ich meine Shettys brauche.« Strahlend blickt sie von einem zum andern. »Sie fragt ihn gleich, ob er uns mit der Abendfähre abholt.«
Jetzt reißt Emma die Arme hoch. »Wir haben gesiegt!« Jubelnd fällt sie jedem in der Friesenstube um den Hals. Sie ist wie verwandelt. Der gefährliche Nordsee-Priel ist vergessen.
Lea hat schon wieder einen Spruch parat. »Etwas Gutes hatte der Horror im Watt. Wir können eine geniale Hausarbeit über Hochwasser schreiben.«
Der Vogelwart schnappt Leas Bemerkung auf, als er von draußen hereinkommt und einen Schwall windiger Luft mit ins Zimmer bringt. Rasch zieht er die Tür zu und wirft sich in seinen gemütlichen Korbsessel. »Nun will ich endlich eure ganze Geschichte hören. Ich kriege immer nur Bruchstücke mit. Leg los, Emma.«
Mit glänzenden Augen erzählt Emma von den entführten Ponys und ihrer Irrfahrt.
Der Vogelwart ist sichtlich beeindruckt, und nun hält er die Mädchen nicht mehr für verrückte Vögel.
»Das hätten nicht viele Leute für ihre Pferde getan«, sagt er und gießt Emmas Becher erneut mit Kakao voll. »Du bist das mutigste Mädchen, das ich kenne.«
Die ganze Runde nickt.

»Ich?«, fragt Emma und ihr Gesicht fängt an zu glühen. »Wirklich?«

Auf einmal ist ihr ganz warm und das kommt nicht nur vom Kakao . . .

Das Versteck im Leuchtturm

Inhalt

1. Kapitel
Meloneneis

Hier spricht das Maultier-Fundbüro am Deich. Hol doch bitte Muli ab, Klara. Bei uns im Straßencafé.«

Grinsend wechselte Klara Eichhorn das Handy ans andere Ohr. Mit der freien Hand stützte sie sich auf einen Holzpfahl und sprang vom Weidezaun herunter. Die Männerstimme fuhr gut gelaunt fort: »Wenn euer Tier noch mehr Meloneneis frisst, platzt es.«

Bäcker Sörensen! Lachend schüttelte Klara den Kopf und drehte sich gegen den Wind, damit der Bäcker sie besser verstand. »Muli ist also schon wieder bei Ihnen, Herr Sörensen.«

Das dritte Mal in dieser Woche! Das dritte Mal meldete Bäcker Sörensen das Maultier vom Friesenhof als gefunden.

Mit einer Hand strich Klara eine Haarsträhne zurück, die ihr der Nordseewind im nächsten Moment wieder vor die Augen wehte. »Bin gleich bei Ihnen im Café. Hab gar nicht gemerkt, dass Muli ausgebüxt ist.« Das blonde Mädchen spähte auf die seitliche Koppel des Friesenhofs. Normalerweise stand das Maultier dort. Zusammen mit zwei Shettys und Traberwallach Tipo. Normalerweise. Aber was war bei Muli schon normal? Nichts. Das fing bereits mit seinem Namen an. Eigentlich hieß das rotbraune Maultier »Marqués de Murrieta y Conde de la Mancha«. Ein spanischer Name. Aber diesen Zungenbrecher hatten sie gleich zu den Akten gelegt, als er auf den Friesenhof kam. Muli nannten sie ihn von da an. Schlicht und einfach Muli. Mit einem raschen Blick vergewisserte Klara sich, dass er diesmal nicht den Zaun niedergewalzt hatte. Nein, der gelenkige Kerl musste sich untendurch gezwängt haben, darauf deutete das platt gedrückte Gras hin.

Klara lief den Weg zum Haus hinunter und hob unterwegs einen vergessenen Führstrick auf. Für einen Freitagnachmittag war wenig los auf dem Friesenhof. Es parkten auch keine Autos vor der Tierarztpraxis ihrer Mutter. Klar, denn ihre Eltern hatten sich heute freigenommen. Meike und Markus Eichhorn wollten gleich zum Hafen aufbrechen, um eine zweitägige Hochsee-Fahrt anzutreten. Die Schiffstour war mit einer wichtigen Tagung für Tierärzte verbunden.

Der grüne Geländewagen von Familie Eichhorn stand mit geöffneten Türen vor dem Reetdachhaus. Im Laufschritt überquerte Klaras Mutter, eine schlanke Frau mit kurzen dunklen Haaren, den Hof und verstaute Reisetaschen im Gepäckraum.

»Mama! Ihr seid doch nur bis Sonntagabend weg. Zwei Tage!«, rief Klara ihr amüsiert zu. »Dein Gepäck reicht ja für eine Kreuzfahrt nach Amerika.« Sie schwenkte den Strick in

Richtung Deich. »Muli treibt sich mal wieder im Café Sörensen herum. Ich hole ihn rasch, bin sofort zurück.«
Stirnrunzelnd unterbrach Meike Eichhorn ihre Tätigkeit. »Diese ewige Ausreißerei. Wirklich, unser Muli ist ein verrückter Ausbruchskünstler. Mach nicht so lange, Klara, wir müssen bald los.«
Während Meike Eichhorn den Wagen weiterbelud, rannte Klara zum Deich. In Rekordzeit von fünf Minuten erreichte sie das Straßencafé von Sören Sörensen, das im Windschatten des wuchtigen Leuchtturms lag. Lange bevor Klara etwas sah, hörte sie Gelächter und Lärm – Muli löste wie immer gute Laune aus.
Klara seufzte. Es war hoffnungslos mit ihm. Warum konnte er nicht wie jedes anständige Pferd auf der Weide bleiben? Nein, Muli steckte das Herumstreunen im Blut. Seine Fressgier trieb ihn immer wieder ins Café am Deich. Ein Paradies, was Essensreste anging. Was hatte Sören Sörensen gesagt? Neuerdings bevorzugte Muli Meloneneis? Letzte Woche stand er noch auf Malzbier!
Die Holzstühle unter der Kastanie waren bis auf den letzten Platz besetzt, als Klara eintraf. Um einen Tisch herum hatte sich eine Menschentraube gebildet. Mitten heraus ragten Mulis überlange Ohren. Wie selbstverständlich stand Muli in dem Pulk und leckte Eis aus vielen Händen. »Hier, nimm meins.« – »Nein, meins.« Eifrig kratzten die Kinder Meloneneis aus ihren Bechern und übertrumpften sich gegenseitig darin, Muli die Leckerei vors Maul zu halten.
»Komm, Muli.«
Als Klara ihn ansprach, hob er seinen großen Kopf mit dem

weißen Maul. Die XXL-Ohren zuckten. Die langen Lauscher waren übrigens der einzige Hinweis auf seinen Vater, einen Eselhengst aus Spanien. Ansonsten sah Muli aus wie seine Pferdemutter, eine spanische Stute. Seine wachen Augen blinzelten in einer Mischung aus Freude und Verärgerung. Freude darüber, seine beste Freundin Klara zu sehen, Ärger über das Ende des Fressvergnügens. Tauchte Klara auf, hieß es für Muli jedes Mal: Abmarsch nach Hause.

Nachdem Klara sich eine Gasse durch das Kinderdickicht gebahnt hatte, bekam sie Muli zu fassen. »Heute ist Muli sogar den Deich hinaufgerannt«, berichtete Bäcker Sörensen, während er ihm übers Fell strich. Wenn einer Verständnis für das Maultier hatte, dann Sören Sörensen. »Hättest mal sehen sollen, wie der rund um den Leuchtturm herumgetrabt ist. Ein Verrückter.«

Klara lachte. »Gut, dass Sie das so locker sehen – und keinen hysterischen Anfall kriegen, wenn der Kerl bei Ihnen im Café auftaucht.«

Bäcker Sörensen schüttelte den Kopf. »Im Gegenteil, ich finde das klasse. Viele Leute kommen extra vom Strand hoch, weil sie auf Mulis Besuch hoffen. Für mich ist euer Langohr ein echter Glücksbringer.«

Klara winkte den Gästen zu und beeilte sich heimzukommen. Als sie den Hof mit Muli erreichte, lehnten Fahrräder am Stallgebäude. Das hieß, die Westerbüller Clique war schon eingetrudelt. Bis Sonntagabend durften ihre Freundinnen Kim, Nelly, Mascha, Jette und Emma auf dem Friesenhof übernachten. Und mit Lea und ihr die Pferde versorgen. Freiheit! Na ja, fast. Kims Mutter würde die ganze Zeit auf dem Friesenhof wohnen. Als Aufsichtsperson. Klara verzog das Gesicht, als sie mit Muli am Stall entlangging. Aufsicht! Lächerlich. Kim und Klara waren fast 14, Klaras Schwester Lea und die anderen zwölf Jahre. Brauchte man da noch einen Babysitter?

Muli interessierte sich nicht für die Fahrräder. Heftig zerrte er Klara zur Weide, wo Tipo schon mit den Hufen scharrte. Der schwarze Traberwallach hob den Kopf und stieß ein freudiges Begrüßungs-Wiehern aus, als sein Freund auf die Koppel gelassen wurde.

Klara griff nach einer Seilrolle neben dem Gatter. Geschickt spannte sie eine zusätzliche Absperrung zwischen die Pfosten und betrachtete ihr Werk. Das sollte reichen. Wenn Muli es schaffte, sich da hindurchzuzwängen, konnte er mit der Nummer in einer Entfesselungs-Show auftreten.

»Klara!« Im Friesenhaus hinter ihr flog eine Terrassentür auf und eine Gruppe Mädchen stürmte nach draußen. Ausgelassen setzte die Bande über die niedrige Mauer, durchquerte im Wettlauf den Garten und blieb atemlos vor Klara stehen.

»Das wird ein Superwochenende«, schrie Jette, mit gerade zwölf Jahren die Jüngste, und hüpfte um Klara herum.

»Habt ihr Emma vergessen? Und wo ist Lea?«, wollte Klara wissen. Normalerweise führte ihre Schwester Lea die Clique an.

Jette zuckte die Schultern. »Wo soll Lea wohl sein? Unterwegs zu Hansens, um Emma loszueisen.«

Klara nickte. »Wie immer.« Mit Emma Hansen war das jedes Mal eine heikle Sache. Regelmäßig gab es im Hause Hansen einen Affentanz, wenn die streng behütete Emma woanders

übernachten wollte. Immer mussten die Freundinnen eingreifen . . .
Ungestümes Fahrradklingeln riss sie aus ihren Gedanken. »Super, sie haben es geschafft«, rief Nelly, denn Lea und Emma preschten mit ihren Rädern am Stall entlang und machten einen Heidenlärm. Emma wackelte mit den Händen und fuhr freihändig – ihre Mutter wäre bei diesem Anblick tot umgefallen.
Es dauerte nicht lange, bis sich alle unter großem Gelächter im Kaltblutzimmer eingerichtet hatten. Erst rhythmisches Hupen erinnerte sie daran, dass sie sich noch gar nicht von Eichhorns verabschiedet hatten.
»Was für ein schöner Anblick, wenn Erwachsene auf Reisen gehen und wir sturmfreie Bude haben«, grinste Lea, als sie nach draußen liefen, wo der Geländewagen abfahrbereit stand.
»Dabei sind deine Eltern große Klasse«, flüsterte Emma. »Aber ohne sie ist es natürlich noch schöner.«
»Leinen los!«, rief Markus Eichhorn gut gelaunt. Vor dem Einsteigen knöpfte er sich Klara vor. Auf dem Schiff würde er nicht zu erreichen sein und er wollte mit gutem Gewissen losfahren, darum musste seine große Tochter ihm eine ganze Fragenliste beantworten. Fangfragen, wie Klara fand.
»Also Klara, was tust du, wenn eins unserer Pferde krank wird und in die Tierklinik muss?«
Klara verdrehte die Augen.
»Papa! Ich bin doch nicht blöd.«
»Also . . .«
»Nellys Vater anrufen, der kann einen Wagen mit Hänger fahren.«

»Gut. Weiter. Wie viel Heu bekommen unsere Großpferde pro Tag?«
»Sechs bis sieben Kilo.«
»Und wenn Anrufe wegen des Reitturniers kommen?«, fuhr Markus Eichhorn fort. Das wichtige Turnier fand am nächsten Wochenende statt. Der Reiterverein von Westerbüll richtete es aus. Seit dem Frühjahr schon fieberte der ganze Ort dem ungewöhnlichen Ereignis entgegen, bei dem bekannte Reiter mit ihren besten Pferden starten würden. Einige wollten ihre teuren Vierbeiner auf dem Friesenhof unterstellen. Die Geschäftsleute von Westerbüll hatten viel Geld für den »Großen Preis der Hotelbesitzer« gestiftet.
»Turnieranrufer? Denen gebe ich die Nummer vom Reiterverein Westerbüll.«
Zufrieden drückte Markus Eichhorn seiner Tochter einen Kuss aufs Haar und stieg ein. »Auf dich ist Verlass«, sagte er und ließ den Motor an. Meike Eichhorn steckte ihren Kopf aus dem Autofenster und zeigte zu Mulis Weide hinüber.
»Achtet auf unseren Ausreißerkönig! Hoffentlich gibt es keine Probleme mit Muli, solange wir weg sind.«
Klaras Mutter sagte das leichthin, nicht wirklich beunruhigt. Dabei war diese hingeworfene Bemerkung so etwas wie Hellseherei. Denn kurze Zeit später – das Schiff von Meike und Markus Eichhorn hatte gerade abgelegt –brach in Westerbüll ein erbitterter Streit wegen Muli aus. Ein Konflikt, der den Nordseeort in zwei Lager spalten sollte. Aber davon ahnte an diesem frühen Freitagnachmittag keiner etwas. Fast keiner . . .

2. Kapitel
Ein Motorrad taucht auf

Nur ein Einziger wusste, dass bald eine Katastrophe über den Friesenhof hereinbrechen würde. Dieser Mann hieß Dirk Linke und war Vorsitzender des Reitervereins Bixholm und gleichzeitig Hausmakler.

Zur selben Zeit, als das Schiff mit Ehepaar Eichhorn in See stach, saß Dirk Linke in seinem Maklerbüro in Bixholm, 50 Kilometer von Westerbüll entfernt. Vor ihm lag eine Landkarte. Mit rotem Filzstift war der Ort Westerbüll eingekringelt.

Unter einem Wandspiegel neben dem Schreibtisch stapelten sich Mappen und Ordner mit der Aufschrift »Reiterverein Bixholm«. Dirk Linke, 42 Jahre alt und eine zwielichtige Figur, hatte sich mit großspurigen Versprechungen in den Vorstand des Reitervereins gemogelt, obwohl er kaum ritt. Der Posten im Vorstand war jedoch mit einer gewissen Macht verbunden und daran lag ihm viel. Linke hielt sich sel-

ber für den besten Hausmakler der Welt. Er war größenwahnsinnig und das machte ihn rücksichtslos.
Er griff nach einem Ordner und blätterte suchend in den Briefen des Reitervereins. Ab und zu hob Dirk Linke den Blick und betrachtete sich wohlgefällig im Spiegel. Ein makelloses Gesicht. Sonnenbraune Haut. Stahlblaue Augen. Sorgfältig frisiertes schwarzes Haar. Das Gesicht strahlte Kälte aus, aber Linke konnte jederzeit ein charmantes Lächeln anknipsen, wenn er jemand umgarnen wollte.
»So sieht ein Sieger aus«, murmelte der Makler und schickte seinem Spiegelbild einen triumphierenden Blick. Für ihn gab es keinen Zweifel, dass er das große, wichtige Reitturnier von Westerbüll in letzter Minute nach Bixholm ziehen würde. Er wollte, nein, er *musste* die wohlhabenden Pferdebesitzer unbedingt in Bixholm haben. Nicht wegen des Turniers, sondern um den Reitern seine teuren Ferienhäuser zu verkaufen. Um das schnelle Geld zu machen. Geld war das, was er am dringendsten brauchte. Seine Firma stand kurz vor der Pleite, und bevor Linke sein Luxusleben aufgab, ging er lieber verbotene Wege.
Zu Linkes großem Ärger war sein eigener Antrag auf ein Turnier in Bixholm abgelehnt worden. Nun setzte er alles daran, den Westerbüllern ihren Wettbewerb abzujagen. Schwierig! Denn eigentlich gab es nur einen einzigen Grund, um dieses Turnier in letzter Minute zu verlegen: In den Ställen von Westerbüll müsste eine Seuche ausbrechen …
Aber wenn einer Meister darin war, Lügen zu erfinden, dann war es Dirk Linke. Er hatte begonnen, Fachbücher über Pferdekrankheiten zu studieren. Die Afrikanische Pferdepest

schien ihm für seinen hinterhältigen Plan perfekt geeignet. Die tödliche Seuche, in Deutschland fast unbekannt, hatte vor Jahren in Spanien gewütet. Auch unter Eseln und Maultieren. Er müsste den Turnier-Teilnehmern die Seuche nur überzeugend vorgaukeln, überlegte Linke. Es reichte, wenn alle *glaubten*, dass ihre Pferde in Westerbüll krank würden. Zu passender Zeit wollte er das Gerücht verbreiten und damit Panik auslösen. Kein Reiter würde dann zum Turnier nach Westerbüll kommen wollen. In dem Moment konnte er, Dirk Linke, als Supermann in Erscheinung treten. Als großer Retter, der die Reitanlagen in Bixholm für das Turnier zur Verfügung stellte.

Doch bevor er seinen Plan in die Tat umsetzen konnte, musste er Erkundigungen einholen. Was Linke suchte, war ein Tier, dem er die Seuche »unterschieben« konnte, ohne dass jemand misstrauisch wurde. Am besten einen Esel oder ein Maultier. Denn aus seinen Büchern ging hervor, dass die Krankheit bei Eseln und Maultieren rein äußerlich kaum zu erkennen war. Es musste mit dem Teufel zugehen, wenn er kein passendes Tier fand! Schließlich wurden Esel in Norddeutschland immer beliebter, manche Familie hielt sich sogar ein Grautier im Garten.

Systematisch forschte Linke in der Umgebung von Westerbüll. Aber ausgerechnet dort schien es keine Esel zu geben. Ein Bekannter erzählte ihm, dass auf Eichhorns Friesenhof ein spanisches Maultier stand. Doch als sich herausstellte, dass die Eigentümer Tierärzte waren, machte Dirk Linke sofort einen Rückzieher. Tierärzte! Das war das Letzte, was er gebrauchen konnte. Denen konnte man so leicht keine Seuche vorgaukeln.

Verärgert wollte Linke die »Aktion Afrikanische Pferdepest« bereits aufgeben – da kam ihm der Zufall zur Hilfe. Der Hausmakler bekam Wind davon, dass das Ehepaar Eichhorn kurz vor dem Turnier auf eine Schiffsreise ging. Sofort holte Dirk Linke die Adresse wieder hervor. Der Friesenhof war also doch verwundbar! Ohne die Tierärzte ein geradezu perfektes Angriffsziel. Und im Visier hatte er ein unschuldiges, spanisches Maultier namens »Marqués de Murrieta y Conde de la Mancha«.

Der Makler sah auf die Uhr und nickte zufrieden. »Schiff ahoi«, sagte er grinsend. Jetzt kreuzten die Tierärzte bereits auf der Nordsee. Zweieinhalb Tage würden sie auf hoher See sein. Das Wochenende dürfte reichen, um allen Reitern das Turnier in Westerbüll zu vergällen, rechnete Linke sich aus.

Der Makler stand auf und öffnete den Garderobenschrank. Es war Zeit, den Stein ins Rollen zu bringen. Sicherheitshalber wollte Dirk Linke nachsehen, ob das Maultier tatsächlich auf dem Friesenhof stand. Er tauschte seinen eleganten Anzug gegen die schwarze Lederkluft eines Motorradfahrers. Ein letzter, flüchtiger Blick auf die Landkarte, dann verließ er das Haus und holte seine schwere BMW aus der Garage. Mit einer Hand klappte er das Visier seines Helms herunter, ließ den Motor aufheulen und röhrte los, 50 Kilometer in Richtung Westerbüll.

Inzwischen herrschte auf dem Friesenhof eine Bombenstimmung. Lea und Klara trugen ihr Bettzeug nach unten ins Shettyzimmer. Auch Emma zog dort ein, weil im Kaltblutzimmer nur vier Betten standen.

»Abends lassen wir die Türen aufstehen, dann können wir die ganze Nacht reden«, verkündete Lea zufrieden und pfefferte ihr Kopfkissen auf eins der Hochbetten.
»Jedenfalls, solange Kims Mutter sich nicht beschwert«, meinte Emma. Den Satz bekam Kim Behrens gerade noch mit, als sie um die Ecke fegte. Mit einem gekonnten Sprung schwang sie sich auf Leas Hochbett und ließ die Beine baumeln. »Sorgt euch nicht um meine Mutter. Die ist hier richtig locker drauf.« Tatsächlich hörte man Kims Mutter in der Küche singen. »Immer nur Seehund, das ist ja wirklich nervtötend.«
Mit »Seehund« meinte Kim ihre Pension, in der sie zu ihrem Leidwesen oft helfen musste. Angestellte konnte ihre allein erziehende Mutter sich nicht leisten. Klar, dass Kim jede Gelegenheit nutzte, sich zu verkrümeln. Am liebsten auf den Friesenhof. Arbeit gab es zwar auch im Reitstall. Aber das war doch etwas anderes! Pferde putzen, füttern, Sättel fetten – das machte mehr Spaß als im »Seehund« Staub wischen und Betten beziehen.
Aber an den »Seehund« wollte Kim jetzt nicht denken. Vor ihr lag ein prickelndes Wochenende auf dem Friesenhof mit nichts als Pferden, Pferden, Pferden. Und natürlich mit Muli. Dass Herr Eichhorn Kim erlaubt hatte, sich um Muli zu kümmern, war eine große Auszeichnung. Maultiere sind zwar geduldig – aber Freundschaft schließen sie nur mit wenigen Menschen.
»Komm füttern«, sagte Klara und zog Kim vom Bett herunter. »Es ist gleich fünf.«
Ausgelassen rannte die ganze Clique nach draußen, um die

Herde von der Weide hereinzuholen. Die Stalltüren standen weit offen, würzige Spätsommerluft wehte durch den Gang. Aus dem Vorratsraum schleppten die Mädchen Heuballen heran und entfernten mit vereinten Kräften die Spannbänder. Klara als Chefin teilte die Heuportionen zu und ging dann von Box zu Box, um die Pferde auf Weideverletzungen zu untersuchen.

»Lea . . . nicht nur schmusen! Füttern!«, sagte Klara streng vor Magics Box, wo ihre Schwester gedankenverloren den schönen Friesen streichelte. Lea verzog das Gesicht. Ihre Antwort ging jedoch im Aufheulen eines Motors unter. Besucher? Klara spähte nach draußen. Hoffentlich kein Notfall für die Tierarztpraxis! Unscharf erkannte sie gegen die Sonne einen Mann in schwarzem Leder, der sein schweres Motorrad auf dem Hof abstellte. Er schob das Visier seines Helmes hoch und setzte eine Sonnenbrille auf. Sorgfältig zog er seine Jacke zurecht, bevor er auf Klara zuging, die ihn fragend ansah.

Neugierig gesellte Kim sich dazu und ordnete ihr zerzaustes kurzes Haar.

»Heiß, der Typ. Kennst du den?«, fragte sie leise und lehnte sich an ihre Freundin.

»Nie gesehen.«

Mit einem Lächeln deutete Dirk Linke eine Verbeugung an und stellte sich mit falschem Namen vor. Dabei hätte er ruhig seinen richtigen nennen können. Klara wäre nicht misstrauisch geworden und auch niemand anders aus der Clique, denn keiner kannte den Mann. Von seinem Gesicht war außerdem nicht viel zu sehen, Helm und Brille wirkten wie eine komplette Vermummung. Kim fand den Motorradfahrer absolut cool. Sie fragte sich, wie alt er sein mochte. Hinter ihr drängten sich jetzt die anderen Mädchen nach vorn.

»Oh, so viele süße Reiterinnen.« Scheinheilig legte Dirk Linke sein klebriges Spinnennetz aus, um die Mädchen zu umgarnen. »Da bin ich ja mitten im Paradies gelandet.« Beim Sprechen rollte er das »R«.

Verlegen kichernd, sahen die Mädchen zu Boden, nur Jette Jacobs starrte den Ledermann mit unverhohlener Abneigung an und raunte Nelly zu: »Mein Mittagessen will wieder raus, wenn ich das höre.« Süßholz-Raspeln reizte Jette zur Weißglut.

Dirk Linkes Blick ging zwischen Kim und Klara hin und her. »Stimmt es, dass ihr Maultiere habt? Ich bin ein großer Fan dieser Langohren und komme extra aus Kiel zu euch, um sie mir anzusehen.«

Er log, ohne rot zu werden.

Klara fühlte sich geschmeichelt. Es gab also Leute, die den Friesenhof extra wegen Muli ansteuerten! »Ja, wir haben eins.« Sie machte eine einladende Handbewegung in den Stall.

Muli hatte eine Box ziemlich nah am Eingang, hinter den Shettys und Traberwallach Tipo. Gegenüber standen die Friesen Magic und Luna. Aufmerksam registrierten die Pferde das leise, knirschende Geräusch des Leders, das den Motorradfahrer bei jedem Schritt begleitete. Tipo streckte den Kopf vor und schnupperte interessiert an der schwarzen Jacke, Muli machte es ihm nach. Aber als Dirk Linke über Mulis Ohren streichen wollte, sprang der mit einem Satz nach hinten.

»Kein Maultier lässt sich gern an den Ohren anfassen«, sagte Klara und sah den Mann neben sich verwundert an. »Aber das wissen Sie bestimmt, wenn Sie Maultiere kennen.«
Dirk Linke beeilte sich zu nicken und präsentierte gleich eine Ausrede. »Sicher. War nur ein Versuch. Ich dachte, in einer Reitschule mit viel Besuch gewöhnen Maultiere sich daran. Woher kommt er denn?«
»Aus Spanien«, berichtete Klara ohne Misstrauen und ohne das Aufblitzen hinter Dirk Linkes Brillengläsern zu bemerken. »Mulis Mutter ist eine andalusische Stute, eine feine sogar. Daher hat er ja auch seinen edlen Namen: Marqués de Murrieta y Conde de la Mancha.«
Dirk Linke trat ein paar Schritte zurück, bis er mit dem Rücken an Magics Box stand, und musterte das Maultier eingehend. Es lief alles besser, als er gehofft hatte. Nun noch eine scheinheilige Frage, damit niemand Lunte roch. »Weißt du, was er kosten soll?«
Klara lachte auf. »Muli? Nein, unser Maultier ist unverkäuflich. Das gehört zum Friesenhof!«
Warum hörte Magic plötzlich auf zu kauen und legte die Ohren an? War es sein berühmter sechster Sinn? Jedenfalls senkte der Friese den Kopf und versetzte dem schwarzen Lederrücken einen heftigen Stoß. Völlig überrascht, stolperte Dirk Linke nach vorn und fing den Sturz gerade noch an Mulis Boxentür ab.
»Hoppla, alter Junge«, sagte Linke über die Schulter zu Magic, ohne seine katzenfreundliche Art abzulegen. »Das war wohl ein Versehen.«
Nein, das war kein Versehen, dachte Jette grimmig. Magic

mag ihn nicht. Jette war die Einzige, die den Fremden kritisch betrachtete und ihre Beobachtungen im Geist notierte. Die anderen Mädchen erlagen seinem charmanten Getue, stellte sie zähneknirschend fest. Zum Teufel! Warum bemerkte nicht einmal Lea Magics eindeutige Ablehnung? Dabei wusste Lea doch, das Magic ein Gespür für zwielichtige Gestalten hatte. Außerdem – warum nahm der Mann seinen Helm nicht ab? Nach Jettes Meinung ein weiteres Alarmzeichen und Grund genug, vorsichtig zu sein.

»Ach, wie schade, ihr verkauft das Maultier nicht! Es steht wohl schon lange bei euch?«, fragte Dirk Linke lauernd.

Arglos schüttelte Klara den Kopf. »Nein, mein Vater hat Muli erst kürzlich gekauft.«

Zum zweiten Mal schien der Mann mit der Antwort sehr zufrieden zu sein.

Sie verließen den Stall und schlenderten zum Parkplatz zurück. Das Motorrad stand protzig in der Sonne. Scheinbar nebenbei erwähnte Linke den Preis und ließ durchblicken, wie teuer die Zusatz-Ausstattung war.

Andächtig strich Kim über das schwarz glänzende Metall und dachte an das klapprige Auto ihrer Mutter. »Was für eine schöne Maschine. Wie viel fährt die?«

»245 Spitze.« Dirk Linke legte seine Hand auf Kims Schulter. »Willst du ein Stück mitfahren?«

Ehe Kim antworten konnte, hatte Jette ihre Freundin nach hinten gezogen.

»Untersteh dich, Kim«, fauchte sie und tippte sich an die Stirn. »Geh mal davon aus, der entführt dich und will Lösegeld. Geh mal davon aus, deine Mutter muss deshalb den

Seehund verkaufen. Alles für diesen gelackten Motorradfahrer.«

Kim fuhr auf. »Du mit deiner Schurken-Macke. Ich will einfach mit dem Motorrad eine Spritztour machen. Geh mal davon aus, dass du irgendwann in der Klapsmühle landest mit deinem Verbrecher-Tick.«

Bevor die zwei sich ernsthaft in die Haare geraten konnten, erledigte sich die Sache von allein. Kims Mutter hatte das Motorrad durchs Küchenfenster gesehen und stand fragend in der Haustür. »Kann ich Ihnen helfen?«

Plötzlich hatte es Dirk Linke eilig. Was er sehen wollte, hatte er ja gesehen – das spanische Maultier. Mit Erwachsenen wollte er gar nicht erst reden. »Hat sich schon geklärt«, rief er. Hastig schloss der Mann seinen Helm, ließ die Maschine an und brauste mit einem geräuschvollen Kavalierstart davon.

»Schade«, seufzte Kim und lauschte dem satten Sound nach, ehe sie mit den anderen in den Stall zurückkehrte.

Nur Klara und Jette blieben noch einen Moment auf dem Hof stehen. »Na Jette, überlegst du, ob der Typ ein Schwerverbrecher ist?« Klara lachte. Jette Jacobs ließ nie eine Gelegenheit aus, sich als Ermittler zu betätigen.

»Ja, lach du ruhig!« Ärgerlich stemmte Jette ihre Arme in die Seite und warf ihre Zöpfe zurück. »Ich sage dir, mit dem Mann stimmt etwas nicht. Wer so ein irres Motorrad fährt, der kauft doch kein Maultier! So einer steht auf schnelle Araber, auf Vollblüter. Der will nie im Leben ein stures Grautier.«

3. Kapitel
Der große Bluff

Schneller als erlaubt raste Dirk Linke nach Hause. Er wollte noch an diesem Freitagabend ans Werk gehen. Als er das Ortsschild Bixholm passierte, glühte die Sonne am Abendhimmel. Ohne das Tempo zu drosseln, schoss er weiter und hoffte, nicht in eine Radarfalle zu geraten. Es war höchste Zeit, wenn er heute noch die wichtigsten Reiter erreichen wollte. Vor seinem Maklerbüro bremste Linke die Maschine ab und brachte das Motorrad in die Garage.
Zufrieden pfeifend, schloss er das Büro auf und nahm sich gleich die Telefonliste auf dem Schreibtisch vor. Der »Sprengstoff« lag bereit. Nun musste er nur noch die Lunte anzünden. Und genau das wollte er jetzt tun.
Er griff zum Telefon und tippte die Nummer eines Turnierreiters. Dirk Linke meldete sich mit falschem Namen und legte sofort los: »Wissen Sie schon Näheres über die Afrika-

nische Pferdepest in Westerbüll? Ich ziehe meine Meldung für das Turnier jedenfalls zurück. Sofort. Eine Frechheit, dass die uns nicht informiert haben. Auf dem Friesenhof soll ein Maultier stehen, das von dieser Seuche befallen ist.«

Bevor sein verblüffter Telefonpartner eine Frage stellen konnte, legte Dirk Linke auf und rieb sich die Hände. Die erste Lunte brannte. Ohne zu zögern, wählte er die nächste Nummer . . .

Wenig später am Freitagabend schlug die Bombe auf dem Friesenhof ein.

Gerade hatte Kims Mutter eine Riesen-Pizza aus dem Ofen geholt und unter großem Hallo ins Esszimmer gebracht. Sofort fiel die ganze Meute darüber her und verputzte die warmen Stücke direkt vom Backblech.

Da läutete das Telefon zum ersten Mal. Lachend nahm Klara ab, doch nach kurzer Zeit erstarb ihr Lächeln. Verwirrt hörte sie dem aufgebrachten Anrufer zu. Sie selbst sagte kaum etwas und starrte die ganze Zeit abwesend auf das Backblech.

Kaum hatte sie aufgelegt, klingelte es erneut. Nun stand das Telefon nicht mehr still. Nach dem fünften Anruf lagen nur noch ein paar Krümel auf dem Backblech. Aber Klara hätte sowieso kein Stück Pizza mehr heruntergebracht. Die Telefonate lagen wie Blei in ihrem Magen.

Klara war total aus der Fassung geraten. »Muli soll krank sein«, rief sie den anderen zu und wischte sich über die Stirn. »Stellt euch vor, unser Muli! Angeblich eine Seuche! Afrikanische Pferdepest.«

Entsetzt starrte die ganze Runde auf Klara, die aschfahl in der Ecke saß. »Wer sagt denn so etwas?«, rief Lea wütend.
Klara fühlte sich schlecht. Ihr Magen rebellierte. Abrupt stand sie auf und wanderte durchs Zimmer. Sie fasste sich an den Kopf. Er war glühend heiß. Ihre Gedanken überschlugen sich. »Das behaupten die fünf Turnierreiter, die eben angerufen haben. Sie wollen nicht kommen, wenn das mit der Seuche nicht sofort geklärt wird.«
»Muli?«, wiederholte Kim ungläubig. »Der ist doch total gesund. Da macht sich jemand einen Spaß. Woher wollen denn völlig Fremde etwas über Muli wissen? Pah!«
Ängstlich kaute Emma an ihren Handknöcheln. »Afrikanische Pferdepest? Hört sich ja grauenvoll an. Was ist das für eine Krankheit, Klara?«
Ihre Freundin zuckte die Schultern. »Kenne ich auch nicht.«
Kim sprang auf und zog Klara mit sich. »Ich will zu Muli. Das sieht man doch, ob ein Tier krank ist.«
Der Mädchentross rannte über den Hof zu den Pferden. Der Stall lag in tiefstem Frieden. Von der Seite rieselten die letzten roten Sonnenstrahlen über den Gang. Aus den Boxen hörte man zufriedenes Malmen, ab und zu schnaubte ein Pferd oder tunkte ein Heubündel in die Tränke. Nirgendwo schien eine Seuche so unwahrscheinlich wie hier.
Auch Muli stand ruhig in seiner Box und wirkte so gesund wie immer. Er wieherte heiser, als er die Besucher wahrnahm. Klara öffnete seine Box und ließ die Tür offen stehen, damit auch die anderen einen Blick hineinwerfen konnten. Die ganze Runde drängte sich vor Muli und musterte jeden Zentimeter an ihm. Liebevoll strich Klara über seinen Rü-

cken, begutachtete Augen, Nüstern, Beine und Hufe. »Du bist doch nicht krank, Muli?«

Muli scherte sich nicht weiter um den Besuch, ihn interessierte nur sein Abendessen.

»Er wirkt genau wie die anderen«, stellte Klara fest, als sie die Box verließ. »Vorsichtshalber messen wir Fieber. Das ist immer richtig.«

Lea verzog das Gesicht. So dramatisch wie ihre Schwester sah sie die Sache nicht. »Pah! Wenn die Turnierreiter sich zickig anstellen, holen wir morgen eben einen Tierarzt. Damit Ruhe ist. Alle Tierärzte werden ja wohl nicht auf dem Schiff sein.«

Klara nickte. Leas Zuversicht steckte an. »Genau. Aber vorher gucken wir nach, was das für eine Krankheit ist, diese Afrikanische Pferdepest. Wofür horten wir zehntausend Medizinbücher?«

Kurz darauf lagen alle sieben Mädchen auf dem Fußboden des Kaltblutzimmers und wälzten sämtliche Pferdebücher, die sie im Hause Eichhorn finden konnten. Aber welche Enttäuschung: In keinem Buch stand auch nur eine Zeile über Pferdepest.

Entnervt warf Lea das letzte Buch auf den Stapel, der sich bedrohlich zur Seite neigte. »Seitenlang nur Koliken, Lahmheiten, Husten. Wisst ihr, was ich glaube? Es gibt gar keine Pferdepest. Die Krankheit hat sich jemand ausgedacht.«

Mit einem Ruck richtete Jette sich auf und blickte grimmig in die Runde. »Und wisst ihr, was ich glaube? Der Motorradfahrer steckt dahinter.«

Kim raufte sich die Haare. »Jette! Hör auf! Bloß weil du ihn nicht leiden konntest.«
Ungerührt fuhr Jette fort. »Ist doch komisch. Der Typ erkundigt sich nach Muli – und ein paar Stunden später wissen plötzlich alle Turnierreiter, dass auf dem Friesenhof ein krankes Maultier steht. *Angeblich* krank. Normal ist das nicht.«
»Stimmt allerdings«, gab Kim widerstrebend zu. »Aber was hätte er davon? Nichts!«
Nie wäre eine aus der Clique auf die Idee gekommen, dass jemand in Bixholm versuchte, Westerbüll schlecht zu machen, um dem Ort das Turnier wegzuschnappen. Die Mädchen wussten ja nicht einmal, wo Bixholm lag. Geschweige denn, dass es dort einen Reiterverein gab.
»Hat sich jemand seinen Namen gemerkt? Erinnert sich einer an das Nummernschild?« Das war wieder Jette, die Spürnase.
Nein, keiner fiel ein, wie der Mann in Leder hieß. Hatte er sich überhaupt vorgestellt? Und wenn: Hatte er seinen richtigen Namen genannt? Sich das Nummernschild einzuprägen, darauf war selbst Jette nicht gekommen. Während sie noch rätselten, steckte Kims Mutter ihren Kopf durch die Tür. Sie hatte die gleichen blauen Augen wie Kim und den gleichen energischen Gesichtsausdruck.
»Klara, der Reiterverein Westerbüll ist am Telefon! Herr Ohlsen. Er ist ziemlich aufgeregt. Kommst du mal?«
»Na toll. Dann weiß der es also auch schon.« Seufzend stand Klara auf und ging zum Telefon im Flur. Unterwegs streifte ihr Blick die Wanduhr. Sie zeigte 21.20 Uhr.

»Klara Eichhorn, bist du es?«, bellte Herr Ohlsen ins Telefon. »Was ist auf dem Friesenhof los? Euer Maultier soll die Afrikanische Pferdepest haben?« Seine Stimme überschlug sich. »Die Turnierreiter machen mir die Hölle heiß. Mein Telefon steht nicht still. Sie wollen alle sofort ein Gesundheitszeugnis von eurem Maultier.«

»Muli ist kerngesund«, entgegnete Klara heftig. »Da hat sich jemand einen verdammt schlechten Scherz erlaubt. Die Krankheit gibt es nämlich gar nicht.«

»Natürlich.« Herr Ohlsen klang jetzt ärgerlich. »Afrikanische Pferdepest ist eine ganz schlimme Seuche.«

Eisiger Schreck fuhr Klara in die Glieder. »Was? Wirklich?« Nervös wechselte sie den Hörer in die andere Hand. »In unseren Büchern haben wir aber nichts gefunden.«

Herr Ohlsen gab zu, dass er sich auch nicht mit der Afrikanischen Pferdepest auskannte. Er wusste nur, dass die Krankheit brandgefährlich war, allerdings in Deutschland so gut wie unbekannt.

Klara versuchte, logisch zu denken. Sie fühlte sich in die Enge getrieben. »Aber wenn das ansteckend wäre, müssten ja unsere Pferde alle krank sein.«

»Mag sein«, sagte Herr Ohlsen ungeduldig. »So genau kenne ich mich damit nicht aus. Jedenfalls ist bei den Reitern der Teufel los. Die ersten drohen, nicht zum Turnier zu kommen. Du weißt doch, wie viel Geld wir in die Vorbereitung gesteckt haben. Allein der neue Wassergraben auf dem Springplatz war irrsinnig teuer.« Ein verzweifelter Seufzer kam durch den Hörer. »Wenn das Turnier in eine andere Stadt verlegt werden müsste – das wäre eine Katastrophe. Für ganz Westerbüll.«

Das musste er Klara nicht erklären. Sie hatte genug von den aufwendigen Bauarbeiten im Reiterverein mitbekommen. Aber was sollte sie tun? Bevor sie zum Nachdenken kam, fuhr Herr Ohlsen fort. »Vorhin habe ich versucht, einen Tierarzt aufzutreiben, ohne Erfolg. Ich probiere es gleich morgen früh wieder und schicke euch einen. Wir brauchen eine Untersuchung, um die Reiter zu beruhigen.«

Als Klara aufgelegt hatte, schwirrte ihr der Kopf. In ihrer Magengegend machte sich ein mulmiges Gefühl breit. Einerseits wusste sie genau, dass ihr Vater kein krankes Tier in seinen Stall stellen würde. Er als Tierarzt! Nie im Leben! Jedes Tier, das Markus Eichhorn kaufte, wurde auf Herz und Nieren untersucht. Auch Muli, das Maultier. Andererseits spürte Klara, dass ihre eigene Überzeugung in diesem Fall überhaupt nicht zählte. Im Moment zählte nur ein Gerücht, das sich wie ein Flächenbrand ausbreitete.

Klara seufzte unglücklich, als sie ins Esszimmer zurückkehrte. Diese dreiste Lüge konnte wirklich nur ein Tierarzt aus der Welt schaffen. Wenn es sein musste ... Ihrer Meinung nach war die Untersuchung zwar überflüssig, aber schließlich gab es Schlimmeres als einen Bluttest. Ob in den Medizinbüchern in der Tierarztpraxis mehr über die Seuche stand?

4. Kapitel
Wohin mit Muli?

Natürlich würden ihre Eltern sich aufregen, wenn sie das Sprechzimmer auf den Kopf stellten, dachte Klara, als sie kurze Zeit später die Tür zur Tierarzt-Praxis aufschloss. Aber was half es? Das Leben überraschte einen unversehens mit Pferde-Krankheiten, die man nur in Fachbüchern finden konnte.
Klara legte den Zeigefinger auf die Lippen und winkte ihre Freundinnen an sich vorbei ins Sprechzimmer, das sie von innen abschloss. »Kein lautes Wort«, flüsterte Klara und knipste eine kleine Leselampe an, die sie unter den Schreibtisch stellte, damit kein verräterisches Licht durch die Türritzen drang. »Wenn Kims Mutter etwas hört, wirft sie uns hier raus.«
Vorerst wollten sie nicht mit ihr über das Gerücht sprechen. Kims Mutter hatte keine Ahnung von Pferden und würde sich nur aufregen.
Hinter vorgehaltener Hand ließ Lea die Taschenlampe über

das Bücherregal wandern. Aus der Fülle an Fachbüchern zog sie schließlich ein großes, schweres Buch hervor und packte es auf den Fußboden unterm Schreibtisch. Der Lichtkegel leuchtete auf den Titel »Krankheiten des Pferdes. Für Studium und Tierarztpraxis«. Die Mädchen warfen sich auf den Boden und drängten sich vor dem Wälzer.

In diesem Fachbuch war das Kapitel über Afrikanische Pferdepest schnell gefunden. Lea übernahm die Vorleserrolle.

». . . zeichnet sich aus durch hohes Fieber, ausgedehnte Blutungen, Lungen-Ödem, Schweratmigkeit, Schwellungen an Kopf und Nacken.«

»Ha! Nichts davon hat Muli! Auch kein Fieber, ganz normal unter 38 Grad«, frohlockte Kim so laut, dass Lea ihr vorwurfsvoll den Ellenbogen in die Seite stieß. Flüsternd las sie weiter vor, aber der Artikel war gespickt mit Fremdwörtern. Genauso gut hätte Lea chinesisch vorlesen können. Dann wieder eine einfache Stelle.

»Hier steht, dass Maultiere nur leicht erkranken, oft unmerklich. Doch sie können ihr Leben lang Virusträger bleiben. Das heißt, glaube ich, dass sie immer irgendwie gefährlich bleiben. Und Pferde . . .« Lea sah auf. »Pferde sterben fast immer an der Seuche.«

»Dann ist ja klar, dass bei den Turnierreitern Panik ausbricht, wenn sie das Wort Pferdepest hören«, sagte Kim.

»Lass mich mal.« Klara zog den dicken Wälzer zu sich heran und studierte den Text weiter. Die Seuche wütete vor allem in Afrika, war aber vor Jahren auch in Spanien ausgebrochen, übertragen durch Stechmücken. Pferde, Esel und Maultiere können sich zwar nicht gegenseitig anstecken, aber über

Tierarztbesteck und Spritzen wurde die Seuche weiter verbreitet. Damals in Spanien wurden alle Pferde in den betroffenen Gebieten getötet. Die meisten Pferde wurden aus reiner »Vorsicht« umgebracht, um die Seuche einzudämmen.

Klara starrte auf den Text. Hatte sie richtig verstanden? Plötzlich tanzten die Buchstaben vor ihren Augen. Man tötete Pferde ohne Grund? »Vorsichtshalber?« Mit einem Schlag fühlte sie sich hundeelend. Muli stammte aus Spanien. Hatte er die Seuche doch mitgebracht? Und war Muli als Virusträger tatsächlich gefährlich? Ohne dass man ihm etwas anmerkte? Nein, bestimmt nicht. Klara versuchte, sich zu beruhigen. Garantiert hatte ihr Vater Muli gründlich überprüft. Flüsternd berichtete Klara von der spanischen Katastrophe. Im Sprechzimmer machte sich nervöse Stille breit. Niemand mochte laut aussprechen, was alle dachten: Würden sie Muli auch umbringen? Nur weil irgendwer behauptete, das Maultier sei krank?

»Wenn du Muli gleich morgen früh untersuchen lässt«, sagte Emma mit zitternder Stimme und nahm Klaras Hand, »dann wissen doch alle, dass er gesund ist. Dann können sie ihm doch nichts tun? Sag doch, Klara.«

»Sicher«, murmelte Klara, ohne es zu glauben. Denn sie begriff plötzlich, welche furchtbaren Folgen das Gerücht haben könnte. Fernsehbilder schwirrten ihr durch den Kopf. Aufnahmen von toten Rindern, toten Schweinen, toten Hühnern. Tausende von Tieren waren erst kürzlich beim kleinsten Seuchenverdacht umgebracht worden. Wer würde also zögern, ein einzelnes Maultier zu beseitigen? Nur aus Angst vor dieser verdammten Pferdepest, die Muli sicher nicht hatte?

»Ihr habt doch bestimmt irgendwelche Unterlagen über Muli?«, fragte Kim hoffnungsvoll. Sie hatte sich inzwischen den Text weiter vorgenommen. »Den Kaufvertrag? Oder einen Impfpass?«

Klara sprang auf und drückte Kim dankbar den Arm. »Genau. Dass wir nicht eher darauf gekommen sind.«

Alle Papiere der Friesenhoftiere wurden im Tresor aufbewahrt, der in der Wand hinterm Bücherreal eingebaut war. Weil nie Geld darin lag, blieb die stählerne Tür meistens offen, nur verdeckt durch Bücher.

Im Halbdunkel stürzte Klara zum Wandregal und räumte in fiebriger Hektik eine Reihe Bücher beiseite. Einige fielen dumpf zu Boden. »Nicht so laut«, zischte Lea und leuchtete ihrer Schwester mit der Taschenlampe.

An der Rückwand kam der graue Tresor zum Vorschein. Wie gebannt starrten die Mädchen auf die Nummerntasten. Das wichtigste Papier der Welt lag hinter dieser Panzertür.

Aber die war verschlossen.

»Es ist zum Verrücktwerden. Wir kennen die Zahlen nicht, um die Tür zu öffnen.« Verzweifelt hämmerte Klara mit den Fäusten auf den stählernen Safe ein. »Mama und Papa machen sich ein schönes Wochenende und lassen uns ohne die Tresor-Kombination zurück.«

»Psst«, mahnte Kim und hielt ihr den Mund zu. »Willst du meine Mutter anlocken?«

Jette zeigte auf den Computer in der Ecke. »Das Internet! Wir brauchen die neuesten Infos über Pferdepest. Los, stellt den Computer an.«

Im Flur hörte man Kims Mutter rufen. Inzwischen war es 23 Uhr. Schlafenszeit, auch an einem Freitag wie diesem.
Zu riskant, weiter in der Tierarztpraxis zu bleiben. Leise huschten die Mädchen aus dem Sprechzimmer und drückten sich in einem günstigen Moment auf den Flur. Gerade verließ Kims Mutter das Kaltblutzimmer.
»Wir waren oben«, flunkerte Klara atemlos. »Dürfen wir im Büro noch etwas im Internet nachsehen?«
»Am Büro-Computer?« Kims Mutter zögerte. »Ich weiß nicht. Erlauben deine Eltern das sonst auch?«
»Klar.« Klara sagte das ohne schlechtes Gewissen. Schließlich ging es um Muli.
»Aber in einer halben Stunde seid ihr im Bett.«
»Geht klar.«
Im Büro drückte Klara lieber Kim auf den Stuhl vorm Bildschirm. Die war ein echter Computer-Freak, anders als Lea und Klara. Während Kim in affenartiger Geschwindigkeit in die Tastatur hackte, beugten sich die Freundinnen gespannt über ihre Schulter.
Das Internet suchte zum Stichwort »Afrikanische Pferdepest« die Bundesforschungsanstalt für Viruskrankheiten der Tiere heraus.
»Wenn ich das richtig verstehe, brauchen in Spanien geimpfte Tiere einen Impfpass. Das stand ja auch in eurem dicken Medizinbuch«, stellte Kim fest. »Und die Tiere müssen extra gekennzeichnet sein. Wie, steht nicht dabei.«
Alle anderen Angaben waren niederschmetternd. Klara stützte sich auf Kims Rücken und verfolgte den Text. Als sie den letzten Satz las, war sie am Boden zerstört. Er lautete:

»Blutuntersuchungen dürfen nur in Hochsicherheits-Labors gemacht werden. Zurzeit nur bei der Bundesforschungsanstalt in Tübingen.«

Was für eine brisante Information! Klara wechselte einen Blick mit Kim. Hochsicherheits-Labor! Allein das Wort klang grauenvoll.

Jette nickte mit dunkler Vorahnung. »Die Turnierreiter sehen auch im Internet nach, darauf kannst du Gift nehmen. Wenn die ›Hochsicherheits-Labor‹ lesen, dann machen sie uns die Hölle heiß. Muli muss weg, bevor die uns auf die Pelle rücken.«

Abwesend schaltete Kim den Computer aus und nickte. »Ich sehe das genau wie Jette. Jetzt am Wochenende läuft doch nichts in dem Labor. Es dauert also Tage, bis wir ein Ergebnis haben. Ja, Muli muss weg. Bis eure Eltern zurück sind und den Impfpass zeigen können.«

»Ihr Schlauberger! Es gibt ja nichts Leichteres, als ein Maultier spurlos verschwinden zu lassen«, warf Lea ein. »Darf man fragen, wo ihr ihn verstecken wollt? Etwa in Bäcker Sörensens Café?«

Trotz der Anspannung musste Klara lächeln. »Zumindest wäre Muli dort glücklich – zwischen Brötchen und Meloneneis.«

Da meldete sich Kims Mutter erneut vom Flur. »Ab ins Bett«, rief sie.

Natürlich bekamen die Mädchen in den nächsten Stunden kein Auge zu. Aufgewühlt saßen sie im Kalblutzimmer beisammen und sprachen im Flüsterton über das Gerücht. Jette blieb hartnäckig bei ihrer Version, der Motorradfahrer stecke hinter der ganzen Sache. Tatsächlich lag das nahe, schließlich hatte der Spuk direkt nach seinem Besuch begonnen. Aber was zur Hölle konnte der Mann mit der gemeinen Lüge bezwecken? Darauf fand keine eine Antwort. Jedenfalls brauchte Muli eine neue Bleibe. Ein Versteck bis zum Sonntagabend. Holzschuppen und Gerätehäuser schien ihnen zu unsicher. Wenn die Menschen in Seuchen-Panik gerieten, würden sie auch zur Säge greifen, um sich Muli zu schnappen. Nein, es musste schon etwas Wehrhaftes sein.

»Die Wände müssen aus Stein und dick sein. Wie bei einer Festung. So dick wie beim Leuchtturm auf dem Deich«, sagte Jette.

Damit war das Stichwort gefallen. Der Leuchtturm!

»Den nehmen wir«, sagte Klara. Das trutzige, runde Bauwerk bestand aus wuchtigen Backsteinmauern. Und es stand leer. Schon seit Jahren wohnte dort kein Leuchtturmwärter mehr. Die Lichter für die Schiffe wurden vom Festland geschaltet.

Der Leuchtturm als »Sicherheits-Verwahrung« für Muli? Keine schlechte Idee. Die Sache hatte nur zwei Haken: Der Turm war abgeschlossen und sie hatten keine Ahnung, wie er innen aussah. Fand ein Maultier darin überhaupt Platz? Vielleicht war der Turm vollgestellt mit technischen Geräten?

Draußen dämmerte der Morgen, als Nelly den entscheidenden Einfall hatte. Sie erzählte, dass ihr großer Bruder Niels den Leuchtturm erst kürzlich besichtigt hatte. Sie mussten Niels in den Plan einweihen. Er hatte sie noch nie im Stich gelassen, wenn es darum ging, Tiere zu retten. Niels hatte sogar schon mal ein Türschloss für sie geknackt, als sie Tipo von der Trabrennbahn entführten.

Wenn auch mit Bauchschmerzen. Immerhin war Nellys Bruder schon über 17 und konnte schweren Ärger für solche Aktionen bekommen.

Nach der schlaflosen Nacht fuhren Klara und Nelly in aller Herrgottsfrühe zu Nelly Ingwersens Elternhaus an der Nordseestraße. Geräuschlos lehnten sie ihre Fahrräder an den Zaun und liefen auf Zehenspitzen durch den weitläufigen Apfelgarten zum Haus. Um diese Zeit lagen noch alle in den Betten, aber nicht mehr lange. Samstags herrschte viel Betrieb am Strand und Nellys Vater musste früh hin, weil er Strandkörbe vermietete.

Die Mädchen warfen einen prüfenden Blick zum verdunkelten Elternschlafzimmer hoch und schlichen um das Haus herum nach hinten, wo das Zimmer von Niels lag.

»Niels«, rief Nelly verhalten und warf kleine Steinchen gegen eine offen stehende Scheibe. »He, Niels, wir brauchen dich.«

Als keine Reaktion kam, schielte Nelly zu ihrer Freundin hinüber und rief etwas lauter: »Klara ist auch hier.«

Da dauerte es nicht lange, bis im offenen Fenster ein weißblonder Jungenkopf erschien. Verlegen strich Niels sich das verstrubbelte Haar zurecht, als er Klara erkannte. Er war nämlich mit Klara zusammen, aber das wusste niemand. Zumindest glaubte Niels das, dabei hatten die Mädchen schließlich Augen im Kopf.

»Ich komme runter«, rief er mit gedämpfter Stimme und stand kurz darauf in Bermudas und T-Shirt im Garten.

Verstohlen streichelte Niels Klara über den Rücken, während Nelly vorgab, sie müsse den Klettverschluss an ihren

Schuhen richten. Als seine Schwester sich aufrichtete, zog Niels seine Hand sofort zurück.
Flüsternd informierte Klara ihn über Mulis gefährliche Lage und über ihre Idee, das Maultier im Leuchtturm zu verstecken. Von Niels wollte sie wissen, wie es im Leuchtturm aussah und ob man die Schlösser knacken konnte.
»Der Sicherheitsschlüssel für den Leuchtturm wird nicht mehr benutzt«, konnte Niels berichten. »Manche Leute finden es nämlich witzig, Sekundenkleber in das Schloss zu spritzen. Um den zu entfernen, muss jedes Mal ein Handwerker kommen. Darum hängen jetzt nur noch zwei Vorhängeschlösser an der Tür.«
Hoffnungsvoll sah Klara ihren Freund an. »Mehr nicht? Das ist doch wohl kein Problem.«
Niels schüttelte den Kopf. »Nee, die Bügel lassen sich mit einer Eisensäge durchsägen.«
Irgendwie fand Klara es gemein, Niels zu fragen, ob er das für sie erledigen würde. Sie zögerte. Konnte sie ihrem Freund so etwas zumuten?
Nelly bemerkte Klaras Zaudern und fackelte nicht lange: »Du musst für uns die Schlösser aufsägen, Niels. Das ist ja wohl klar.«
Ihr Bruder tippte sich an die Stirn. »Du spinnst.« Dann sagte er noch: »Kommt gar nicht infrage.« Und: »Du bist total verrückt. Vergiss es.«
Aber weil seine Schwester keine Ruhe gab und weil Klara ihn so unglücklich anschaute, murmelte Niels zum Schluss: »Also gut. Bis wann?«
Da fiel Klara ihm um den Hals und Nelly knuffte ihren Bruder dankbar in die Seite.

»Möglichst schnell«, sagte Klara und strahlte Niels an. »Gleich nach dem Füttern bringen wir Muli hin. Bevor am Leuchtturm Urlauberrudel auftauchen.«
»Ich tue mein Bestes.« Seufzend sah Niels den Mädchen nach, die durch den Garten zu ihren Fahrrädern liefen.

Während Klara und Nelly Richtung Friesenhof fuhren, war zu dieser frühen Stunde noch jemand in Sachen Muli aktiv: Dirk Linke. Er verschickte aus dem Büro des Reitervereins Bixholm Faxe und E-Mails an die Turnierteilnehmer.
Der Inhalt war katzenfreundlich. Dirk Linke gab vor von der Pferdepest in Westerbüll gehört zu haben. Der Reiterverein Bixholm wolle helfen und bot an, für die Westerbüller einzuspringen und das Turnier zu übernehmen. »Der Reiterverein Bixholm tut dies aus Kameradschaft«, stand in den Schreiben, »um Reitern und Pferden, die für diesen Tag trainiert haben, den Wettkampf doch noch zu ermöglichen.«
Nur leider, leider, bitte er um Verständnis, dass die Zusage für die Verlegung nach Bixholm schnell fallen müsse. Bis Sonntagmittag! Sonst schaffe man die Vorbereitung nicht.
Linke war ein gerissener Hund. Der Mann hatte sich ausgezeichnet informiert. Natürlich wusste auch er vom Hochsicherheits-Labor in Süddeutschland. Linke schätzte, dass das Ergebnis einer Blutuntersuchung erst nach einigen Tagen eintreffen konnte. Von daher drohte ihm vermutlich keine Gefahr. Viel eher konnte es passieren, dass die Mädchen vom Friesenhof einen Impfpass des Maultieres fanden. Dann würde sein schönes Lügengebilde wie ein Kartenhaus zusammenfallen. Aber das Risiko hatte Linke einkalkuliert,

es schien ihm nicht sehr hoch. Sicher ließ das Ehepaar Eichhorn wichtige Unterlagen nicht offen herumliegen.
Während Dirk Linke einen Brief in das Faxgerät schob, malte er sich aus, wie er seine teuren Häuser verkaufen würde. Zufrieden hakte er einen weiteren Namen auf der Liste ab. Wieder ein wohlhabender Reiter, der als Käufer infrage kam. Ja, bei diesem Turnier würde er viel Geld einstreichen können.

Inzwischen schlug die Nachricht von der möglichen Turnierverlegung beim Reiterverein Westerbüll wie eine Sprengladung ein.
Hanno Ohlsen, der Vorsitzende, war völlig aus dem Häuschen, als er am frühen Samstagmorgen Wind von der Sache bekam. Sofort trommelte er alle Westerbüller zusammen, die etwas mit dem Turnier zu tun hatten. Auf die Schnelle fanden sich zwölf Geschäftsleute in der Teestube des Vereins ein.
Wo es normalerweise locker zuging, herrschte heute eine aufgeheizte Stimmung. Laute Worte flogen hin und her. Die Wellen der Erregung schlugen hoch. Der Wettbewerb sollte nach Bixholm gehen? War alle Anstrengung umsonst gewesen?
Seit dem Frühjahr wurden die Reitanlage in Westerbüll herausgeputzt, neue Sprünge gebaut, Hindernisstangen gestrichen. Sie hatten für die hochklassigen Reiter sogar ein Hindernis mit teurem Wassergraben anlegen lassen. Und das viele Geld, das die Besitzer von Hotels und Gästehäusern für den ersten Preis gespendet hatten!
Das alles sollte vergebens gewesen sein? Wegen des unbestimmten Verdachtes, dass ein Maultier die Afrikanische Pferdepest in sich trug? Keiner der Westerbüller glaubte

übrigens wirklich daran. Aber was half ihre Überzeugung? Kein einziger Reiter würde zum Turnier erscheinen, solange Mulis Gesundheit nicht schwarz auf weiß bewiesen war. Und das konnte noch Tage dauern.

Zu allem Überfluss weigerte sich der angerufene Tierarzt Dr. Schröder, sofort zu kommen. Er kenne sich besser mit Kühen und Schweinen aus als mit Pferden und Maultieren, hatte er abgewehrt. Sie sollten doch versuchen, einen anderen Tierarzt zu bekommen. Er müsse sich erst einmal über die Seuche informieren. Zum Schluss riet Dr. Schröder Hanno Ohlsen, das Maultier von anderen Tieren zu trennen.

Das sollte auf die Schnelle genügen, um die Seuchengefahr zu begrenzen. Und um die Turnierreiter zu beruhigen.

»Wir suchen eine Isolierstation weit weg von Westerbüll«, schlug Hanno Ohlsen auf der Zusammenkunft vor, »wo das Maultier bis nach dem Turnier in Quarantäne bleibt.«

Mit der Lösung waren alle zufrieden. Kein Muli, keine Gefahr. Die Westerbüller hängten sich gleich an die Telefone und starteten Rundrufe bei den Reitern. Sie versprachen: »Das Maultier wird von Westerbüll weggebracht. Noch heute. Kein Grund, das Turnier nach Bixholm zu verlegen. Es gibt keine Gefahr für die Pferde.«

Nachdem die meisten Reiter informiert waren, machte Hanno Ohlsen sich mit zwei Hotelbesitzern auf den Weg zum Friesenhof. An seinen Mercedes kuppelte er einen Pferdehänger, um Muli gleich mitzunehmen.

Aber er hatte die Rechnung ohne Mulis Freunde gemacht ...

5. Kapitel
Muli ist schneller

»Wenn uns jemand anspricht«, schärfte Lea ihren Freundinnen ein, als sie Samstagmorgen mit Muli zum Leuchtturm aufbrachen, »sagen wir, dass wir zu Reiterspielen unterwegs sind.«
Die anderen nickten ernst, sie wussten alle, wie wichtig ihre Aktion war. Denn von Leas Eltern war keine Hilfe zu erwarten. Den Rest der Nacht hatten die Mädchen sich reihum die Finger wund gewählt, um Ehepaar Eichhorn auf dem Schiff zu erreichen. Offenbar gab es auf hoher See ein Funkloch, jedenfalls bekamen sie keine Verbindung.
Um kurz vor neun Uhr, nachdem die Herde auf der Weide stand, verließ die Mädchen-Kolonne den Friesenhof. Nervöse Spannung hatte alle ergriffen.
Leicht war es nicht gewesen, sich von Kims Mutter loszueisen. Dass sie allein auf dem Hof bleiben sollte, behagte ihr

nicht, wo sie sich doch mit Vierbeinern nicht auskannte. Natürlich wollte auch Klara kein Risiko eingehen. Jede Stunde würde eine von ihnen nach den Pferden schauen, versprach sie. Da ließ Kims Mutter die Mädchen ziehen.

Lea hatte zwei aufgewickelte Longen geschultert. Jette und Emma trugen Säcke mit Äpfeln und Möhren. Nelly schleppte einen Heuballen. Kim und Mascha schoben Schubkarren mit Stroh. Mitten in der Gruppe trottete Muli mit Klara im Sattel.

Unwahrscheinlich, an einem frühen Samstagmorgen jemand auf dem Weg zum Leuchtturm zu treffen. Die einzige Schwachstelle war Sörensens Café am Deich. Dort standen immer einige Leute, die Brötchen holten.

Hoffentlich war Niels bereits am Leuchtturm gewesen und hatte die Schlösser vorbereitet. Wenn nicht, wollten sie noch ein Stück in Richtung Sanderhörn reiten.

Doch so weit kamen sie gar nicht. Schon nach wenigen Minuten zuckelte ihnen auf dem Leuchtturmweg ein Mercedes mit Hänger entgegen. Als der Wagen fast auf gleicher Höhe war, stoppte er und das Fahrerfenster ging herunter.

Ein wilder Schreck durchzuckte Klara, als sie den stämmigen Mann am Lenkrad erkannte. Hanno Ohlsen, der Vorsitzende vom Westerbüller Reiterverein! Von hinten beugten sich zwei Männer über die Sitze. Einer bleich mit spitzer Nase, der andere mit rotem Vollmondgesicht. Beides Hotelbesitzer, an die sich Klara flüchtig erinnerte.

Die wollen Muli im Hänger mitnehmen, schoss es ihr sofort durch den Kopf. Hektisch wich Klara mit Muli auf den Grünstreifen neben der Straße aus.

»Da ist ja das Maultier!«, rief Hanno Ohlsen aufgeregt und stieß die Tür auf. Er schaute Klara in einer Art an, die keinen Zweifel daran ließ, dass er Muli einkassieren wollte. »Wo willst du mit ihm hin? Bleib doch stehen.«
Klara fühlte das Blut in den Adern gefrieren. Jetzt wurde es eng! Ohne Antwort zu geben, trabte sie vorwärts. »Schneller, Muli. Schneller.« Schon blieben ihre Freundinnen zurück. Keine Chance mitzuhalten, dazu waren sie viel zu schwer mit dem Futtervorrat beladen. Nur Lea hielt noch Anschluss.
Die Männer sprangen aus dem Wagen und rannten hinterher. »Warte doch, Klara.«
Aber Klara erhöhte das Tempo nur noch mehr. Spürte Muli, dass es um sein Leben ging? Das Maultier legte mächtig zu. Wie schnelle Hämmer trommelten seine Hufe auf der Straße und Muli steigerte seinen Trab zu einem rasanten Wettlauf mit seinen Verfolgern.
Klaras Herz pochte wie wild. Der Weg schien ihr zehnmal so lang wie sonst. Endlich – der Duft von frischem Brot! Vor Klara tauchte das Café von Sören Sörensen auf. Darüber thronte der wuchtige Leuchtturm. In der Sonne blitzten die Scheiben silbern auf.
Geblendet stieß Muli ein Fiepen aus und machte einen Satz. Dann wendete er zur Seite und trabte entschlossen zum Café.
»Nein, Muli!« Klara sprang ab, korrigierte die Richtung und hastete mit Muli am Zügel den Pfad zum Deich hoch. Über die Schulter sah sie sich nach Lea um, die ihr mit rasselndem Atem auf den Fersen war.

»Lauf vor«, rief Klara ihr zu. »Lauf vor und öffne die Tür.«
»Mach ich«, stieß Lea hervor.

Eigentlich konnte Lea nicht mehr. Sie hechelte nur noch, so war sie gerannt. Trotzdem holte sie die letzten Reserven aus sich heraus und stürmte weiter. Die Longen auf ihrer Schulter tanzten auf und ab. Wie eine Verrückte rannte Lea den Weg zur Deichkrone hinauf. Sollte sie die Longen einfach wegwerfen? Nein, lieber nicht, vielleicht brauchte sie die Leinen noch.
Während Lea mit fliegendem Atem vorwärts stürmte, schwirrten ihr tausend Versprechen durch den Kopf. Hoch und heilig schwor sie, dass sie ein besserer Mensch werden wollte, wenn Niels vor ihr am Leuchtturm gewesen war und die Tür bearbeitet hatte. Niels, lieber Niels, dachte Lea, ich will dich nie wieder ärgern und mit Klara aufziehen, wenn du die Schlösser angesägt hast. Nie wieder. Keuchend stürzte Lea voran. Weiter, nur weiter. Der Weg war zu Ende. Jetzt nur noch über die Deichkrone.
Die roten Klinkersteine des Leuchtturms kamen näher. Leas Füße platschten durch eine Pfütze. Die Tür lag in der Sonne, die Schlösser waren kaum zu erkennen. Drei Stufen hoch. Lea kniff die Augen zusammen, als sie vor der Eisentür stand und nach Luft schnappte. Wie gebannt starrte sie auf die Vorhängeschlösser. Sie hingen noch da – aber mit durchgesägten Bügeln. Ja! Ihr Herz machte einen Freudensprung. Niels, du bist ein Schatz! Ein Griff und die Schlösser flogen auf die Erde. Nun kräftig ziehen. Warum war das nur so schwer? Lea quälte sich ab. Der Schweiß lief ihr den

Rücken herunter. Quietschend ging die Eisentür nach außen auf.
Da hetzte auch Klara mit Muli am Zügel heran.
Ausgerechnet jetzt kamen die ersten Urlauber, bepackt mit Badetaschen und Schwimmringen. Sie standen mitten im Weg. »Verdammt«, fluchte Klara und zog Muli an ihnen vorbei. Ein paar Kinder erkannten ihr geliebtes Maultier.
»Das ist doch Muli!«, rief ein kleiner Junge mit rotblonder Stoppelfrisur und aufgeschlagenen Knien.
Nur noch ein paar Meter bis zum Leuchtturm. Plötzlich war Schluss. Muli rammte seine Hufe in den Boden und bockte.
Klara stöhnte, als sie die Pfütze vor der Tür bemerkte. Das hatte ihr noch gefehlt. Muli war doch wasserscheu! Früh am Morgen war ein kurzer Regenschauer niedergegangen und vor dem Leuchtturm stand noch Wasser. Nur wenig, aber Muli ging nie durchs Wasser, egal, wie flach es war. Nervös drehte Klara sich um. Wie weit waren die Verfolger entfernt? Sie bat und bettelte und zerrte. Doch bei einem Maultier kann es Jahre dauern, bis man es überzeugt hatte.
Fasziniert standen die Urlauber im Kreis herum und die Kinder glucksten vor Lachen, während Muli vor der Pfütze steif und störrisch verharrte.
Da kam Klara die rettende Idee.
»Hört zu Kinder! Muli wird verfolgt«, rief sie verzweifelt. »Die Pfütze muss weg. Schnell, werft eure Jacken ins Wasser!«
Und die Kinder reagierten großartig. Sie brauchten keine zweite Einladung. Sie fragten nicht, warum. Eins, zwei, drei rissen sie sich die Anoraks vom Leib, die Jeansjacken und die

Sweatshirts und knallten sie in die Pfütze. Der ungläubige Aufschrei der Eltern ging in Anfeuerungsrufen für Muli unter.

Währenddessen traf Emma atemlos ein. Ihre Apfeltüte hatte sie einfach unterwegs fallen lassen und war Lea gefolgt. Nun behielt sie den Leuchtturmweg im Auge. »Sie kommen, Klara, sie kommen.«

Muli stand immer noch da wie in Stein gehauen. Sein entschlossener Blick sagte: Nein! Solange noch ein einziger Liter Wasser auf dem Boden steht, gehe ich nicht vorwärts. Da zog auch Emma ihre nagelneue Jacke aus, verkniff sich den Gedanken an die Strafpredigt ihrer Mutter und warf sie zu den anderen in die Pfütze. Endlich! Das war die Rettung. Kein Tropfen Wasser mehr zu sehen. Emmas Jacke hatte den Rest aufgesogen. Und Muli bewegte sich wieder.

Lea trat von einem Bein auf das andere und hielt die rote Tür weit auf. Leichtfüßig erklomm Muli die drei Stufen und zack!, war er im Leuchtturm verschwunden. Lea warf ihre Longen hinterher. »Für alle Fälle.«

Unter Freudengeschrei hoben die Kinder ihre nassen Jacken auf und schwenkten sie, dass die Tropfen nur so flogen.

Geschafft. Drinnen zerrte Klara an der schweren Eisentür, zog sie mit aller Kraft zu. Dann legte sie die zwei gewaltigen Eisenriegel vor und ließ sie einrasten. Sie atmete tief durch. Diese Tür ließ sich von außen nicht mehr öffnen. Man müsste sie schon heraussprengen! Muli stupste sie an. Seufzend legte Klara ihre Arme über seinen Rücken und drückte ihr Gesicht in Mulis glattes Fell. Gedämpft drangen von draußen aufgebrachte Stimmen durch die dicken Wände. Klara vermutete, dass es sich um die beiden Hotelbesitzer und Hanno Ohlsen handelte. Und die waren es auch.

Mit erhitzten Gesichtern standen sie am Fuße des Leuchtturms und hielten sich die Rippen vor Seitenstichen. Das Auto hatten sie einfach stehen lassen und waren hinter Klara hergerannt. Hanno Ohlsen redete auf Lea ein.

»Seid ihr verrückt, ihr könnt doch kein krankes Tier da drinnen verstecken.«

»Muli ist nicht krank«, antwortete Lea heftig.

Der Mann wischte sich den Schweiß von der Stirn. »Mädchen, ich persönlich glaube ja auch nicht an die Geschichte von der Pferdepest. Aber was hilft es? Wir fahren Muli in eine Isolierstation. Dein Vater würde das garantiert genauso machen. Nur bis nach dem Turnier. Sonst sagen alle Reiter ab.«

»Jaja.« Lea lachte höhnisch auf. Sie ging zum Gegenangriff über. Kampfbereit sah sie den Vorsitzenden vom Reiterverein an. »Und dort bringen Sie ihn um. Das kennt man ja.«

Verärgert starrte Hanno Ohlsen auf das Mädchen mit den blitzenden dunklen Augen. »Was sagst du? Lea, komm zu dir! Wieso traust du mir so etwas zu? Wir haben uns immer gut mit euch verstanden, dein Vater ist doch sogar Turnier-Tierarzt bei uns.«

Der Kreis aus neugierigen Feriengästen, der sich um die Streithähne am Leuchtturm scharte, wurde immer größer. Gespannt gingen viele Augenpaare hin und her. Wer wohl gewinnen würde?

Jette Jacobs mischte sich ein. »Das geht ja gar nicht gegen Sie, Herr Ohlsen. Aber wir wissen Bescheid über die Pferdepest. Als die in Spanien ausbrach, hat man alle Pferde getötet.« Sie machte eine Pause, bevor sie fortfuhr. »Auch die gesunden. Vielleicht zwingt man Sie dazu, Muli umbringen zu lassen. Sie wissen doch, was hier kürzlich mit Schweinen und Kühen passiert ist. Da war auch eine Seuche schuld.«

Die Hotelbesitzer und Hanno Ohlsen wechselten überraschte Blicke.

Trotzig fügte Lea hinzu: »Meine Eltern haben bestimmt einen Impfpass für Muli. Leider sind alle Papiere eingeschlossen, aber Sie können ja wohl bis Sonntag warten.«

Ohlsen raufte sich die Haare. »Eben nicht. Das Turnier geht nach Bixholm, wenn wir Muli heute nicht wegschaffen. Und wenn der Wettkampfort erst einmal verlegt ist, kriegen wir ihn nicht mehr zurück. Dann ist der Zug abgefahren.«

Zu dritt nahmen sie Lea in die Zange. Beschwörend redete Hanno Ohlsen auf Lea ein. »Das Maultier muss in eine richtige Isolierstation, am besten in eine Tierklinik.«

Aber Lea blieb störrisch. »Möglich, dass Sie selber Muli nichts tun wollen, Herr Ohlsen. Aber wer weiß, was andere ausbrüten? Denen ist doch ein fremdes Maultier egal. Nein, nein, die lassen Muli bestimmt umbringen, wenn die das Wort Seuche hören.«

Händeringend versuchte Hanno Ohlsen, das Mädchen umzustimmen.

Irgendwann drehte Lea sich einfach um.

»Geben Sie es auf. Wir rücken Muli nicht heraus.«

Die Badegäste setzten sich einer nach dem anderen auf die Bänke, die rund um den Leuchtturm standen. Erwartungsvoll blickten sie in die Runde. Der Strandkorb konnte war-

ten. Das hier war spannender als Baden in der Brandung. Dabei begriff kaum einer, worum es eigentlich ging. Außer den Kindern natürlich.
Ratlos wanderte Ohlsen vor dem Leuchtturm hin und her. In einer plötzlichen Eingebung stieg er die Stufen zur Tür hoch. Die eiserne Schiffstür hatte keine Klinke. Er zerrte an den Verschlussbügeln. Die Tür bewegte sich keinen Millimeter. Konnte sie gar nicht, denn Klara hatte ja von innen die Riegel vorgelegt. Wütend versetzte er der Tür einen Tritt. »Wie ist Klara überhaupt reingekommen? Der Leuchtturm war doch bestimmt nicht offen.«
Da blitzte Metall vor Ohlsens Füßen auf und er bückte sich danach. Die angesägten Vorhängeschlösser! »Da schau her. Ihr seid ja regelrecht eingebrochen!« Doch ehe er die verräterischen Gegenstände ergreifen konnte, sauste Emma heran, fischte die Schlösser mit einem Griff vom Boden und rannte weg.
Jetzt wurde Hanno Ohlsen richtig ungnädig. Bisher hatte er sich noch bemüht, die Kinder zu verstehen. Aber veralbern? Nein, das ließ er nicht mit sich machen. Auch dem spitznasigen Hotelbesitzer merkte man an, dass er drauf und dran war, seine Beherrschung zu verlieren. Seine blutleeren Lippen wurden schmal wie Striche.
»Eure Sturheit kann uns alle viel Geld kosten«, sagte Hanno Ohlsen mit mühsam unterdrücktem Ärger. »Ich bin gespannt, was dein Vater sagt, wenn wir von ihm Schadensersatz fordern.«
Demonstrativ ließ er sich auf eine freie Bank fallen und verschränkte die Arme vor der Brust. »Wenn ihr solche Tier-

freunde seid, wollt ihr sicher nicht, dass euer Maultier da drinnen Hunger und Durst leidet. Wir stellen hier eine Wache auf und warten ab, bis jemand Futter und Wasser reinbringt. Dann holen wir Muli heraus – notfalls mit Gewalt.«

Unwillig drehte Lea sich um und zog die Mädchen näher heran, um zu beratschlagen. »Eins zu null für Ohlsen«, flüsterte Lea. »Er hat recht. Das Futter steht ja noch draußen.«

Jette drehte sich zu den Männern um und fauchte sie an: »Dann rufen wir die Zeitung an und sagen, dass der Reiterverein Westerbüll ein Maultier quält.«

Lea reckte den Daumen hoch. »Eins zu eins.«

»Prima Idee. Dann erfährt die Zeitung auch gleich, dass ihr in den Leuchtturm eingebrochen seid«, gab Ohlsen schlagfertig zurück.

Da senkte sich Leas Daumen wieder. »Zwei zu eins für Ohlsen. Nee, so hat das keinen Zweck.«

Hinter den dicken Mauern des Leuchtturms stand Klara und lauschte nach draußen. Nun zog sie den Kopf zurück. Es drangen nur Wortfetzen zu ihr herein. Aber Klara konnte sich auch so lebhaft vorstellen, wie sich Muli-Freunde und Muli-Gegner unversöhnlich gegenüberstanden. Auf dem Deich tobte der Maultier-Krieg.

Jetzt erst sah sich Klara genauer um. Wo war sie gelandet? Ihr Blick wanderte über die Innenwände. Keine Chance hinauszugucken. Die schmalen, hohen Fenster waren hier im Erdgeschoss mit Glasbausteinen zugemauert. Durch die Fenster der oberen Geschosse fiel gedämpftes Licht in den Turm.

Gegenüber der Tür nahmen zwei graue Metallkästen eine Menge Platz ein. Mobilfunk-Elektronik steckte darin, hatte Niels gesagt. Auf den Stufen zum ersten Stock lagen Bretter. Befestigt zu einem schrägen Aufstieg. An den Metallkästen lehnten weitere Bretter. Offenbar hatten Handwerker erst kürzlich die Wandfliesen ausgebessert, darauf deuteten die Rampe und die frischen Fugen hin.

Klara legte den Kopf in den Nacken und spähte durch das Treppengeländer hoch. Mächtige Stahlträger, kreisförmig angeordnet, waren in die Seitenwände eingelassen. Wendeltreppen aus Holz führten nach oben. Nachdenklich betrachtete Klara ihr Maultier, das ruhig neben ihr stand und sich nicht zu wundern schien. Aber hier konnte Muli nicht bleiben. Wegen der Elektronik-Kästen war es viel zu eng. Klara nahm Muli Sattel und Zaumzeug ab und legte alles neben die Tür.

»Bleib schön stehen«, sagte Klara, während sie ein Brett quer vor den Aufstieg klemmte. Als Sperre für Muli. »Ich sehe nach, ob die Räume oben größer sind. Wer weiß, wie lange wir hier ausharren müssen? Schließlich willst du dich ja auch mal zum Schlafen hinlegen.«

Mulis Gesicht war nicht zu entnehmen, ob er über sein Nachtlager nachdachte, aber seine langen Ohren spielten aufmerksam, als Klara mit ihm sprach.

Mit eingezogenem Bauch zwängte Klara sich am aufgestellten Brett vorbei auf die schräge Rampe. Ob Muli diesen Weg nach oben auch schaffte? Er war ja ein begnadeter Kletterkünstler. Klara begutachtete den Anstieg genau, während sie hinaufging. Im Grunde war es nichts anderes als eine überlange Hänger-Rampe. Allerdings mit sehr engen Kurven. Was, wenn Muli abrutschte und sich die Beine brach? Unwillig schob Klara den Gedanken beiseite und sah sich auf der runden Plattform im ersten Stock um. Ja, hier war mehr Platz, ein Raum von etwa fünf Metern Durchmesser. Genug, um aus ein paar Strohballen ein gemütliches Lager für Muli aufzuschütten. Das Problem war nur . . . das Stroh lag draußen. Auf den Schubkarren von Kim und Mascha, garantiert bewacht von den Belagerern aus Westerbüll. Aber irgendwann würden die wieder abziehen, beruhigte Klara sich. Und dann würde sie alles in den Turm holen, was sie brauchte.

Neben der Treppe entdeckte Klara einen winzigen Raum. Eine Art Abstellkammer mit Tisch, Stuhl, Besen, Handfeger, Kehrblech, zwei Eimern. Klara musste lachen. Das Problem, wie sie die Pferdeäpfel aufsammeln konnte, war damit auch gelöst.

Nun aber weiter nach oben.

Die nächsten Geschosse ähnelten sich sehr. Die letzte Treppe endete vor einer schwarzen Tür. Vorsichtig drückte Klara sie auf und stand direkt vor einer sehr schmalen Stiege, die in das Allerheiligste des Leuchtturms führte, ins Laternenhaus.

Drückende Wärme schlug Klara entgegen. Zwischen den engen Eisenwänden staute sich die Hitze noch stärker als unten im Leuchtturm. Mit klopfendem Herzen zog Klara sich die gewundenen Tritte empor. Hinauf zum Herzen des Leuchtturms. Andächtig umrundete Klara den gusseisernen Tisch mit der dicken, wulstigen Glaslinse, die das

Licht einer Lampe bündelte und nachts über die Nordsee schickte, um den Schiffen den Weg entlang der Küste zu weisen. Ringsherum wechselten rote und klare Fensterscheiben ab. Jetzt am Tag war die Anlage abgeschaltet. Klara fühlte ein aufgeregtes Kribbeln im Bauch. Ob sie noch hier war, wenn heute Nacht die Leuchtzeichen aufs Meer gesandt wurden? So wie die Lage aussah – ja! Ewig schade, dass die anderen nicht dabei sein konnten. Oder wenigstens Niels. Mit ihm allein im Leuchtturm . . . Nein, daran durfte sie jetzt nicht denken. Die Hauptperson hieß Muli, nicht Niels.

Vom Laternenhaus gelangte Klara auf den Balkon, der sich in fast 20 Metern Höhe um den Leuchtturm zog. Als sie die Tür zum Umlauf öffnete, fuhr ihr sofort heftiger Wind durchs Haar und zerzauste es. Mit beiden Händen bändigte sie ihre fliegenden Locken und hielt das Gesicht in den Wind. Plötzlich kam sie sich wie ein Adler vor, den Wolken ganz nah. Noch nie hatte sie hier oben gestanden. Der Leuchtturm war immer abgeschlossen und durfte nur in Ausnahmefällen besichtigt werden.

Was für ein grandioser Ausblick! Den Weg über die Deichkrone konnte sie bis St. Peter-Ording verfolgen. Wie grün die Salzwiesen aussahen! Wie der Strand leuchtete, wie weißer Puderzucker. Und wie silbern die Nordsee in der Sonne glitzerte. Am Horizont berührte das Meer den Himmel. Klara legte eine Hand über die Augen, um gegen die gleißende Helligkeit besser zu sehen. Die winzige Erhebung am Meer, das musste der DLRG-Turm sein, wo Niels gerade seinen Wachdienst aufnahm.

Klara breitete die Arme aus. Was für ein Gefühl von Freiheit! Könige mussten sich so gefühlt haben, wenn sie auf den Zinnen ihrer Schlösser standen und nach Feinden Ausschau hielten. Als sie an Feinde dachte, erinnerte Klara sich wieder mit Unbehagen an den Grund ihres Abenteuers: Mulis Verfolger.

Sie umrundete den Turm zur Landseite hin, wo der Westwind sie nicht mehr so stark erreichte. Vorsichtig trat Klara an die eiserne Brüstung und äugte nach unten. Rund um den Leuchtturm war der graue Deich bunt gesprenkelt von Menschen. Gruppen hatten sich zusammengerottet. Doch sosehr Klara sich auch anstrengte, Gesichter konnte sie nicht zuordnen. Aber die Schubkarren mit gelbem Stroh leuchteten zu ihr herauf. Aus der Königs-Perspektive wirkten alle Menschen dort unten lächerlich klein und ganz und gar ungefährlich.

Einen Moment lang spielte Klara mit dem Gedanken, einfach mit Muli aus dem Leuchtturm herauszuspazieren und zum Friesenhof zurückzukehren, so harmlos sahen die Zwergenmenschen aus. Aber gleich rief sie sich wieder zur Ordnung. Denn Klara wusste: Sobald sie mit dem Maultier aus der Tür trat, hatten alle wieder ihre Lebensgröße und konnten Muli gefährlich werden. Die Jagd begänne von vorn.

»Hallo, hallo«, schrie Klara aus Leibeskräften nach unten und legte die Hände wie einen Trichter vor den Mund. Doch nicht einmal sie selber hörte ihre Rufe, denn der Wind riss ihr die Wörter von den Lippen und wirbelte sie davon. Da schwenkte Klara die Arme und ließ das Glas ihrer Armbanduhr in der Sonne aufblitzen, bis schließlich einer der Umstehenden auf das gleißende Blinken in der Luft aufmerksam wurde und nach oben zeigte.

Es war Jette, die Klaras Leuchtzeichen zuerst bemerkte. Die alte Masche mit dem blinkenden Uhrenglas kannte sie so gut wie ihre Freundinnen. Ideal für Fälle, in denen man sich nicht durch Handy oder Zurufe verständigen konnte. Man hielt die Armbanduhr ins Licht; auf das sekundenkurze Aufblinken reagierte jeder.

Jette riss die Arme hoch und winkte heftig nach oben. »Genial«, sagte sie zufrieden zu den Umstehenden. »Klara kommt bis zum Balkon hinauf.«

Mit einem Griff riss Lea ihre Weste herunter und schwenkte sie über dem Kopf. Ob Klara sie von oben erkennen konnte?

»Wäre natürlich besser, wenn Klara nicht so weit oben wäre und uns echte Zeichen geben könnte. Durch ein unteres Fenster zum Beispiel.«

Während sie nachdenklich an der Unterlippe kaute, studierte Lea den roten Backsteinturm. »Wenn ich das richtig sehe, gibt es gar keine Fenster. Guckt doch mal! Alle Öffnungen sind mit Glasbausteinen verbaut.«

Den Kopf in den Nacken gelegt, schritten die Mädchen rückwärts ein Stück um den Leuchtturm herum, bis sie an der Tür anlangten. Voller Misstrauen betrachtete Hanno Ohlsen die Gruppe. Genau über dem Eingang prangte ein einziges schmales Fenster mit normaler Glasscheibe.

»So schlau wird Klara ja wohl sein, dieses Fenster zu finden«, hoffte Jette.

Zuversichtlich drückte Kim ihren Arm. »Und wenn nicht – Muli entdeckt das Fenster bestimmt.«
»Ach ja? Wie soll der denn in den ersten Stock kommen? Zerrt Klara ihn etwa an den Ohren die Wendeltreppe hinauf?«
Kim kicherte. »Jette! Kennst du Muli immer noch nicht? Der stellt im Leuchtturm bestimmt einen Kletterrekord auf.«

Inzwischen war Klara wieder unten angelangt und entfernte das quer gestellte Brett. Noch immer stand das Maultier unbeweglich da, die Augen halb geschlossen. Muli genoss die Hitze im Leuchtturm, die Klara längst zu viel wurde.
»Die Liebe zu Sauna-Temperaturen hast du wohl von deinem Eselsvater geerbt«, seufzte sie und blies eine Haarsträhne hoch, die ihr an der Stirn klebte. Liebevoll strichen ihre Finger durch Mulis feine Mähne, was er mit leisem Schnauben quittierte.
Noch etwas anderes hatte Muli von seinem Vater geerbt: die Kunst zu klettern. Auf dem Friesenhof balancierte Muli über jede Begrenzungsmauer, wenn er ausbüxte. Keine Brüstung war ihm zu schmal. Allein beim Zusehen wurde einem angst und bange. Einmal mussten sie ihn im Friesenhaus sogar aus dem Flur holen, er war gerade dabei, die Stufen zum Dachgeschoss zu erklimmen.
Abwägend musterte Klara die Bretter-Rampe. Lang war sie nicht, nur eng und kurvig. Ob Muli den Anstieg schaffte? Gelenkig war er ja. Und wendiger als jedes Pferd. Klara hüpfte auf den Brettern auf und nieder. Federnd ächzte das Holz. Trug die Rampe Mulis Gewicht?

Mit gespitzten Ohren musterte Muli seine Freundin Klara. Was sein Blick sagte, konnte sie nicht deuten.
»Du hältst mich wohl für total durchgeknallt?«, fragte sie lachend. Muli antwortete nicht, natürlich nicht, aber wäre er der menschlichen Sprache mächtig gewesen, hätte er wahrscheinlich »und ob« gesagt.
»Komm, Kleiner, wir versuchen es«, lockte Klara.
Sie führte Muli bis an die Rampe. Ohne zu zögern, begann das Grautier mit dem Aufstieg. In der ersten Kurve verharrte Muli kurz, brachte dann aber seine Beine geschickt um die enge Wendung.
Eins, zwei, drei stand Muli im ersten Stockwerk.
Neugierig spielten seine Ohren, als er seine neue Behausung unter die Lupe nahm. Mit der Nase fuhr Muli an den Wänden entlang und beleckte ausgiebig die glatten Fliesen. Dann erregte der winzige Nebenraum sein Interesse. Vorsichtig steckte er den Kopf durch die Öffnung, blieb aber auf halbem Wege stehen. Schätzte er ab, ob er sich darin umdrehen konnte?
Klara lief noch einmal nach unten und holte die beiden aufgewickelten Longen hoch. Geschickt versperrte sie die Treppen nach oben und unten mit den langen Leinen. Auf den Nervenkitzel, ein eingeklemmtes Maultier aus der Wendeltreppe zu befreien, konnte sie gut verzichten.
»So«, sagte Klara zufrieden, als sie ihr Werk betrachtete. »Nun fehlt uns nur noch Stroh. Und natürlich dein Futter. Und Wasser.«
Als sie Wasser sagte, merkte Klara auf einmal, wie durstig sie selber war. Eine Wasserleitung hatte sie im ganzen

Leuchtturm nicht entdeckt. Je mehr sie daran dachte, desto trockener wurde ihre Kehle. So ein Unglück aber auch, dass die Verfolger ihr vorhin direkt auf den Fersen waren! Eine Minute mehr Zeit und sie hätte Essen, Trinken, Futter und Stroh in Sicherheit gehabt. Aber so . . .

Wie lange konnte es noch dauern, bis die Wachen vom Westerbüller Reiterverein endlich die Nase voll hatten? Besser gesagt: Wie lange würde es dauern, bis sie endlich an eine Flasche Wasser kam? Nicht mal ein Handy hatte sie, um sich mit den anderen draußen zu beraten. Wütend schlug Klara sich aufs Knie. Plötzlich fiel ihr etwas ein: Hatte sie nicht vorhin ein normales Fenster gesehen? Richtig, im Abstellraum! Sie drückte sich an Muli vorbei ins winzige Nebenzimmer. Na bitte! Ein Glasfenster! Schnell den kleinen Tisch zur Seite rücken, weg mit dem Stuhl und dem Besen.

Das Fenster lag über der Eingangstür mit Aussicht auf die Menschentraube und auf die Treppe, die hinab zum Café Sörensen führte. In der Scheibe spiegelte sich die tief stehende Morgensonne. Klara pochte an das Glas und drückte ihr Gesicht dagegen. Sie kniff die Augen zusammen und klopfte eindringlich weiter. Die da draußen mussten sie doch hören! Aber der Wind schluckte Klaras Klopfzeichen.

Darum bemerkte auf dem Deich zunächst niemand etwas. Ungeduldig trat Klara von einem Bein auf das andere und fuhr fort, die Scheibe zu bearbeiten. Dann endlich sah ihre Schwester hoch. Überrascht wies Lea mit dem Finger auf Klara und rannte mit Jette los zum Turm. Offenbar rief Lea etwas nach oben, aber Klara verstand durch die dicken Mauern nichts.

Fragend blickten die Mädchen zum Fenster hoch. Klara formte ihre Finger zu einem Ring, den sie wie ein Trinkglas an den Mund führte. Dann drückte sie ihren Hals mit beiden Händen zu und ließ die Zunge heraushängen wie ein Verdurstender.
Lea gab ihr ein Zeichen, dass sie verstanden hatte, und senkte beruhigend die Hände. Jette reckte sich unterm Fenster hoch und tippte mit dem Zeigefinger an ihre Schläfe.
Klara grinste zufrieden. Das war Jettes Art anzudeuten, dass sie über das Problem nachdachte und bald eine Lösung präsentieren würde.
Plötzlich bekam Klara einen Schubs versetzt und fuhr herum. Wer stand hinter ihr? Muli! Das Maultier hatte sich doch tatsächlich in den schmalen Raum gequetscht. »Muli! Willst du auch an dein Wasser erinnern?«
Brummelnd rückte Muli näher an die Scheibe und leckte sie hingebungsvoll ab. Glatte Flächen wirkten auf ihn wie ein Magnet. Seine langen Ohren passen in das hohe Fenster wie in einen Bilderrahmen, dachte Klara. Sie hätte einen Fotoapparat mitnehmen sollen. Aber wer denkt an romantische Bilder, wenn es um Leben und Tod geht?

6. Kapitel
Der Trick mit der Longe

Machen Sie für uns ein Foto von Muli im Fenster?«, fragte Lea zur selben Zeit Bäcker Sörensen, der in seiner langen weißen Schürze und mit einer Kamera den Deich hochgelaufen kam. Aufgeregte Gäste hatten ihm von der dramatischen Lage über seinem Café berichtet. Und er wollte sich die haarsträubende Sache aus der Nähe ansehen.
Noch immer leckte Muli über die hohe Scheibe im ersten Stock und Sören Sörensen fotografierte in einem fort. Von unten, von der Seite, aus der Ferne und von Nahem. Der Leuchtturm als würdiger Bilderrahmen für ein verfolgtes Maultier. Misstrauisch wurde Sörensen von den Vertretern des Westerbüller Reitervereins beäugt.
Die Menschenansammlung auf dem Deich teilte sich inzwischen in zwei Gruppen, die sich unversöhnlich gegenüberstanden. Muli-Freunde und Muli-Gegner.

»Und Sie, Herr Sörensen? Sind Sie für oder gegen Muli?«, wollte Lea wissen. Währenddessen lichtete der Bäcker Leuchtturm und Menschen ab. Wie eine Katze strich Hanno Ohlsen um ihn herum. Sören Sörensen steckte den Apparat ein.

»Natürlich für ihn«, sagte er bestimmt, und als Hanno Ohlsen ihn ärgerlich ansah, breitete er die Arme aus. »Muli ist mein Maskottchen, Herr Ohlsen. Mein Glücksbringer. Kann ich ihm etwa in den Rücken fallen?«

Unwillig schnaubte der Chef des Westerbüller Reitervereins, aber nicht wirklich wütend. Alles in allem schien Hanno Ohlsen Verständnis für den Bäcker zu haben. Ja, man konnte sogar den Eindruck gewinnen, dass Ohlsen selber, wäre nicht das elende Turnier gewesen, für das Maultier in die Bresche gesprungen wäre. Aber wie die Lage nun einmal war, musste er alles daran setzen, die Mädchen zum Rückzug zu bewegen.

»Ihr habt keine ruhige Minute, wir bleiben hier«, beschwor er Lea und Jette, die mit zusammengesteckten Köpfen über die Wasserversorgung berieten. »Seid doch vernünftig, Kinder.« Für »Kinder« fing er sich einen strafenden Blick ein. »Keiner von uns möchte, dass es eurem Muli schlecht geht. Aber versteht uns doch: Er muss weg, in Quarantäne. In eine Isolierstation. Sonst platzt das Turnier. Wir bewachen die Eingangstür weiter; und wenn wir hier Moos ansetzen.«

Lea ließ nicht mit sich reden. »Dann passen Sie auf, dass Ihnen keine Veilchen aus dem Kopf wachsen«, gab sie patzig zurück. »Muli verlässt den Turm nicht, bevor Mama und Papa zurück sind. Basta.«

Grunzend schlug Herr Ohlsen sich auf die Schenkel und ging unverrichteter Dinge zurück zur Bank, wo die Hoteliers warteten.

Trotzig sah Lea ihm nach. Stur sein konnte sie auch. Hundert Mal so störrisch wie ein Maultier, wenn es drauf ankam. Und jetzt *kam* es drauf an. Jäh wurden Leas Gedanken gestört, als Jette ihr plötzlich um den Hals flog. »Mensch Lea, dass du an die Longen gedacht hast, das war genial.« Jette strahlte. »Das ist der ultimative Versorgungs-Trick. Verstehst du, was ich meine?«

»Nein.«

Ungeduldig scharrte Jette mit den Füßen. »Du hast Klara doch die beiden Longen in den Turm geworfen. Nun denk doch mal an den Balkon da oben.« Sie zeigte zur Brüstung des Umlaufs empor. »Und an die beiden Leinen. Die sind zusammengeknotet fast 20 Meter lang.«

»Du meinst . . . Klara soll sich daran nach unten abseilen? Und mit einem Eimer Wasser wieder nach oben hangeln? Du spinnst, Jette, das schafft sie nie.«

Jette verdrehte die Augen. »Heute bist du aber wirklich begriffsstutzig. So geht das natürlich nicht. Aber . . . was ist die zweite Möglichkeit?«

Allmählich dämmerte es Lea. »Du meinst . . . wenn Klara nicht zum Wasser kommen kann, muss das Wasser eben zu Klara kommen?«

Wie einem folgsamen Pferd klopfte Jette ihrer Freundin auf die Schulter. »Brav, Lea Eichhorn. Bist ja doch nicht völlig verkalkt.«

Zwischen Mulis Ohren tauchte erneut Klaras Gesicht im

Fenster auf. Fragend hob sie ihre Schultern und machte wieder eine Trinkbewegung. Jette lief zum Fenster und fuchtelte mit den Armen, knotete unsichtbare Leinen in der Luft zusammen und band unsichtbare Eimer daran. Aber um diese Darstellung ohne Worte zu verstehen, dazu hätte Klara schon Hellseher sein müssen.

Ratlos zuckte Klara die Schultern, bis Jette auf die Idee kam, Mascha zum Stall zu schicken. »Hol noch eine Longe, Mascha. Wir binden einen Eimer dran und halten ihn vor Klaras Fenster. Das wird sie ja wohl kapieren.«

Gleichzeitig war die Spritztour zum Friesenhof eine prima Gelegenheit, nach den Pferden auf der Weide zu sehen und Kims Mutter zu beruhigen.

In Rekordzeit war Mascha mit der aufgewickelten Leine zurück. Und mit einem Eimer Wasser, den sie von Bäcker Sörensen mitgenommen hatte. Neugierig scharten sich schaulustige Urlaubergruppen um die Mädchen. Diese Vorbereitung versprachen einen neuen Schachzug im Muli-Streit, den man sich nicht entgehen lassen wollte.

Argwöhnisch näherten sich Leute vom Reiterverein und die Hoteliers. Fast konnte man sehen, wie sie ihre Antennen ausfuhren und Signale auffingen. Etwas Neues wurde geplant. Etwas, das die Mädchen womöglich weiter in Führung brachte. Freudig erregt, hüpften zehn Kinder um Mascha herum, bis sie den Eimer umstießen und Mascha neues Wasser holen musste.

Drinnen im Leuchtturm wischte Klara sich feine Schweißperlen von der Stirn, während sie die Aktion draußen mit gemischten Gefühlen beobachtete. Sie war nicht sicher, wie lange sie es noch in der stickigen Enge dieses Gebäudes aushalten würde. Wenn sie nicht bald etwas zu trinken bekam . . .

Klaras Blick steifte Mulis Fell. Trocken und glatt wie immer.

»Wirklich, man merkt, dass du aus Spaniens Sonne kommst. Du fühlst dich richtig wohl in diesem Brutkasten, stimmt's Muli?«

Mulis Ohren zuckten ein wenig, was Klara als Zustimmung wertete. Konzentriert sah das Maultier nach draußen. Ob es verstand, worum es ging?

Ein unbehagliches Gefühl nahm von Klara Besitz, als sie sich klarmachte, was ein derartiger Menschenauflauf auf dem Deich bedeutete. Die Sache würde hohe Wellen schlagen. Garantiert machte man ihren Eltern später die Hölle heiß, weil Lea und sie den ganzen Ort auf Trab gehalten hatten. Schnell wischte Klara den Gedanken weg. Nein, so schlimm würde es nicht werden. »Von Tierliebe zu reden, reicht nicht«, pflegte ihr Vater zu sagen, »man muss auch für seine Grundsätze einstehen. Selbst wenn es unbequem ist.«

Und – zur Hölle – unbequem war es jetzt!

Neben ihr grummelte Muli leise vor sich hin. Das machte er immer, wenn er äpfelte, und genau das tat er jetzt. Dabei rührte er sich nicht von der Stelle, blickte weiter interessiert nach draußen und tat so, als sei es das Normalste der Welt, den Leuchtturm von Westerbüll als Maultierklo zu benutzen.

Klara kratzte sich am Kopf. Sie musste Mulis Hinterlassenschaft schleunigst entfernen. Es sei denn, sie legte Wert darauf, sämtliche Fliegen Schleswig-Holsteins in ihre Behausung zu locken.

An Mulis warmem Körper vorbei zwängte sie sich zur Ecke mit dem Putzzeug. Ist schon irre, dachte Klara, dass in einem hundert Jahre alten, unbenutzten Leuchtturm Putzeimer und Besen stehen. Wahrscheinlich gab es auch dafür Vorschriften . . .

Mit der Kehrschaufel schob sie Mulis Äpfel in einen Eimer. Ob sie den Inhalt einfach über die Brüstung des Balkons auskippen sollte? Kichernd malte sie sich aus, wie die Muli-Äpfel sich gleichmäßig über die Köpfe der Zuschauer verteilten. In Gedanken hörte Klara schon die spitzen Schreie der eleganten Hotelbesitzer.

Beim nächsten Blick nach draußen entdeckte sie Lea vor dem Fenster. Ihre Schwester saß auf den Schultern von Kim. Angestrengt hielt Lea eine Longe hoch, an der ein Eimer festgeknotet war. Mit einer Hand zeigte Lea die Wand des Leuchtturms hinauf und schwenkte die Leine.

Jetzt endlich ging Klara ein Licht auf, sie schlug sich mit der Hand gegen die Stirn. »Ja, natürlich!«, sagte sie laut, obwohl sie niemand hören konnte, außer Muli. »Die Longen. Ich lasse die Longen nach unten. Super Idee.«

Klara signalisierte nach draußen, dass sie den Hinweis verstanden hatte, und verschwand ins Innere des Leuchtturm. Ruck, zuck entfernte sie die kunstvollen Absperrungen, die sie vorhin mit Hilfe der Longen geschaffen hatte, und warf die Leinen über ihre Schulter.

Einen Moment zögerte Klara. Würde Muli vernünftig sein und an Ort und Stelle bleiben? Besser, sie verließ sich nicht darauf. Ein Spruch ihres Vaters fiel Klara ein: Maultiere hassen es, untätig herumstehen. Entweder wollen sie fressen oder arbeiten. Im Moment war aber weder das eine noch das andere in Sicht. Auf der Suche nach seinem Vergnügen war Muli alles zuzutrauen, diesem Kletterkünstler.

Klara ging ins Erdgeschoss und schleppte einige Baubretter in den ersten Stock. Damit musste es gehen. Ächzend machte sich sie sich daran, die Treppenzugänge mit den Brettern zu verrammeln.

In der Türöffnung der Abstellkammer tauchte Mulis Kopf auf. Ohne seinen Lieblingsmenschen war es ihm am Fenster zu langweilig geworden. Mit halb geschlossenen Augen betrachtete das Maultier Klaras Aktivitäten.

»Sei brav«, sagte Klara streng, als sie über die Absperrung nach oben stieg, in der Hand den Eimer mit den Maultieräpfeln. »Bin gleich mit Wasser zurück. Bau bloß keinen Mist.«

Muli riss das Maul auf und gähnte herzhaft. Seine Freundin hatte ihm auch schon mal spannendere Unterhaltung geboten ...

7. Kapitel
Es regnet Muli-Äpfel

Draußen wäre Muli jetzt in seinem Element gewesen. Bei diesen Zuschauermassen hätte er bestimmt manchen Leckerbissen abgestaubt.
Auf dem Deich ging es hoch her. Ausgelassene Kinder jagten schreiend um den Leuchtturm herum, rannten zwischen den Wachposten an der Tür und den Friesenhof-Mädchen hin und her. Obwohl es erst kurz nach zehn Uhr war, packten Mütter Brötchen und Obst aus. Der Proviant war eigentlich fürs Picknick im Strandkorb gedacht. Kaum jemand machte sich noch Gedanken über den Anlass der fröhlichen Feier. Nur die Betoffenen hatten die Afrikanische Pferdepest nicht vergessen. Rund um das alte Backsteingemäuer ging es zu wie auf einem lustigen Straßenfest. Bloß die griesgrämigen Erwachsenen auf der Bank neben der Tür störten den vergnüglichen Anblick.

Inzwischen verbreitete sich in Westerbüll die Nachricht von der Seuche und vom Maultier im Leuchtturm wie ein Lauffeuer. Geschäftsleute, die sich einen Moment aus ihren Läden oder Pensionen herausstehlen konnten, liefen zum Deich. Die unglaubliche Geschichte von dem gefangenen Muli wollte sich keiner entgehen lassen. Ein Maultier im alten Leuchtturm!

Mit der Welle der Neugierigen wurde leider auch Maschas Vater auf den Deich gespült. Ausgerechnet Herr Mewes, ein humorloser Typ. In seiner Pension »Deichblick« hatten sich sechs Reiter für das Turnier angemeldet. Die würden absagen, wenn der Wettkampf nach Bixholm verlegt wurde. Herr Mewes war ziemlich aufgebracht, dass seine Tochter Mascha in die Sache verwickelt war.

»Wenn ich gehe, kommst du mit nach Hause«, kündigte er Mascha an. »Das hier geht zu weit – auch wenn du mit dem ganzen Friesenhof befreundet bist.«

Das ging ja gut los!

Wütend drehte Mascha sich um und verprügelte den unschuldigen Strohballen auf der Schubkarre. Ihre Freundinnen zogen die Köpfe ein und schickten Stoßgebete zum Himmel. Hoffentlich machte die Muli-Katastrophe im Ort nicht allzu rasch die Runde.

Emma fühlte sich ausgesprochen unwohl in ihrer Haut. Nach dem Auftritt von Maschas Vater noch mehr. Mit einer Hand tastete sie in der Hosentasche nach den beiden zersägten Schlössern. Täuschte sie sich? Glühte das Metall? Oder kam dieser Eindruck nur von Emmas heißer Sorge, ihre Eltern könnten auch von der Leuchtturm-Besetzung hören? Dann

war es für Emma vorbei, so viel stand fest. Ihre Mutter würde auf der Stelle auf dem Deich erscheinen und sie nach Hause zerren.
Über den Holzsteg, der vom Strand durch die Salzwiesen führte, lief Nelly Ingwersens Vater mit Leon herbei. Mit hängender Zunge trabte der Leonberger Hund über den Deich direkt zu Lea, drückte seinen Rücken an ihre Beine und sah hechelnd zu ihr hoch.
»Na, mein Süßer«, sagte Lea und kraulte ihm den Nacken. Leon liebte Lea, aber noch mehr ihren Friesenwallach Magic. Und weil Lea immer ein bisschen nach Magics Fell roch, schnupperte Leon so gern an ihr.
Bevor Ingwer Ingwersen ein einziges Wort mit seiner Tochter Nelly wechseln konnte, nahmen die Hotelbesitzer ihn in die Mitte. Beschwörend redeten sie von allen Seiten auf ihn ein. »Lange halten die Mädchen nicht durch. Ohne Wasser und Futter im Leuchtturm werden sie bald am Ende sein. Wir müssen nur aufpassen, dass sie uns nicht austricksen.«
In diesem Augenblick rief ein kleiner Junge aufgeregt: »Guckt mal, da oben!«
Aus 20 Metern Höhe wurde vom Balkon des Leuchtturms ein Gegenstand an einer langen Leine herabgelassen. Leon knurrte und Herr Ingwersen packte ihn fest am Halsband. Meter für Meter schlängelte sich die Longe nach unten. Erst jetzt erkannte man das Anhängsel: Es war ein Eimer, der auf halber Höhe heftig pendelte. Oben sah man die winzig kleine Klara, wie sie sich über die Brüstung beugte und die Leine Stück für Stück herunterließ.
Die Leute vom Reiterverein und die Hotelbesitzer sprangen

von ihrer Bank auf. Ungläubig starrten sie nach oben. Mit zurückgelegten Köpfen verfolgten sie, wie der Eimer gemächlich herabschaukelte.
Kim und Lea gingen auf die Zehenspitzen und reckten sich nach der Longe. Es fehlten nur noch wenige Zentimeter, da griff von hinten eine Hand nach dem Eimer. Die Hand von Hanno Ohlsen. Er war größer als Kim, das war sein Vorteil. Besser gesagt: sein Nachteil. Im blinden Übereifer hechtete der stämmige Ohlsen nach dem Eimer, bekam ihn aber nicht richtig zu fassen. Der Inhalt kippte heraus – Maultieräpfel kullerten über Ohlsens weißes Oberhemd, rollten über die Ärmel und blieben in den aufgekrempelten Manschetten hängen, bevor sie auf den Deich purzelten.
Einen Moment herrschte Ruhe, aber dann brach ein schallendes Gelächter aus. Glucksend vor Vergnügen, zeigten die Kinder auf den überraschten Ohlsen, der verdattert an sich herabsah. Sogar die Erwachsenen hielten sich den Bauch vor Lachen.
Oh, wie es in Herrn Ohlsen arbeitete! Seine Backenknochen malmten. Er kämpfte darum, seine Fassung zu bewahren. Schließlich sagte er würdevoll: »Ein Reiter kann so etwas vertragen«, und schob lässig zwei liegen gebliebene Muli-Äpfel von der Schulter.
»Alle Achtung«, rief ein Zuschauer bewundernd, »das nenne ich noble Haltung.«
Während Ohlsen zähneknirschend sein Hemd säuberte, band Lea den leeren Eimer ab. Insgeheim kassierte Herr Ohlsen bei ihr Pluspunkte für seinen coolen Auftritt.

Jette schleppte einen vollen Wassereimer heran und begann, ihn an der Longe festzuknoten.
Da erwachte erneut die Beißlust in Hanno Ohlsen. »Moment mal, der Eimer geht nicht auf den Turm«, schrie er. Er beugte sich vor und versuchte, den Henkel zu fassen. Aber Lea war schneller. Sie sprang dazwischen – und Ohlsen hatte das Nachsehen. Er musste Lea schon gewaltsam zur Seite drängen, wenn er an ihr vorbeikommen wollte.
»Schafft das Maultier endlich nach draußen«, wetterte Ohlsen und starrte missmutig auf Jette, die fortfuhr, den Knoten zu sichern. »Dann könnt ihr es tränken und füttern. Meine Güte, Kinder, macht euch doch nicht unglücklich.«
Die anderen Muli-Gegner einschließlich Maschas Vater fühlten sich verpflichtet, Herrn Ohlsen zu unterstützten. Gemeinsam rückten sie näher. Wie eine bedrohliche Mauer bauten sie sich vor der Friesenhofclique auf.
Aber sie hatten die Rechnung ohne die jüngsten Zuschauer gemacht. Hatten sie nicht schon für Muli ihre Jacken in die Pfütze geworfen? Solche Kämpfer gingen doch nicht vor ein paar Erwachsenen in die Knie! Schon seit einigen Minuten tuschelten die Ferienkinder, zwölf oder vierzehn waren es, zwischendurch hoben sie die Köpfe und musterten die Muli-Gegner. Mit einem Male kam Leben in die Gruppe. Plötzlich bildeten die Kinder einen Kreis um die Mädchen vom Friesenhof. So dicht und solide wie ein Lattenzaun. Nur mit dem Unterschied, dass diese lebendigen Zaunlatten hin und her hüpften.
»Wir lassen keinen durch«, krähte der rotblonde Junge mit den aufgeschürften Knien, der Klara auf dem Balkon ent-

deckt hatte. Erst gestern hatte er Muli in Sörensens Café mit Meloneneis gefüttert. Natürlich brannte der Junge darauf, seinem vierbeinigen Freund zu helfen. Eifrig spornte er Jette an. »Los, beeil dich.«

»Ihr seid einsame Klasse«, sagte Lea und beeilte sich, Jette zu helfen, den Knoten am Henkel festzuzurren.

»Ihr kriegt ihn nicht, ihr kriegt ihn nicht«, sangen die Kinder ausgelassen und einige streckten den vor Ärger bebenden Männern die Zunge heraus.

Sicher, es wäre leicht für sie gewesen, den Kinderkreis mit Gewalt zu durchbrechen. Solche Typen waren die Muli-Gegner jedoch nicht. Außerdem mussten sie immer bedenken, dass alle Zuschauer Feriengäste waren. Die roten Flecken in den Gesichtern der Männer gaben aber zu erkennen, dass sie sich nur mühsam beherrschten.

»Fertig.« Jette blickte zum Balkon hoch und hielt ihre blitzende Armbanduhr in die Sonne, um Klara ein Zeichen zu geben.

Oben wurde an der Longe gezupft und der Eimer bewegte sich unter lautem Beifall aufwärts. Lange hielt die Freude allerdings nicht an. Schon nach ein paar Metern rutschte die Leine von der Henkelmitte und glitt an die Seite. Sofort geriet der Eimer in Schräglage und das kostbare Wasser lief als dünnes Rinnsal die Mauer herunter.

Enttäuscht stöhnten die Kinder auf.

»Verdammt«, sagte Lea grimmig und stampfte mit dem Fuß auf.

»Na bitte«, sagte Hanno Ohlsen zufrieden und rieb sich die Hände.

Schnell merkte auch Klara, dass etwas nicht stimmte. Der Eimer wurde zunehmend leichter und sie ließ die Longe wieder nach unten.

»Wir brauchen einen Deckel, das steht fest.« Der Eimer bekam einen Fußtritt von Jette. »Nein. Ein Eimer geht überhaupt nicht.« Jette senkte ihre Stimme, als sie die gespitzten Ohren der Muli-Gegner bemerkte. »Ein Kanister muss her, mit Schraubdeckel. Ein Wasserkanister, wie man ihn zum Camping mitnimmt.«

»Wir haben einen zu Hause«, sagte Emma zögernd. »Ihr kennt doch meine ängstlichen Eltern, die nehmen so ein Ding bei jeder Autofahrt mit. Sogar in Westerbüll. Für den Fall, dass sie vor dem Supermarkt in einen Stau geraten und verdursten. Aber . . .«, Emma hob die Schultern, »wenn ich jetzt nach Hause gehe . . . das fällt doch auf.«

Jette nickte. »Vergiss es.«

Nelly beugte sich flüsternd vor. »Mein Bruder Niels! Der hilft uns bestimmt. In seinem DLRG-Turm stapeln sich Wasserkanister. Niels hat jetzt Dienst, ich sause hin.«

Schon drängte sie sich durch die Umstehenden und rannte über den Holzsteg den Deich hinab zum Strand.

8. Kapitel
Wasser marsch!

Am Strand kickte Nelly ihre Schuhe von den Füßen und nahm sie in die Hand. Barfuß war sie schneller. Unter den nackten Fußsohlen spürte sie noch die Kühle der Nacht, die die Feuchtigkeit lange im Sand hielt. Erst allmählich trocknete die Sonne den kilometerlangen Badestrand.
Nelly rannte zur Sandbank an der Brandung. Lange Wellen rollten heran, der Wind hob weiße Gischt in die Luft und spielte mit den Schaumflocken. Obwohl die Brise am Brandungssaum auffrischte, kam Nelly hier fixer voran, weil der Sand fest wie Asphalt war. Sie umrundete sechs oder sieben Strandsegler, die ihre blauen, roten und rosa Wagen für eine Probefahrt vorbereiteten. Gegen 15 Uhr fand ein wichtiges Wettrennen statt. Bereits jetzt am Vormittag war kaum noch ein Strandkorb frei. Familien breiteten sich mit Luftmatratzen und Decken aus. Sogar ein

Fernsehteam hatte sich zu dem rasanten Ereignis angekündigt.
Aus einer Strandburg krochen unvermittelt zwei Kinder heraus und Nelly geriet heftig ins Stolpern. Um ein Haar wäre sie gestürzt, weil sie einen sehnsüchtigen Blick auf die Strandsegler geworfen hatte. Eigentlich wollte sie heute Nachmittag auch hier sein. Aber statt mit den schnellen Piloten zu fiebern, musste sie Muli im Leuchtturm mit Wasser versorgen.
Ein absolut unpassender Tag, um heimlich ein Maultier in Sicherheit zu bringen, dachte Nelly, als sie den weißen DLRG-Turm ansteuerte. Atemlos blieb sie an der langen Treppe stehen und schirmte ihre Augen mit den Händen gegen das gleißende Licht ab. »Niels«, schrie sie die Stufen hinauf. »Niels Ingwersen, zeig dich.«
Gleich darauf erschien ein braun gebranntes Gesicht in der Tür. Niels nahm zwei Stufen auf einmal nach unten.
»Ist was mit Klara?«
Nelly grinste ihren großen Bruder unverschämt an. »Das ist wohl alles, was dich interessiert? Unsere Aktion hat ziemlich gut geklappt. Deine Schlösser – astrein angesägt.«
Erschrocken drehte Niels sich zu seinen Kollegen um, die feixend oben in der Tür standen. »Psst. Muss ja keiner wissen, dass ich euch bei kriminellen Aktionen unterstütze. Sonst wirft mich die DLRG noch raus. Was gibt es?«
Nelly informierte ihren Bruder über das Wasserproblem. »Ich komme mit«, sagte Niels kurz entschlossen. Er besorgte zwei leere Wasserkanister aus dem DLRG-Vorrat und nahm sich frei – in der nächsten Stunde war wegen der Gezeiten

sowieso kein Baden erlaubt. Hals über Kopf rannte Niels mit seiner Schwester zurück. Am Ende des Holzstegs ließen sie den direkten Weg zum Leuchtturm links liegen und überwanden den Deich ein Stück weiter hinten. Dort, wo Sörensens Bäckerei lag.

Von den Tischen unter der Kastanie war kein einziger frei und es herrschte ein ziemlicher Trubel im Café. Unentwegt sprang eines der Kinder auf und schoss auf die Deichkrone, um den neuesten Stand der Dinge zu erfahren.

Nelly und Niels bahnten sich einen Weg durch die besetzten Tische und stürmten in den Bäckerladen. »Dürfen wir die Kanister hier füllen?«

Bäcker Sörensen blickte auf, er wirkte keineswegs erstaunt. Im Gegenteil. Es schien fast, als hätte er auf die beiden gewartet. Er winkte Nelly und Niels nach hinten in die Backstube. Auf der Fensterbank lag sein Fotoapparat, Filmschachteln und ein leeres Filmdöschen. Während Nelly den Wasserhahn anstellte, kam Niels eine Idee. Natürlich hatte er dabei Klara im Sinn, wie meistens . . .

Niels fragte nach dem leeren Filmbehälter, schrieb lächelnd etwas auf einen Zettel, den er aufgerollt in das Plastikdöschen steckte. Sorgfältig verschlossen, ließ er es in den Kanister fallen und drehte den Schraubverschluss zu.

»Hängt für Klara einen Block mit Kugelschreiber an«, schlug Sören Sörensen vor und deutete auf den Kanistergriff. Hilfsbereit, wie er war, holte er gleich das Nötige herbei. »Dann kann sie euch Nachrichten schicken. Besser als mit Handy, da hören zu viele mit.«

Die Idee war gut, obwohl sie von einem Erwachsenen

stammte. Aber ein so feiner Kerl wie Sören Sörensen galt eigentlich nicht als typischer Erwachsener, er war halt einfach der obernette Herr Sörensen. Zu ihm passte auch die klasse Aktion, die er sofort nach dem Drama mit Muli im Straßencafé gestartet hatte. Die Tafel, auf der normalerweise stand: »Friesentorte heute günstig«, oder: »Windbeutel – drei essen, zwei zahlen«, war zu einer Nachrichtenbörse umfunktioniert worden. Unter der Überschrift »Neues von unserem Marqués de Murrieta y Conde de la Mancha, genannt Muli« hatte er mit Kreide eingetragen: »10.40 Uhr: Zwei Ballen Stroh und ein Ballen Heu an der Longe hochgezogen.«
Nelly ballte die Faust. »Klasse, Herr Sörensen. Wenn wir jetzt noch das Wasser hochschaffen, hält Klara locker bis morgen durch.«
Niels ergriff beide Kanister, jeder enthielt immerhin zehn Liter Wasser, und schleppte sie die Treppe zum Deich empor. Quiekend vor Begeisterung, rissen die Kinder ihre Arme hoch, als sie Nelly und Niels Ingwersen entdeckten.
Blöderweise stand Vater Ingwersen direkt am Treppenaufgang und jubelte nicht. Als er seinen Sohn erblickte, schüttelte er sorgenvoll den Kopf. »Niels, du auch? Das geht aber wirklich zu weit. Ich bekomme noch Ärger mit ganz Westerbüll.«
»Du wirst dringend am Strand gebraucht, Papa«, sagte Niels so laut, dass es alle Umstehenden hören mussten. »Gibt unten ein paar Probleme mit den Strandkörben.« Natürlich stimmte das nicht, aber es gab Herrn Ingwersen die Möglichkeit, sich sofort aus der heiklen Situation zurückzuziehen. Aufatmend nahm er Leon an die Leine und machte, dass er wegkam.

»Stroh und Heu sind schon oben«, rief Lea den Geschwistern mit vor Freude zitternder Stimme entgegen.
Die Lage auf dem Deich wirkte entspannt, zumindest aus Sicht der Muli-Freunde. Ein paar restliche Strohhalme wirbelten durch die Luft und auf den glühenden Kindergesichtern stand das Wort »Sieg«.
»Wissen wir schon«, lachte Nelly und sah zur Bank neben der Tür hinüber, wo die Muli-Gegner ihre erneute Niederlage verdauten. Finster verfolgten sie, wie Niels einen Kanister – abgeschirmt von Ferienkindern – an die baumelnde Longe band. Von oben winkte Klara herunter.
»Ob Klara sieht, dass Niels bei uns ist?«, fragte Lea und sah den Jungen feixend an.

Klara kniff die Augen zusammen, als ob sie dadurch besser sehen könnte. Mit beiden Händen umklammerte sie die Balkon-Brüstung neben der angeknoteten Leine und lehnte sich vornüber. War das Niels zwischen den anderen? Er musste es sein. Zumindest stand dort unten jemand, der größer wirkte als die anderen. Und dieses hellblonde Haar, ausgebleicht von Meer und Sonne ... ja, Niels. Klara seufzte glücklich und winkte hinab. Er machte sich Sorgen um sie! Dafür ließ er sogar seinen Dienst am Badestrand sausen.
Die Leine bewegte sich. Das bedeutete, unten wurde etwas angebunden. Hoffentlich Wasser. In der Luft blitzte es, ah – das Uhrenglas-Signal. Klara zog die Longe hoch. Diesmal war die Fracht schwer und pendelte extrem hin und her. Die Longe ächzte, während Klara sie über das eiserne Gelände

zerrte. Es war kaum zu schaffen, sie legte sich zurück und zog mit aller Kraft.
Mehrfach schlug der Behälter gegen die Mauer, aber zum Glück blieb er heil. Endlich konnte Klara den ersehnten Wasservorrat über die Brüstung wuchten.
Mit den Füßen stieß Klara die beiden Strohballen zur Seite, um vor der engen Balkontür Platz zu schaffen. Mit dem Kanister in der Hand kletterte sie die Stufen hinunter. Nichts wie hin zu Muli. Ihr eigener Durst konnte warten.
Vor der Wendeltreppe harrte das Maultier mit gespitzten Ohren aus. Am hölzernen Geländer entdeckte Klara deutliche Spuren von Maultier-Zähnen. Sie lachte leise. Holznagen war Mulis Hobby. Ungeduldig schlug er mit den Hufen gegen das Absperrbrett, als er Klara gewahr wurde.
»Bin ja schon da. Jetzt gibt es was. Komm Muli.«
Es war fast unmöglich, den Eimer aus dem Abstellraum zu holen, so heftig bedrängte Muli seine Freundin.
Kaum ergoss sich das Wasser in breitem Schwall in den Eimer, da hing Mulis Nase auch schon drinnen. Platsch – plötzlich drehte sich ein helles Filmdöschen im Wasserstrudel. Unwillig stieß Muli den Störenfried weg, und als Klara das Döschen herausfischen wollte, klemmte er fast ihre Finger ein.
»Sei nicht so undankbar.« Ungerührt sog Muli weiter das frische Wasser ein, mit so einem glücklichen Ausdruck im Gesicht, dass Klara ihm auf der Stelle alles verzieh. »Du kannst ja nichts dafür, dass ein paar Verrückte dich jagen, Muli.«
Mit dem T-Shirt wischte sie die kleine Dose trocken. Schnell aufmachen. Das eingerollte Stück Papier herausfingern und

lesen. Diese Schrift, diese bekannten, geschwungenen Buchstaben. Niels! Ein Liebesbrief von Niels. Auf einmal pochte Klaras Herz schneller. Selig lächelnd, las sie seine Worte. Einmal, zweimal. Noch einmal. Liebevoll drückte Klara den Zettel an die Lippen und schloss verträumt die Augen.

Erst als Muli mit dem Eimer polterte, weil er den Wasserrest nicht erreichen konnte, segelte Klara von ihrer rosa Niels-Wolke zurück in den Leuchtturm. Behutsam glättete sie den zerknitterten Liebesbrief und steckte ihn ein. Stärker als vorher spürte Klara ihre trockenen Lippen, als sie den Eimer schräg hielt und Muli mit dem Kopf darin herumstieß, um den letzten Tropfen zu ergattern.

Zu blöd aber auch, dass sie im Glückstaumel vergessen hatte selber einen Schluck zu nehmen. Klara schnappte sich den leeren Kanister und stieg damit erneut zum Laternenhaus hinauf. Sicher gab es von unten Nachschub. Wenn sie doch nur einen Stift hätte, um Niels zu antworten. Vielleicht waren ihre Freundinnen ja so klug, ihr Schreibzeug hochzuschicken. Und brandaktuelle Infos! Sie musste doch wissen, was sich auf dem Deich tat.

Klara musste lachen, als kurze Zeit später der zweite Wasserkanister zu ihr emporzuckelte. Block und Kugelschreiber baumelten am Griff. »Könnt ihr Gedanken lesen?«, brüllte sie gut gelaunt nach unten, aber natürlich verwehte der Wind in dieser Höhe jedes Wort.

Auf dem Block fand sie eine ausführliche Notiz von Kim. »Wir packen gleich auf dem Friesenhof eine Proviant-Tasche mit Essen und Trinken für dich. Ich versuche, sie unbemerkt in den Leuchtturm zu schmuggeln. All die Einzelteile kann man schlecht per Longe hochschicken. Behalte uns durch das Fenster im ersten Stock im Blick. Du erkennst die Tasche daran, dass ich eine Longe obenauf lege. Und gelbe Schwimmflossen. Gegen zwölf Uhr locken wir die Bewacher weg. Unser Zeichen: Wenn Jette auf dem Deich Handstand macht, hast du freie Bahn. Dann nichts wie runter. Öffne die Eisentür und nimm deine Tasche. Es grüßen Kim und die Muli-Bande.«

Handstand auf dem Deich, Schwimmflossen als Erkennungszeichen – Klara konnte schwören, das waren Jettes Ideen. Ob man die misstrauischen Muli-Gegner wirklich ablenken konnte? Klara hatte so ihre Zweifel. Egal, jetzt wollte sie erst mal einen Schluck aus dem Kanister nehmen. Bevor sie das Trinken aus Sorge um Muli wieder vergaß . . .

9. Kapitel
Ausgetrickst

Wirklich, ein ganz starker Typ, unser Herr Sörensen«, rief Lea und legte sich flach über ihren Fahrradlenker. Hinter ihr trat Kim kräftig in die Pedale, um Leas rasantes Tempo mitzuhalten. Ja, das passierte nicht alle Tage, dass ein Erwachsener so viel Herz zeigte. Kaum hatte Lea den Bäcker vorhin über die »Geheimsache Proviant« informiert, da verschwand er im Schuppen und holte zwei Fahrräder.

»Nach solchen Menschen musst du mit der Lupe suchen!«, schrie Kim atemlos von hinten. »Im Übrigen ras mal nicht so. Sonst fliegst du gleich aus der Kurve und landest im nächsten Kuhfladen.«

Da kam schon der Friesenhof in Sicht. Eilig stellten die Mädchen die Räder ans Haus und rannten in die Küche. Keine Spur vom Kims Mutter.

»Ein Glück«, seufzte Lea und angelte einen Einkaufskorb

vom Regal. Als Erstes riss Lea die Kühlschranktür auf und harkte mit dem Unterarm sechs Joghurtbecher heraus. Ab in den Korb. Als Nächstes flogen drei Bananen hinein. Ein Blick in den Vorratsschrank. Zwei Tüten Gummibärchen dazu, dann fünf Schokoriegel. Neue Tür auf. Zack, drei Flaschen Cola, zwei Flaschen Wasser. Schwungvoll landete ein Beutel mit Brötchen im Korb, dazu eine Vorratspackung Käse.

»Such noch nach Taschenmessern, Scheren, Schnur, ach, du weißt schon, was Klara brauchen kann«, ordnete Lea an. »Ich besorge von oben die Strandtasche. Und Klaras Flossen.«

Das dauerte nicht länger als fünf Minuten, aber die reichten, um Kims Mutter in die Küche zu locken, weil sie Türschlagen gehört hatte. Gerade fegte Lea über den Flur zurück, als sie mitbekam, wie Frau Behrens mit ihrer Tochter über das Mittagessen diskutierte.

»Nein, Kim, ich habe Familie Eichhorn versprochen, dass ich anständig für euch koche.« Lea hörte jemand zwischen den Lebensmitteln wühlen. »Gummibärchen und Cola – vergiss es. Ihr seid alle in einer Stunde hier. Das werdet ihr wohl organisieren können.«

Ungeduldig verharrte Lea vor der Tür und raufte sich die Haare. »Oh nein«, murmelte sie. »Das fehlt gerade noch.« Unmöglich, alle Mann vom Leuchtturm abzuziehen. Wer weiß, zu welchen Aktionen die Gegenseite inzwischen ausholte? Lea kaute auf ihren Handknöcheln. Kims Mutter in das Muli-Drama einzuweihen, das konnte man vergessen. Was hätte sie unternehmen sollen? Frau Behrens verstand nichts von Pferden. Rein gar nichts von Maultieren. Und von Krankheiten noch weniger, falls noch eine Steigerung möglich war.

Wozu sollte man sie also verrückt machen? Lea räusperte sich entschlossen und schoss freudestrahlend in die Küche.
»Ach, Frau Behrens, da sind Sie ja! Dürfen wir uns etwas für heute Mittag wünschen? Bitte, sagen Sie Ja.«
Kim fuhr herum und warf Lea einen Blick zu, der deutlich machte, dass sie an ihrem Verstand zweifelte. Wie konnte Lea bloß selber von diesem heiklen Thema anfangen?
»Ihr toller Nudelsalat«, fuhr Lea mit Kreidestimme fort. »Der ist bei uns der Hit. Den haben Sie doch neulich für unser Schulfest gemacht! Ihr Salat war als Erstes weg. Stimmt doch, Kim!«
»Hm«, brummte Kim, unsicher, was ihre Freundin da ausbrütete.
»Mit den vielen Tomaten und Gurken und Kräutern drin«, schwärmte Lea weiter und schloss die Augen vor Entzücken. »Diese vielen, gesunden Vitamine, das wäre bestimmt im Sinne meiner Eltern.«
»Wirklich?« Frau Behrens freute sich zwar über das Lob, aber sie war nicht von gestern. Die Sache roch nach einer Finte. Lea hatte wirklich etwas dick aufgetragen mit ihren Vitaminen.
Andererseits – was gab es gegen Nudelsalat einzuwenden? Unschlüssig sah Kims Mutter sich in der Küche um. Grün und rot leuchteten Gurken, Tomaten und Paprika aus einem Drahtkorb. Schon flitzte Lea an ihr vorbei, nahm drei Tüten Nudeln aus dem Vorratsfach und knisterte Frau Behrens damit unter der Nase herum.
»Hm, das dauert aber etwas länger, bis die Nudeln gekocht und wieder kalt sind«, wandte Frau Behrens ein.

Lea tat bestürzt und sah auf die Uhr. »Nachher wollen wir auf dem Deich mit Muli etwas vorführen.« Das war nicht einmal geflunkert. »Wissen Sie, Werbung für den Friesenhof. Heute sind so viele Kinder da, wegen der Strandsegler-Regatta.« Leas Miene hellte sich auf – sie beherrschte jeden benötigten Gesichtsausdruck auf Knopfdruck –, als hätte sie soeben einen Geistesblitz. »Wissen Sie, was, Frau Behrens? Wir holen den Nudelsalat in zwei Stunden ab und essen ihn am Strand. Einverstanden?«

Was sollte Frau Behrens machen? Gegen Leas überzeugende Argumente gab es nichts einzuwenden, sie konnte schlecht Nein sagen. Zögernd griff sie nach den Nudeln und zuckte die Schultern. »Wenn du meinst. Guck noch mal nach den Pferden, bevor du fährst. Sie sollen doch bis heute Nachmittag auf der Weide bleiben?«

Lea nickte. »Mache ich. Ja, wir holen sie erst zum Füttern gegen fünf oder sechs Uhr rein. Bis später. Und herzlichen Dank, Frau Behrens.«

»Jetzt reicht's aber«, zischte Kim, als sie den Korb schnappte und mit Lea durch die Haustür verschwand. »Sonst wird mir schlecht.«

Eilig stopften sie die Lebensmittel in Klaras Badetasche. Zum Schluss die Schwimmflossen obenauf und der leere Korb wurde in den Flur geschoben. »Woher nimmst du bloß ständig solche Ausreden, Lea?«

»Alles Übung.« Lea lachte verschmitzt, während sie die Tasche zum Fahrrad schleppte. »Unser Deutschlehrer sagt, wenn man bei einem Thema schwimmt, muss man das einfach geschickt überspielen. Sein Lieblingsspruch lautet:

›Warum erschlug der Teufel die Großmutter? Weil sie keine Ausrede wusste.‹ Gut, nicht?«

»Na ja«, sagte Kim und spannte die Klemme des Gepäckträgers nach hinten, damit Lea die Strandtasche nach oben wuchten konnte.

Am verwaisten Stallgebäude vorbei liefen die beiden zur Weide. Kim dachte an ihre Mutter. Die Art, wie sie ihr vorhin einen Bären aufgebunden hatten, behagte ihr nicht. Schließlich machte ihre Mutter die Vertretung auf dem Friesenhof freiwillig. Obwohl zu Hause im »Seehund« weiß Gott genug Arbeit auf sie wartete. Kim seufzte und beschloss, ihrer Mutter als Wiedergutmachung die ganze Woche beim Bettenbeziehen zu helfen. Eine Tätigkeit, die Kim hasste.

Sie kamen am Gatter an und lehnten sich über das Tor. Ruhig und zufrieden, grasten die meisten Pferde. Einige dösten in der Mittagssonne.

»Magic.« Der Friese hob den Kopf, als Lea rief. Lachend warf sie ihm eine Kusshand zu. »Das süßeste Pferd auf der Welt«, schwärmte sie. Aber heute spielte Magic eine Nebenrolle, die Hauptrolle spielte Muli.

Auf dem Rückweg liefen sie an der Nachbarweide entlang. Rambo und Zorro, die Shettys, standen hier, zusammen mit Traberwallach Tipo. Normalerweise machte Muli das Quartett vollständig. Schon von Weitem sah der schwarze Tipo den Mädchen mit gespitzten Ohren entgegen. Als sie sich näherten, trabte er leichtfüßig an den Zaun. Der zierliche Wallach legte sein Kinn auf Kims Schulter und starrte zum Stall hinüber. Als erwarte er von Kim eine Antwort auf die Frage, wo sein Freund Muli blieb.

»Morgen kommt er zurück, Tipo«. Liebevoll kraulte Kim seinen Widerrist. »Du vermisst Muli wohl schon?«
Mit einem tiefen Seufzer – er klang wie »Ach, ihr Menschen habt ja keine Ahnung« – wandte Tipo sich ab und trottete mit hängendem Kopf zu Rambo und Zorro zurück.
Mitfühlend blickte Kim ihm nach. »Der Arme. Er leidet ohne Muli.«
»Los, los«, drängte Lea und zog ihre Freundin vom Zaun weg. »Bevor deine Mutter uns hier sieht. Müttern fällt in letzter Sekunde immer noch etwas ein, um einen festzuhalten.«
Nichts wie weg.
Als Lea und Kim wenige Minuten später die Räder bei Sören Sörensen abgaben, packte der noch ein Kuchenpaket für Klara in die Badetasche. »Macht zu, dass ihr auf den Deich kommt«, mahnte er und schob die Mädchen Richtung Treppe. »Die Übergabe war doch für zwölf Uhr geplant. Ihr habt nur noch ein paar Minuten.«

Wohl zum zehnten Mal blickte Klara im Abstellraum des Leuchtturms auf ihre Armbanduhr. Kurz nach zwölf. Erneut stützte sie sich mit den Händen gegen den Rahmen und presste ihr Gesicht an das schmale Fenster.
Wenn sie nur nicht so schwitzen würde! Klara hatte schwere Arbeit hinter sich. Stroh- und Heuballen hatten durch das enge Treppenhaus nach unten gezerrt werden müssen. Aber der Einsatz hatte sich gelohnt, jetzt stand Muli auf duftendem Stroh statt auf Fliesen.
Klara wischte ihre Stirn mit einem Zipfel ihres T-Shirts ab.

Wie heiß es in so einem Gebäude wurde! Die Menschen draußen machten nicht den Eindruck, als ob es ihnen zu warm wurde. Klar, auf dem Deich wehte immer eine frische Brise.
Klara spähte hinter sich ins Innere des Leuchtturms. Von der Plattform zwischen den Wendeltreppen hörte sie leises, zufriedenes Malmen. Gott sei Dank, Muli war erst einmal mit seinem Heu beschäftigt. Wenn ein Maultier fraß, kam es nicht auf dumme Gedanken.
Sie wechselte das Standbein und schielte nach draußen auf die Bank neben der Tür. Was Klara sehen konnte, waren weit vorgesteckte Beine in Männerhosen. Die Oberkörper und die Köpfe dazu verschwanden genau hinter dem Fensterrahmen. Aber Klara ahnte auch so, wer da Wache hielt: Hanno Ohlsen, zwei Hotelbesitzer und ein paar andere Muli-Gegner. Die lauerten doch nur auf eine Schwäche von ihr, um sie und Muli aus dem Turm zu zerren.
Auf der Deichkrone bewegte sich eine lockere Menschenmenge. Etliche Badetaschen und aufgerollte Isomatten standen herum. Die Leute können sich wohl nicht entschließen, endgültig in ihrem Strandkorb zu verschwinden, dachte Klara. Sie versprechen sich hier oben bessere Unterhaltung.
Da! Plötzlich war Klara hellwach. Lea und Kim schleppten eine Badetasche die Holztreppe empor. Sie mischten sich unter die Besucher, bevor die »Wachmänner« auf der Bank sie entdecken konnten. Unbemerkt stellte Kim die Tasche zwischen die vielen anderen und entfernte sich rasch ein Stück davon.

»Obenauf die gelben Schwimmflossen«, murmelte Klara erleichtert. »Genau wie Kim es geschrieben hat.«
Endlich entdeckte sie auch Jette. Auf keinen Fall durfte sie die aus den Augen verlieren. »Warum geht Lea jetzt weg?«, fragte Klara laut und ärgerlich, als ihre Schwester sich zur anderen Seite des Leuchtturms aufmachte. Doch halt, da kam Lea schon zurück. Mit beiden Armen fuchtelte sie in der Luft herum.
»Hilfe! Hilfe! Klara seilt sich von oben ab!«, schrie Lea in diesem Moment, doch das hörte Klara drinnen nicht. Was sie sah, war nur die erregte Reaktion der Menschen. Wie auf Kommando stürzten alle Besucher zur anderen Seite des Leuchtturms. Auch die Bewacher sprangen auf und liefen hinterher. Ein paar Strandtaschen wurden einfach umgerannt. Schwimmringe segelten über den Deich und der Wind trug sie davon.
War das der Startschuss für die Lebensmittel-Übergabe? Fahrig strich Klara sich durchs Haar. Jette, was machte Jette? Da! Jette beugte sich herunter und ließ sich auf die Hände fallen. »Ja«, jubelte Klara und ballte die Fäuste, denn in diesem Moment machte Jette einen filmreifen Handstand auf dem Deich.
Nichts wie hin zur Tür. Unwillig grunzend, rückte Muli zur Seite, als Klara sich an ihm vorbeiquetschte. Über die hölzerne Rampe polterte sie nach unten. Schnell, es musste schnell gehen. Mit fliegenden Fingern legte Klara die Eisenriegel um. Warum quietschte die blöde Tür so? Hoffentlich verschluckte der Wind das verräterische Geräusch.
Mit beiden Armen drückte sie die Tür auf, von außen halfen

Kim und Jette. Wunderbarer, frischer Wind fegte in den Turm. Mit dem Fuß stieß Kim die prall gefüllte Badetasche ins Innere. »Dein Schlafsack kommt nachher per Seilzug hoch«, flüsterte sie.
»Alles klar«, konnte Klara gerade noch erwidern, da hörte man rennende Füße auf dem Deich. Erschrocken sprang Klara zurück. Sofort warfen sich Kim und Jette gegen die schwere Tür. Drücken, mit aller Kraft drücken. Das widerstrebende Stück Eisen musste doch zugehen. Lange dauerte das, endlos lange.
Da schoss Hanno Ohlsen um die Ecke. Er hatte Lunte gerochen. »Mich verkauft ihr nicht für dumm, mich nicht.« Schimpfend hetzte er zum Eingang.
Doch er hatte nicht mit den schnellen Mädchen vom Friesenhof gerechnet. Schon flitzten Lea und Emma an ihm vorbei, Nelly und Mascha überholten auf der anderen Seite. Nur ein paar Sekunden, bevor Ohlsen die Tür erreichte, blockierten die vier den Eingang. Japsend riegelten sie die kleine Treppe ab. Seite an Seite. Die Finger fest ineinandergefaltet. »Nicht loslassen«, beschwor Lea die anderen mit fliegendem Atem. »Emma, du auch nicht. Durchhalten.«
Emma war die Schwächste, die Zarteste von ihnen. Aber in diesem Moment wuchs sie über sich hinaus. Vor Anstrengung lief Emmas blasses Gesicht rot an, als sie ihre Finger mit denen von Lea verflocht. Nein, sie würde nicht loslassen, ganz bestimmt nicht, und wenn ihr vor Anstrengung der Kopf platzte.
Nach Luft schnappend, hielt Hanno Ohlsen vor den Mädchen an. Aus blitzenden Augen funkelte Emma ihn an, die-

ses schmale, zierliche Wesen schien zu allem entschlossen. Hanno Ohlsen stieß einen tiefen Seufzer aus. Ohnmächtig, hilflos – das waren genau die Worte, die ihm jetzt einfielen. Er war doch kein schlechter Mensch, er wollte nur sein schönes Turnier behalten. Aber er war bestimmt keiner, der sich mit Zwölfjährigen anlegte, auch wenn sie ihn noch so sehr auf die Palme brachten. Mit einem verzweifelten Stöhnen ließ er sich auf die Bank fallen und wischte sich den Schweiß von der Stirn.
Von drinnen verkündete lautes Quietschen, dass Klara die Eisentür wieder verriegelt hatte.
Geschlagen lehnte Hanno Ohlsen sich zurück. »Womit habe ich das verdient?«, murmelte er.

10. Kapitel
Der Spion

Nicht nur Klara Eichhorn fühlte sich sicher, als sie im Leuchtturm mittags ihre Strandtasche ausräumte.
Noch jemand wiegte sich in Sicherheit. Es war Dirk Linke. An diesem Samstagmittag saß er 50 Kilometer entfernt in seinem Büro in Bixholm. Mit dem Ausdruck größter Genugtuung schob Linke das Telefon zurück und legte seine Beine auf den Schreibtisch. Absolut nicht sein Stil, sich gehen zu lassen, aber bei so einem Erfolg durfte man wohl mal ein bisschen lässig sein, fand er und verschränkte die Arme hinterm Kopf.
Dann griff er nach seinem Schreibblock und studierte die Namen darauf. Ein selbstgefälliges Lächeln umspielte seinen Mund. Zehn Reiter waren bis jetzt bereit, das Turnier nach Bixholm zu verlegen. Super für den Anfang. Die Sache mit der Pferdepest in Westerbüll verursachte die erwartete Pa-

nik. Gut so! Mit einem Siegerlächeln kringelte Dirk Linke drei Namen ein. Diese Reiter wollten zur Probe in seinen luxuriösen Ferienhäusern wohnen. Er hatte sogar den Eindruck gewonnen, dass sie die teuren Villen vielleicht kaufen würden. Ja, das wäre eine Sache! Seine Schulden kämen mit einem Schlag vom Tisch. Der ganze Aufwand wegen des Turniers schien sich auszuzahlen.
Besser konnte der Samstag sich nicht entwickeln.
Eigentlich gab es keinen Zweifel mehr, dass alle Reiter bis morgen Westerbüll den Rücken kehrten. Nichts fürchteten Pferdebesitzer mehr als eine gefährliche Seuche.
Nur eine einzige Sache machte Dirk Linke Kopfzerbrechen: Ein paar Reiter hatten ihn informiert, dass der Westerbüller Reiterverein das Maultier noch heute aus dem Ort wegbringen wollte. Das könnte ihm in letzter Minute einen Strich durch die Rechnung machen. Kein Maultier – keine Krankheit. Keine Krankheit – keine Verlegung des Turniers. Allerdings glaubte Dirk Linke nicht, dass jemand auf die Schnelle bereit war, ein Maultier mit gefährlicher Krankheit aufzunehmen. Nicht einmal eine Tierklinik.
Ganz sicher fühlte Dirk Linke sich außerdem, was den Bluttest des Maultiers anging. Bestimmt hatten die Westerbüller einen Tierarzt bestellt. Linke lachte genüsslich in sich hinein. Das nutzte ihnen überhaupt nichts. Er selber wusste ja, dass die Blutuntersuchung nur in einem Hochsicherheits-Labor gemacht werden durfte. Vor Dienstag war sicher mit keinem Ergebnis zu rechnen.
Also konnte er seelenruhig abwarten.

Oder doch nicht? Linke nahm die Füße vom Tisch und fuhr sich durchs Gesicht. Es blieb eine hässliche, kleine Unsicherheit. Was, wenn die Westerbüller eine Isolierstation für das Maultier fänden? Und damit seine Pläne zunichte machten?

In einem plötzlichen Entschluss stand Dirk Linke auf. Er musste herausfinden, wie die Sache sich in Westerbüll entwickelte. Er musste selber hinfahren und nachsehen. Aber auf dem Friesenhof konnte er sich nicht blicken lassen. Die Mädchen würden sofort misstrauisch werden, wenn er erneut nach dem Maultier fragte. Jetzt verfluchte er seinen gestrigen Motorrad-Besuch. Vielleicht sollte er sich im Reiterverein von Westerbüll herumdrücken, um dort etwas aufzuschnappen? Bestimmt war die Turnierverlegung das Top-Thema auf der Stallgasse. Entlarvt zu werden, musste Dirk Linke nicht befürchten. In Westerbüll hatte er keinen einzigen Bekannten.

Dirk Linke erhob sich und fuhr vom Büro nach Hause, wo er den Anzug gegen Freizeitkleidung wechselte. Beim Herausgehen begutachtete er sein Bild im Spiegel. In Bermudas und Leinen-Blouson sah er so unauffällig wie tausend andere Urlauber aus, stellte er zufrieden fest. Er angelte die Baseball-Kappe mit dem langen Schirm vom Haken und setzte außerdem noch eine breite Sonnenbrille auf, die das halbe Gesicht verdeckte. Nicht einmal seine eigene Mutter würde ihn auf Anhieb erkennen.

Trotz des optimalen Motorrad-Wetters beschloss Linke, den Wagen zu nehmen. Die auffallende, schwere BMW wollte er nicht riskieren. Zwar gab es auf den Küstenstraßen viele Motorradfahrer. Trotzdem – falls ihm ein Friesenhof-

Mädchen über den Weg lief, würde die sich an seine schicke, neue Maschine erinnern. Zumal er ihnen seine BMW gestern stolz präsentiert hatte, worüber Dirk Linke sich erneut ärgerte.

In Westerbüll stockte der Verkehr auf der Deichstraße. Den Grund für den Stau reimte Linke sich zusammen, als er an einem Schild mit der Aufschrift »Willkommen zur Strandsegler-Regatta in Westerbüll« vorbeifuhr. Durch das offene Fenster blickte er an der Autoschlange entlang. Es wimmelte von Menschen. Umso besser. Die Wahrscheinlichkeit aufzufallen verringerte sich.

Weil der Stau sich hartnäckig hielt, parkte Linke seinen Wagen schließlich halb auf dem Bürgersteig und machte sich zu Fuß auf den Weg. Als er nach dem Reiterverein fragte, bekam er mehrmals die rätselhafte Antwort: »Die sitzen alle am Leuchtturm und halten Wache.«

Erst verstand Linke nicht, was das bedeuten sollte, bis ein aufgeregter Junge mit rotblonder Stehmähne, er mochte acht Jahre alt sein, ihm mehr erzählte. Von den Männern vom Westerbüller Reiterverein und von den Hotelbesitzern, die vor dem Leuchtturm Wache hielten.

»Was gibt es denn im Leuchtturm zu bewachen?«, wollte Dirk Linke wissen, obwohl er ganz weit im Hinterkopf die Antwort ahnte, die auch prompt von dem Jungen kam.

»Die Mädchen verstecken ein Maultier im Leuchtturm. Es heißt Marqués de Murrieta y Conde de la Mancha.« Stolz brachte er den Zungenbrecher über die Lippen. »Aber wir nennen es Muli. Am liebsten frisst es Meloneneis.«

»Welche Mädchen?«

Ungeduldig fuhr der Junge sich durch die kurze Mähne. Wie konnte jemand so ahnungslos sein?
»Die Mädchen vom Friesenhof natürlich. Klara ist mit Muli drinnen.« Als er den verwirrten Gesichtsausdruck von Dirk Linke sah, fügte der Junge gönnerhaft hinzu: »Klara ist Mulis Freundin. Sie holt ihn immer aus dem Café ab, wenn er ausgerissen ist.«
»Warum bewachen ihn denn so viele? Der Reiterverein und die Mädchen?«
»Die Männer vom Reiterverein wollen Muli wegbringen, aber die Mädchen rücken ihn nicht raus. Sonst wird Muli umgebracht.«
»Was? Wer sagt das?«
»Lea. Kim. Jette. Eben alle vom Friesenhof.«
Insgeheim stieß Dirk Linke Verwünschungen aus. Als ob er es gerochen hätte! Er musste auf der Hut vor den Mädchen sein. Bestimmt steckte die kleine Dunkelhaarige mit den Zöpfen hinter der Leuchtturm-Aktion. Wie hieß sie gleich ... Jette. Die hatte ihn schon gestern voller Argwohn beobachtet. Das Mädchen schien pfiffig zu sein. Mit einem detektivischen Spürsinn.
»Sie wollen Muli umbringen? Warum denn?«, fragte Dirk Linke jetzt den Jungen, der mit schlenkernden Armen neben ihm her ging.
»Er hat die Pest.«
»Die Pest?«
»Ja. Da kriegt man Flecken und wird pechschwarz und verfault.«
»Woher weißt du das?«

»Ich habe ein Buch über das Mittelalter, Mann. Mit hammerharten Bildern.«
»Hat dein . . .. Muli denn schwarze Flecken?«
Der Kleine zuckte die Achseln. »Gestern noch nicht.«
Plötzlich ließ er den Kopf hängen. »Ich muss ihm helfen. Muli ist doch mein Freund.« Auf einmal sah der unternehmungslustige Junge ganz verletzlich und verloren aus. Nicht einmal sein frecher Haarschnitt konnte den Eindruck mildern.
Einen kurzen Moment meldete sich Dirk Linkes Gewissen. Der kleine Junge erinnerte ihn an seine eigene Kindheit. Wie er so hilflos vor ihm stand, kam Dirk Linke sich richtig fies vor. Welche Auswirkungen sein Gerücht auf die Kinder haben könnte, so weit hatte er nicht gedacht. Natürlich wollte auch Dirk Linke nicht, dass dem Maultier etwas geschah. Ihm ging es nur darum, das Turnier nach Bixholm zu holen. Jetzt bloß nicht sentimental werden, schimpfte Dirk Linke mit sich selbst. Wo die Sache doch fast geritzt war.
Die Mutter des Kindes rief nach ihrem Sohn und der Junge rannte winkend davon.
Nach allen Seiten sichernd, stieg Dirk Linke die Treppe zum Deich hoch und mischte sich unauffällig unter die Besucher. Der Deich war voller Lachen, Rufen, Schnattern. Einige Leute starrten unverwandt zum Leuchtturm hoch.
Aus den Gesprächsfetzen schnappte Linke auf, dass Muli tatsächlich im Turm war. »Das Mädchen will mit dem Maultier erst morgen Abend herauskommen, wenn ihre Eltern zurück sind«, bekam er mit. Also doch! Diese Klara hatte sich mit dem Tier eingeschlossen. Ertappt fuhr Dirk Linke zu-

sammen, als er plötzlich Kim und Jette entdeckte. Wo die sich herumtrieben, waren auch die anderen nicht weit.

Dirk Linke verbarg sich hinter ein paar hochgewachsenen Männern und zog die Kappe tiefer ins Gesicht. In einiger Entfernung umrundete er den Leuchtturm, und als er Nelly und Mascha sah, die Schubkarren mit frischen Strohballen herankarrten, war ihm alles klar. Die Mädchen wollten den Leuchtturm drinnen zum Maultier-Stall umwandeln. Kein Zweifel.

Aus sicherem Abstand beobachtete Linke die Friesenhof-Gesellschaft. Eins der Mädchen packte einen Picknickkorb aus und verteilte lachend etwas, das wie Salat aussah.

Dirk Linke war das Lachen vergangen. Die Sache entwickelte sich anders, als er geplant hatte. Seine Schulden fielen ihm ein, die Ferienhäuser, die er verkaufen musste, und das schlug ihm auf den Magen. In der Deckung der Urlauber drückte Dirk Linke sich auf dem Deich herum, um weitere Informationen aufzuschnappen.

Auf der Holztreppe tauchte ein Mann in Bäckerkleidung auf. In der Hand balancierte er ein Tablett mit Pappbechern, das er zu den Mädchen trug. »Herr Sörensen! Für uns? Sie sind super!«, rief ihm ein Friesenhof-Mädchen zu.

»Zum Abkühlen«, grinste Bäcker Sörensen, während er die Becher mit Meloneneis an die sechs Mädchen verteilte. Für Klara und Muli schickte er per Longe eine Kühltasche mit Eis nach oben. Aber auch die Gegner – Hanno Ohlsen, die Hotelbesitzer und Maschas Vater – bekamen ihre Portion. Waffenstillstand für den Moment.

Alle löffelten das schmelzende, köstliche Eis und sahen sehr zufrieden aus. Es hätte so nett sein können, am Fuße des Leuchtturms, im leichten Seewind, den Duft der Heckenrosen in der Nase, dazu der Salzwasser-Geruch der Nordsee. Wenn nur die unselige Sache mit Muli nicht wäre . . .

Ständig klingelte Hanno Ohlsens Handy und er führte ein Gespräch nach dem anderen, während sein Eis sich allmählich in eine rosa Pfütze verwandelte. Nach dem dritten Anruf war Ohlens Stimme laut und heftig geworden. Die Turnierreiter setzten ihn mächtig unter Druck und er versuchte, sich zu wehren. Unter den Reitern hatte sich echte Panik breitgemacht. Keiner kannte sich mit der Seuche aus und gerade dieses Unwissen versetzte die Reiter in schwerste Unruhe. Fest stand: Sie wollten nur zum Turnier erscheinen, wenn Muli sofort weggebracht würde. Bis nach Hamburg oder Kiel, verlangten die Reiter. Der Leuchtturm von Westerbüll genügte ihnen nicht als Isolierstation, weil er nicht mal zwei Kilometer vom Reitplatz entfernt stand.

Ohlsens Augen funkelten zornig, wenn er die Mädchen während der Telefongespräche ansah. Als dann noch ein aufgebrachter Geschäftsmann aus Westerbüll anrief, der viel Geld für das Turnier gespendet hatte, war Ohlsens Stimmung auf dem Siedepunkt.

»Nie wieder unterstütze ich den Reiterverein«, bellte der Geschäftsmann in Ohlsens Telefon. Jeder in der Runde konnte es hören. »Warum macht ihr so ein Theater wegen eines blöden Maultiers? Was ist das schon wert? Meine Güte, holt es mit der Polizei heraus. Und lasst es einschläfern. Dann ist Ruhe.«

11. Kapitel
Im Namen des Gesetzes

Als ob wir heute nicht genug zu tun hätten!«, stöhnte wenig später Polizeihauptmeister Frank Fischer. Er warf seine Lederjacke über und umrundete den Schreibtisch in seiner Westerbüller Dienststube. »Ganz Westerbüll ist wegen der Strandsegler-Regatta zugeparkt. Und dann noch dieser merkwürdige Anruf wegen eines Maultiers.«

Mit einer Hand griff der lange Polizist nach dem Autoschlüssel und tippte an seine Dienstmütze. »So long. Falls ich Verstärkung brauche, sage ich Bescheid.«

Sein Kollege blickte vom Computer auf und winkte ab. »Wahrscheinlich nur ein dummer Scherz, Frank. Wie soll ein Maultier in unseren Leuchtturm kommen? Wirklich die idiotischste Meldung des Jahres.«

Seufzend verließ Frank Fischer die Polizeistation und quälte sich mit dem Streifenwagen über die verstopfte Deichstraße Richtung Leuchtturm. Blaulicht und Alarm konnte er vergessen, damit kam er auch nicht schneller an der Blechlawine vorbei.

Kurz vor der Bäckerei Sörensen, die sich unter den wuchtigen Leuchtturm duckte, stellte Frank Fischer das Polizeiauto ab. Auf dem Deich tummelten sich laute Urlauber. Routinemäßig spähte der Polizist nach allen Seiten, um den Grund für den Auflauf ausfindig zu machen. War am Ende doch etwas dran an der Sache mit dem Maultier im Leuchtturm? Warum sonst standen die Leute hier? Und nicht am Meer, wo gleich die Strandsegler starteten?

Als Polizeihauptmeister Frank Fischer den Deich hochstieg, suchte er den Leuchtturm mit den Augen ab. Bis auf eine schaukelnde Leine nichts Auffälliges.

»Hallo, Frank! Wer hat dich denn alarmiert?« Hanno Ohlsen erhob sich von der Bank und reichte dem Polizisten die Hand. Polizeihauptmeister Frank Fischer war kein Unbekannter, er stammte aus Westerbüll. Schon sein Vater war hier Polizist gewesen.

»Wisst ihr etwas von einem kranken Maultier im Leuchtturm?«

»Und ob«, entgegnete Hanno Ohlsen grimmig. Selber hätte er nie die Polizei gerufen. Zumindest vorerst nicht. Aus Sorge, dass Tierarzt Eichhorn ihm das verübeln könnte. Welcher Vater hört schon gern, dass seine Töchter mit dem Gesetz zu tun haben? Aber weil die Polizei nun einmal vor ihm stand, erzählte Hanno Ohlsen die Geschichte von der Seuche und dem Turnier und von Klara, die sich weigerte herauszukommen.

Den langen Polizisten konnte keiner übersehen. Seine Dienst-

mütze leuchtete bis zu den Friesenhof-Mädchen hinüber. Aus der Ferne beäugten sie die Uniform und rückten zögernd näher. Mit beruflicher Neugier musterte Frank Fischer die Zwölf bis Vierzehnjährigen, die seinem Blick trotzig standhielten.
»Muli gehört uns«, sagte Lea. Anklagend zeigte sie auf Hanno Ohlsen und seine Männer. »Die wollen unser Maultier umbringen. Wir verstecken es, solange unsere Eltern weg sind. Morgen kommen sie zurück.«
Hanno Ohlsen fasste sich an den Kopf. »Kein Mensch will euer Maultier umbringen.«
»Sie lügen doch«, widersprach Lea. Sie war auf hundertachtzig. »Dieser Typ am Telefon hat Ihnen vorhin geraten: ›Lasst das Maultier einschläfern.‹ Wir haben es genau gehört.«
Ein Wort ergab das andere. Immer heftiger wurden die Vorwürfe. Verwirrt ging der Kopf von Frank Fischer zwischen Muli-Gegnern und den Mädchen hin und her. Obwohl der Polizeihauptmeister ein paar Mal »hm« sagte und »verstehe« und »ach so«, verstand er kein Wort. Mit Pferden hatte er nichts am Hut, noch weniger mit Maultieren. Und was war das für eine seltsame Seuche, diese Afrikanische Pferdepest? Die es in Deutschland gar nicht gab? Aber angeblich doch? Oder doch wieder nicht?
Schließlich ließ Frank Fischer alle stehen und holte sein Megafon aus dem Wagen. Er trat ein paar Schritte zurück, dann schallte seine energische Stimme noch oben: »Hier spricht die Polizei. Klara Eichhorn, öffne sofort die Tür. Dir passiert nichts.«
Durch die Umstehenden drängelte sich Jette nach vorn und blitzte den Polizisten an: »Vergessen Sie Ihre Tricks. Klara

kommt nicht raus. Nicht vor morgen. Essen und Trinken hat sie genug, auch für das Maultier. Ihr geht es gut, sie schickt uns ständig Briefe herunter. Kein Grund zur Panik.«

»Das heißt«, stellte Frank Fischer sachlich fest, »keine Gefahr im Verzug.« Er strich sich übers Kinn und wandte sich an Lea. »Andererseits – wie alt ist Klara?«

»Knapp vierzehn.«

»Nein, dann kann sie über Nacht nicht allein im Leuchtturm bleiben«, entschied der Polizist, beugte sich zur Eisentür vor und zerrte an den Riegeln, merkte aber schnell, dass dieser Tür nicht beizukommen war. »Wir müssen das Wasser- und Schifffahrtsamt informieren. Die sind zuständig für den Leuchtturm.« Frank Fischer richtete sich auf und ihm fiel ein, dass Samstag war. Ein schlechter Tag, um jemand zu erreichen. Aber bestimmt gab es einen Notdienst.

Er zog sein Notizbuch hervor und schrieb sich Verschiedenes auf. »Das ist wohl eher ein Fall für den Tierarzt«, meinte Polizeihauptmeister Frank Fischer schließlich und klopfte mit dem Kuli auf den Ledereinband.

Hanno Ohlsen reagierte hitzig. »Den haben wir längst bestellt!«, blaffte er. »Unsere Ärzte in der Nähe sind alle auf dieser unseligen Tagung auf hoher See. Wir haben nur einen Tierarzt von sonst wo aufgetrieben, den wir gar nicht kennen. Bis jetzt war der aber noch nicht hier.«

Der Polizist wollte gerade gehen, als sich ein älterer, drahtiger Mann in rustikaler Lederweste näherte. Ende sechzig mochte er sein und er wirkte wie jemand, der sein Leben lang viel gearbeitet hatte. Es war Tierarzt Dr. Schröder. Sein rechtes Bein zog er nach, ein Bulle hatte ihm vor Jahren das

Knie zertrümmert. Leises Pfeifen begleitete jeden seiner Atemzüge. Die schlecht verheilten Rippenbrüche, die dem Tierarzt das Atmen erschwerten, stammten vom Zusammenstoß mit einer wild gewordenen Kuh. Nach Luft schnappend, setzte er die Tasche auf dem Deich ab.

»Dr. Schröder«, stellte er sich vor. »Im Reiterverein sagte man mir, ich finde Hanno Ohlsen hier?« Er griff nach einem Taschentuch und fuhr sich übers Gesicht. Herr Ohlsen meldete sich.

»Kümmere mich sonst nur um Rinder und Schweine«, fuhr Dr. Schröder fort. »Fragt mich nach Maul- und Klauenseuche, da weiß ich Bescheid. Aber eure Afrikanische Pferdepest . . .« Er klappte die graue Tasche auf und fingerte ächzend darin herum. »Am besten ist euer Maultier in einer Isolierstation aufgehoben. Wie ich höre, ist der Eigentümer ein Kollege? Mische mich ungern ein. Aber wenn es sein muss. Wo ist der Patient?«

Mit dem Kinn deutete Hanno Ohlsen auf das rote Backstein-Gemäuer. »Ein Mädchen hat sich drinnen mit ihm verrammelt.«

Das müde Gesicht des Tierarztes verzog sich zu einem breiten Grinsen. »Das hat sie genau richtig gemacht. Da ist das Tier gut abgeschirmt.« Er schmunzelte. »Wenn der Leuchtturmwärter mitmacht . . .«

»Da wohnt schon lange niemand mehr.« Ungeduldig unterbrach ihn Hanno Ohlsen. »Aber das Maultier muss raus, Dr. Schröder! Sonst fällt unser Turnier ins Wasser.« Verzweifelt raufte er sich die Haare. »Solange ein Tier mit Verdacht auf Pferdepest in Westerbüll steht, sagen alle Reiter ab. Egal, ob Muli im Leuchtturm steht oder auf dem Friesenhof.«

Unvermittelt stoppte Ohlsen und packte den Tierarzt bei den Schultern. »Muli muss weg aus Westerbüll. Heute noch. Bei den Reitern herrscht nackte Angst. Wenn die sich entschließen, nach Bixholm abzuwandern – nicht auszudenken! Für uns gibt es dann keine Möglichkeit mehr, das Turnier zurückzubekommen.«

Polizeihauptmeister Fischer, der sich bisher schweigend Notizen gemacht hatte, mischte sich ein. »Bleib ruhig, Hanno. Wir kümmern uns jetzt um das Wasser- und Schifffahrtsamt. Schon wegen dieser Klara. Übrigens«, er steckte das Notizbuch ein, »könnt ihr das Maultier nicht einfach auf eigene Faust irgendwohin bringen. Eine Quarantäne muss offiziell angeordnet werden.«

Dr. Schröder nickte zustimmend und starrte auf den Leuchtturm. »Jetzt ist das Veterinäramt gefragt. Bin verpflichtet, die Seuche dort zu melden.«

»Aber Muli hat doch gar keine Seuche!« Wütend blitzte Lea den Tierarzt an.

Bedauernd zuckte Dr. Schröder die Schultern. »Auch bloßer Seuchenverdacht ist anzeigepflichtig. Sorry, Mädchen.«

Sorgfältig schloss er seine Tasche. »Für mich gibt es hier nichts zu tun. Lasst das Maultier im Turm.« Er wies auf Hanno Ohlsen, der sich bei Schröders letzten Worten stöhnend durchs Haar fuhr. »Die Geschichte mit der Pferdepest kommt mir reichlich komisch vor. Natürlich müssen wir hochvorsichtig sein. Aber habt ihr euch schon gefragt, wer hinter diesem Gerücht steckt?« Der Tierarzt wandte sich zum Gehen. »Vielleicht hat jemand Interesse daran, euer Turnier platzen zu lassen?«

12. Kapitel
Die Wendeltreppen-Falle

Mit erhitzten Köpfen diskutierten die Muli-Gegner, wer zur Hölle ihnen das Turnier vermiesen wollte. Währenddessen ging unten am Meer der Strandsegler-Wettbewerb zu Ende. Die Sandbank war noch schwarz von Menschenmassen, die sich nun langsam auflösten. Mit sonnendurchglühter Haut kehrten die Urlauber in die Strandkörbe zurück und packten ihren Proviant aus. Die Strandsegler-Piloten, mehr als 50 waren es, kümmerten sich um ihre Ausrüstung und takelten ab. Überall nur beste Stimmung, die Regatta war optimal gelaufen. Kein einziger Unfall, trotz der atemberaubenden Geschwindigkeiten, mit denen die Segler über die Piste schossen.

Das Fernsehteam – ein Kameramann und eine Reporterin – hatte alles im Kasten. Sie lehnten am Treppengeländer des DLRG-Turms, inmitten von tobenden Kindern. Kameramann

Theo Stein verstaute seine Sachen sorgfältig in Plastikhüllen. Seine Kollegin Sabine Weber wartete auf ein Pflaster. Sie hielt ihre Hand hoch, an der eine feine Blutspur entlanglief. Beim Muschelsammeln hatte sie sich an einer scharfen Schale geschnitten und war von Urlaubern zum DLRG-Stand geschickt worden. Mit einem Erste-Hilfe-Koffer kam Niels Ingwersen die Stufen herunter.

»Du willst uns also nicht verraten, warum so viele Menschen dort drüben am Leuchtturm stehen?«, fragte Kameramann Theo Stein den Jungen. Dieselbe Frage hatte er Niels bereits vor fünf Minuten gestellt und keine Antwort bekommen.

»Da gibt es nichts zu verraten«, beteuerte Niels und ärgerte sich über die Hartnäckigkeit des Kameramannes. Er nahm die Hand der Reporterin und träufelte Desinfektionslösung auf die Wundränder. Warum ließ sich das TV-Team nicht abschütteln? Ruckartig zog Niels die Schutzfolie von einem Pflaster ab. Dabei sah er starr auf die Wunde und schob den klaffenden Schnitt zusammen. »Wenn da drüben etwas passiert wäre, würden wir es als Erste erfahren.«

Heftiger als nötig pappte Niels das Pflaster auf die Hand. Das fehlte noch, dass das Fernsehen auf dem Deich herumschnüffelte! Und womöglich einen Bericht über die Pferdepest in Westerbüll brachte.

»Ich an Ihrer Stelle würde die Kamera schnell in Sicherheit bringen«, sagte Niels mit einem Blick auf Steins Gerät. »Der feine Flugsand ist Gift für Linsen und Gewinde.« Ablenkung war angesagt. Aber Niels' Trick fruchtete nicht. Im Gegenteil: Der Kameramann wurde noch wachsamer.

»Warum bist du so scharf darauf, uns loszuwerden?«, erkun-

digte sich Theo Stein. Erneut spähte er zum Leuchtturm und strich nachdenklich über seinen kahl rasierten Kopf. Wie schwarze Scherenschnitt-Figuren zeichneten sich die Menschen auf der Deichkrone ab.
Niels musterte Theo Stein mit dem prüfenden Blick, mit dem man abschätzt, ob ein Hund beißen oder spielen will.
»Gibt es etwas, das wir nicht wissen sollen, Junge?«, fragte der Kameramann forschend. »Na, ich sehe lieber selber nach.« Schon schulterte Theo Stein seine Gerätesäcke und stapfte los.
Niels seufzte. Der Hund wollte beißen . . .
»Halt, einen Moment, warten Sie doch. Ich komme mit. Muss mich nur noch schnell abmelden.«
Verstohlen lächelnd, zwinkerte Theo Stein seiner Kollegin Sabine zu. Er hatte gepokert und gewonnen. Bestimmt wartete drüben am Leuchtturm eine weitere gute Story.
Verdrossen schlurfte Niels neben den Fernsehleuten durch den Sand und gab nur wortkarg Auskunft. Dabei gingen Niels' Gedanken drunter und drüber. Wie verhielt er sich bloß am geschicktesten? Es war nur noch eine Frage der Zeit, bis das TV-Team die Wahrheit über Muli, die Pferdepest und Klara erfuhr. Leugnen brachte nichts mehr. Die würden doch so oder so einen Bericht bringen. Genau genommen, blieb Niels nur eine einzige Möglichkeit: die Flucht nach vorn. Er musste das Fernsehteam auf seine Seite ziehen. Auf die Seite der Muli-Freunde.
Der Aufstieg zum Deich war erreicht, da hielt Niels Frau Weber am Arm zurück. »Warten Sie einen Moment.« Überrascht blieb sie stehen und musterte den hochgeschosse-

nen Jungen. Niels holte tief Luft, dann fing er zu erzählen an.

»Können Sie Ihren Film nicht so drehen, dass ... Muli gut wegkommt? Ich meine, dass alle um Muli zittern?«, schloss er seinen Bericht.

»Hätten wir sowieso getan«, beruhigte ihn Sabine Weber. »Das Schicksal eines kleinen Maultiers geht den Zuschauern doch mehr zu Herzen als dieses Reitturnier.«

Als Niels mit seiner schwer bepackten Begleitung auf dem Deich erschien, empfingen ihn die Muli-Gegner mit tiefem Misstrauen. Allerdings blieben sie ruhig. Bis ... ja, bis Theo Stein seine Packtaschen öffnete und die Kamera hervorholte.

Da war etwas los! Der leibhaftige Teufel, wäre er mit glühendem Feuereisen aus der Hölle aufgetaucht, hätte nicht so viel Schrecken verbreitet wie Herr Stein mit seiner Kamera. Voller Entsetzen starrten die Muli-Gegner ihn an. Sollte das Fernsehen einen Bericht über die Afrikanische Pferdepest bringen, konnten sie sich das Turnier endgütig abschminken.

Erregt sprang Hanno Ohlsen von der Bewacher-Bank auf und stürzte mit erhobenen Händen auf Theo Stein zu.

»Nein, nein. Hier wird nicht gefilmt.«

Von allen Seiten gab es großes Geschrei. Da nicht abzusehen war, wie sich diese brisante Situation entwickeln würde, verkrümelten sich die Mädchen vom Friesenhof erst einmal hinterm Leuchtturm. Nur Jette hielt es nicht aus und pirschte sich zum Fernsehteam vor, das inzwischen von Ferienkindern belagert war. Von hinten schlich Jette sich an

Niels heran und zischte ihm zu: »Tickst du noch richtig? Tauchst hier mit dem Fernsehen auf?«
»Cool bleiben, Erklärung kommt gleich«, flüsterte Niels und zog Jette hinter den Leuchtturm zu den anderen.
Auf dem Deich stritt sich Hanno Ohlsen lautstark mit dem Fernsehteam. Auf alle Fälle wollte er verhindern, dass abends ein Bericht über die Pferdepest von Westerbüll über den Bildschirm flimmerte.
»Dagegen können Sie gar nichts ausrichten«, sagte Sabine Weber freundlich, aber bestimmt. »Öffentliches Gebäude, öffentliches Interesse.«
»Wenn Sie das senden, ist unsere Chance auf das Turnier völlig im Eimer«, jammerte Hanno Ohlsen. Erbittert nickten die Hotel-Besitzer, die ihm rechts und links wie Bodyguards Beistand leisteten.
»Das sehe ich ganz anders«, gab Sabine Weber zurück und wickelte ein Taschentuch um die Hand, weil das Pflaster sich rot färbte. »Ein Fernsehbericht ist im Grunde eine echte Chance, die Besitzer des Maultiers auf dem Schiff zu erreichen. Diese Eichhorns. Falls die sich melden und mitteilen, dass das Tier gegen Afrikanische Pferdepest geimpft ist, haben Sie grünes Licht für Ihr Turnier. Wenn ich das richtig sehe.«
Mit Engelszungen redete die Reporterin auf Hanno Ohlsen ein. Schließlich ließ die Runde der Muli-Gegner sich überzeugen, dass ein TV-Bericht tatsächlich eher nutzen als schaden konnte.
Derweil beriet Niels mit Lea und ihren Freundinnen die Lage.

»Wir haben nichts zu verlieren«, entschied Lea schließlich. »Melden unsere Eltern sich, sind wir aus dem Schneider. Wenn nicht, bleibt Muli eben bis morgen Abend im Leuchtturm. Das heißt – falls dieses blöde Veterinäramt keinen Stress macht. Ob Dr. Schröder dort überhaupt jemand erreicht? Schließlich ist Samstag!«

Mit der »Longen-Post« schickten sie Klara eine Notiz nach oben. »Die Polizei war hier«, stand auf dem Zettel. »Außerdem ein Tierarzt. Aber keine Sorge: Alle sind wieder abgezogen. Jetzt will das Fernsehen dich filmen. Wir meinen, dass es nicht schaden kann. Wenn du mitmachst, komm zur Tür.«

Widerstrebend entschied Klara sich, Kameramann Theo Stein zu empfangen. Entscheidend dafür waren einige liebe, aufmunternde Worte von Niels. Argwöhnisch und mit klopfendem Herzen, öffnete Klara die Tür einen Spalt und sicherte nach rechts und links. Mit Mühe zwängte Theo Stein sich ins Innere. Klara traute niemand. Vielleicht nutzten die Muli-Gegner die Gunst der Stunde für einen Überfall?

»Ich weiß nicht, ob es gut für Muli ist, wenn Sie einen Bericht bringen«, sagte Klara zweifelnd zu dem Kameramann, während sie die Tür von innen sorgfältig verriegelte. Sie half dem Fernsehmann, seine Ausrüstung zu verstauen. »Die ganze Welt erfährt ja dann, dass es in Westerbüll den Verdacht auf Afrikanische Pferdepest gibt. Am Ende kriegen wir noch mehr Schwierigkeiten!«

Kopfschüttelnd rieb Stein sich die Schulter. Sie schmerzte vom Gewicht der Kamera. Auf seinem rasierten Schädel zeigten sich erste Zeichen von Sonnenbrand. Mit zurückgelegtem Kopf blickte Theo Stein nach oben.

»Wenn du sicher bist, dass dein Maultier gesund ist, kann der Bericht nur gut für euch sein«, sagte er. »Vielleicht sehen deine Eltern auf dem Schiff Nachrichten und melden sich.«

Welch ein herrlich weiches Licht von den höheren Stockwerken durch den gesamten Turm fiel. Theo Stein war begeistert. »Das gibt wunderbare Bilder hier drinnen – das Licht ist eine Wucht. Aber nun zeig mir endlich euren Star.«

Klara deutete in den ersten Stock hinauf und ging über die knarrende Bau-Rampe voraus. »Muli«, rief sie. »Besuch für dich.«

Doch im ersten Stock – nicht die Spur eines Maultiers! Gähnende Leere empfing Klara. Eine Sekunde lang setzte ihr Herz aus. Nur ein Abdruck im Stroh zeugte davon, dass Muli eben noch auf der Plattform gelegen hatte.

»Oh nein«, stöhnte Klara und schlug die Hände vors Gesicht. Nur ein paar Augenblicke war Muli allein gewesen und schon war etwas passiert. Klara mochte sich gar nicht ausmalen, was!

»Ein Riese ist dein Muli ja nicht gerade«, bemerkte Theo Stein trocken, als er um die Mauer-Rundung kam. »Wenn er sich hier im Stroh verstecken kann.« Grinsend bückte er sich nach ein paar Halmen und hielt sie Klara unter die Nase. »Oder willst du die Leute draußen nur an der Nase herumführen?«

»Phh«, machte Klara abwesend und äugte in den engen Nebenraum. »Muli?«, rief sie. Und noch einmal voller Sorge: »Muli?«

Dann sah Klara die Bescherung.
Die Longe, die vorhin noch die Treppe nach oben abgesperrt hatte, saß nicht mehr an ihrem Platz. Ein eisiger Schauer lief Klara über den Rücken. Hätte sie doch bloß das Brett als Sperre dort gelassen! Die Leine war hochgedrückt. Das bedeutete: Muli war auf dem Weg nach oben. Unterwegs, auf eigene Faust den Leuchtturm zu inspizieren. Und das auf dieser engen Treppe! Was da alles passieren konnte! Mit brennendem Gesicht schob Klara den Kameramann zur Seite und duckte sich unter die Longe hindurch auf die Stufen.
Blindlings stürzte sie nach oben.
Da! Mulis heiseres Wiehern! »Muli, ich komme«, rief Klara. Nach wenigen Stufen versperrte ein rot-braunes Hinterteil den Aufgang. Heftig schlug Mulis Schweif. Kein Zweifel: Das Maultier saß fest. Mulis Hüften klemmten in einer Krümmung der Wendeltreppe. Zwischen Geländer und Fliesenwand. Die Trittfläche der Stufen war hier so schmal, dass Muli wohl instinktiv fürchtete, bei der nächsten Bewegung abzurutschen. Er drehte den großen Kopf ein wenig, als er Klara hinter sich bemerkte. Pendelnd gingen seine langen Ohren hin und her.
»Was hast du denn angestellt, du verrückter Esel?« Klara schmiegte ihr Gesicht an sein Fell. Gott sei Dank, er ist unverletzt, schoss es ihr durch den Kopf. Doch im zweiten Moment meldete sich Klaras klarer Verstand. Ja, Muli hatte die Kletterei gut überstanden, aber das war nur eine Seite der Medaille. Wie kam er zurück auf seine Plattform, ohne sich die Beine zu brechen?

Klara machte sich Vorwürfe. Wenn Muli nun daneben trat und sich verletzte? Weil sie nicht gut genug auf ihn aufgepasst hatte? Was ein gebrochenes Bein für ein Pferd oder ein Maultier bedeutet, wusste Klara nur zu gut – das Todesurteil. Kam Muli nicht mehr lebend aus dem Leuchtturm heraus? Nur nicht daran denken! Klaras Verzweiflung wich ohnmächtigem Zorn. Zorn auf den unbekannten Widerling, dem Muli diese gefährliche Lage verdankte. Der das böse Gerücht von der Pferdepest in die Welt gesetzt hatte.
Bevor sie halb durchdrehte vor Wut und Furcht, kam Theo Stein um die Ecke und fing schallend an zu lachen. »Warte! Lass ihn so, ich hole schnell die Kamera.«
»Sie sind vielleicht ein Typ.« Klaras Stimme klang dünn und zittrig.
»Das ist kein Zirkuskunststück. Der arme Kerl sitzt fest.«
Klara legte beide Arme um Mulis Hinterteil und versuchte, seinen Körper in Bewegung zu bringen. Mit aller Kraft drückte sie ihre Schulter gegen seine Hinterhand. Vor Anstrengung flimmerten schwarze Punkte vor ihren Augen. Klara wurde heißer und heißer. Muli sperrte sich – und bei seinem Gewicht war die Chance gleich null, ihn je zu bewegen. Genauso gut hätte sie versuchen können, einen Laster wegzuschieben. Mulis linke Seite war an die Fliesenwand gezwängt, dazwischen passte nicht einmal mehr ein Blatt Papier.
»Dreh dich mal zu mir um«, hörte sie Steins Stimme hinter sich. Der hatte doch tatsächlich seine Kamera geholt und begann, den unglücklichen Muli mit Klara auf der Wendeltreppe zu filmen.

»Fassen Sie lieber mit an«, fauchte Klara.
Doch Theo Stein richtete seine Kamera immer noch auf Muli. Goldenes Licht rieselte von oben durch die Fenster und ergoss sich über Mulis lange Ohren. Richtig verklärt sah sein Kopf jetzt aus, überirdisch. Theo Stein war fasziniert.
»Seltsam, er regt sich gar nicht auf«, staunte er, während er Mulis vergoldete Ohren im Objektiv nah heranholte. »Ich dachte, Pferde sind Fluchttiere, die bei jeder Kleinigkeit in Panik geraten und scheuen. Aber der Bursche wirkt total cool.«
Klara gab ihre hektischen Befreiungsversuche auf. Selbst wenn sie mit ihrem Geschubse etwas erreichte, was löste sie damit aus? Würde Muli nicht noch weiter nach oben klettern, weil er sich von hinten bedrängt fühlte? Und dabei doch noch abrutschen? Nein, sie musste es klüger anfangen. Die Sache zu Ende überlegen. Cool bleiben und logisch denken.
»Mulis reagieren wie Esel«, sagte sie über die Schulter. »Die fliehen nicht, wenn sie Angst haben. In einer brenzligen Situation bleiben sie regungslos stehen.«
»Du meinst, er fürchtet sich jetzt?«
»Klar. Er ist ja nicht blöd. Muli merkt doch, dass hier etwas schiefläuft.«
Theo Stein ging in die Knie, um eine ungewöhnliche Einstellung zu bekommen.
»Packen Sie Ihre blöde Kamera weg und helfen Sie mir«, blaffte Klara. Da schaltete Stein endlich sein Gerät ab und trug es in den Abstellraum.
Währenddessen überlegte Klara angestrengt, wie sie Muli

zum Rückzug bewegen konnte. Angst und Aufregung vernebelten ihr Gehirn.
»Rückwärts richten«, murmelte sie. »Schulmäßig rückwärts richten.« Bilder von der Reithalle zuckten durch ihren Kopf. Von ihrem Vater bei seiner Bodenarbeit mit Pferden. Wie brachte er ihnen das Zurücktreten bei? Konzentrier dich, Klara Eichhorn, befahl sie sich. Lass dich nicht so hängen. Endlich tauchte die Szene vor Klara auf, nach der sie im Geiste gesucht hatte. Ihr Vater stand vor dem Kopf eines Pferdes und tippte ihm leicht gegen die Brust. Mit einem Gertengriff oder mit der Hand. Bis das Pferd begriff, dass es zurückweichen sollte. Klara nickte. Sie musste vor Mulis Kopf kommen.
Wie viel Platz war zwischen Treppengeländer und Mulis Vorderbeinen? Ob sie durch die enge Lücke kriechen konnte? Auch wenn sie es schaffte, da war noch ein anderes Problem. Ausgerechnet an der Stelle, wo Muli festsaß, waren die Wandfliesen rauer als anderswo.
Sie zeigte Theo Stein die Glasur, als er zurückkam. »Muli wird sich die Haut an der Hüfte abschürfen, wenn wir ihn mit Kraft an den Wand entlangschieben. Sehen Sie mal . . .« Klara machte den Kameramann auf ein bereits weggescheuerte Stück Fell aufmerksam.
Nachdenklich strich Stein sich über den kahlen Schädel. »Hm. Was wir brauchen ist . . . Fett. Vaseline, Öl oder so etwas.« Er überlegte laut. »Ginge sicher leichter bergab mit Muli, wenn wir Öl über die Wand gießen könnten.«
»Öl«, wiederholte Klara gedehnt. »Wollen wir den Leuchtturm in eine Fritteuse verwandeln?«

»Du scherzt ja schon wieder«, sagte der Fernsehmann und dann: »Moment.« Wieder verschwand er im Abstellraum, kramte dort in seinem Kamerakoffer und kehrte mit einer großen Tube zurück, die er triumphierend hochhielt. »Heilsalbe«, sagte Theo Stein stolz. »Habe immer einen Vorrat dabei. Was glaubst du, wie oft ich die im Sommer brauche! Wenn ich auf dem Boden liege und filme, scheuere ich mir jedes Mal die Arme auf. Dafür habe ich sie im Gepäck. Und . . .«, er zwinkerte Klara zu, »für den Fall, dass ich ein eingeklemmtes Maultier retten muss.«

Als er Klaras verständnislosen Blick sah, fügte er hinzu: »Die Tube drücke ich komplett auf der Wand aus. In Höhe seiner Hüfte. Wenn dein Maultier dann zurückgeht, wird die Reibung gemildert. Durch die Salbe.«

»Mann, die Idee ist gut. Trauen Sie sich denn, hinter Muli zu treten und die Fliesen einzustreichen? Vorsicht. Maultiere können nach allen Seiten ausschlagen.«

Theo Stein lachte und schraubte den Verschluss der Tube ab.

»Das Tier hier nicht. So fest wie das sitzt.«

Mit einer Geschicklichkeit, die Klara ihm gar nicht zugetraut hatte, verstrich Theo Stein den Tubeninhalt auf der Wand. Die ganze Zeit beäugte Muli ihn wachsam, machte aber keine Anstalten zum Schlagen.

Inzwischen quetschte Klara sich mit einer Banane in der Hand durch Mulis Vorderbeine nach oben und zog sich am Geländer hoch. Entschlossen baute sie sich vor Muli auf, obwohl sie ihm viel lieber um den Hals gefallen wäre. Schluss mit der Weinerlichkeit, beschimpfte Klara sich selbst. Ver-

nunft war nötig. Energisch klopfte sie Muli mit der Banane gegen die Brust.
»Zuuurück«, kommandierte sie mit fester Stimme. Muli zog es vor, darauf nicht zu reagieren. Stattdessen versuchte er, mit dem Maul die Banane zu ergattern.
»Was mache ich denn, wenn er nach unten wegrutscht? Ist er überhaupt schwindelfrei?«, kam Steins Stimme dumpf um die Ecke.
»Maultiere galoppieren sogar an Abgründen entlang«, sagte Klara ruhig, ohne ihre Lektion zu unterbrechen. »Gehen Sie lieber hinter Muli weg, Herr Stein. Am besten in den Abstellraum, damit er Sie nicht sieht. Sonst fühlt er sich von hinten bedrängt. Noch etwas: Lösen Sie die Longe vom Treppenaufgang. Und schieben Sie das schmale Brett, so hoch es geht, die Stufen hinauf.«
Obwohl Theo Stein gehorsam alles erledigte und dann verschwand, tat sich nichts bei Muli. Aber Klara machte ruhig weiter, sie kannte ihren Liebling. Der Marqués de Murrieta y Conde de la Mancha ließ sich gerne lange bitten. Oder schmerzte ihn die eingeklemmte Hüfte? Dann auf einmal, eine Ewigkeit später, rührte Muli sich. Warum er sich dazu aufraffte, durchschaute Klara nicht. Aber sie spürte, dass ein Ruck durch Muli ging. Zuerst bewegte er sich kaum sichtbar, einen Hauch nur, aber kurz darauf war es schon ein Zentimeter und plötzlich hatte Muli sich freigekämpft. Jetzt konnte es ihm gar nicht schnell genug gehen. In rasantem Tempo nahm er die Stufen rückwärts. Überrumpelt stolperte Klara hinterher.
Ein ganzer Felsbrocken fiel ihr vom Herzen.

Kaum hatte Muli den sicheren Boden der Plattform erreicht, drehte er seinen Kopf zu Klara und gierte nach der Banane. Theo Stein stand schon lachend mit der Kamera bereit und fing ein, wie Muli ihr die gelbe Frucht aus der Hand schnappte. Er filmte, wie Klara ihrem Maultier mit einem Seufzer um den Hals fiel. Wie sie glücklich seine Mähne verwuschelte. Wie sie den Rest der Heilsalbe aus der Tube quetschte und Mulis Scheuerstellen behutsam betupfte.

»Wie hast du eigentlich Stroh und Wasser hier hereinbekommen? Ich dachte, die Leute vom Reiterverein waren euch auf den Fersen?«

»Alles mit der Longe am Leuchtturm hochgezogen«, berichtete Klara nicht ohne Stolz.

»Ein Teufelsmädchen«, sagte Theo Stein bewundernd. »Könnt ihr das wiederholen? Für unseren Fernsehfilm?«

»Kein Problem«, sagte Klara. »Ich lasse die Longe wieder nach unten. Und richten Sie Hanno Ohlsen und den anderen Muli-Gegnern aus, hier drinnen ist noch Essen, Trinken und Futter für drei Tage.« Sie trat ans Fenster des Abstellraums und machte den Mädchen draußen ein Zeichen, den Ausgang zu bewachen, weil sie die Tür öffnen wollte. »Die beißen sich an mir die Zähne aus.«

»Scheint mir auch so«, murmelte Theo Stein und folgte Klara über die Rampe zum Ausgang.

Als Klara wieder allein war, fühlte sie sich wie auf Wolken. Summend ordnete sie das Stroh, fegte die Treppe und malte sich aus, was sie ihren Eltern am Telefon sagen würde. Denn dass die den Fernsehbericht sahen, sofort beim NDR anriefen und alles klärten, daran glaubte Klara nun felsenfest. Der böse Traum war vorbei. Ihre Eltern würden sie bald herausholen und zu ihrer weitsichtigen Aktion beglückwünschen. Noch drei Stunden, vier vielleicht. Dann hatte der Spuk ein Ende.

Doch Klaras gute Laune endete abrupt, als sie kurze Zeit später aus dem Fenster schaute. Direkt unter ihrem Fenster diskutierten die Muli-Gegner mit dem langen Polizisten von vorhin. Der hatte sich Verstärkung von einem uniformierten Kollegen geholt. Daneben stand ein weiterer Unbekannter mit einem Plan, der ständig vom Wind hochgedrückt wurde. Der Mann mit Vollbart und Pfeife schien wichtig zu sein, denn die ganze Runde redete auf ihn ein. Klara fand ihn sympathisch. Der Bärtige wirkte gelassen. Ruhig sprach er mit den Leuten und fuhr dabei immer wieder mit dem Finger über den Plan. Was geredet wurde, bekam Klara nicht mit, kein Wort drang durch die Backsteinmauern. Es war wie ein Fernsehfilm ohne Ton.

Ob das der Mann vom Wasser- und Schifffahrtsamt ist?, überlegte Klara und stellte sich auf die Zehenspitzen, um weiter um die Ecke zu spähen. Bestimmt. Zeigte er der Polizei Baupläne vom Leuchtturm? Garantiert. Damit sie planen können, wie man mich und Muli hier rauskriegt, dachte Klara bitter.

Der lange Polizist hob den Kopf und Klara zog sich blitzartig vom Fenster zurück. Bloß nicht blicken lassen. Ihre Vorfreude hatte einen argen Dämpfer bekommen. Wenn ihre Eltern nun nicht reagierten? Den Fernseher auf dem Schiff gar nicht anstellten?

Klara wurde schlecht. Joghurt, Gummibärchen und Cola fuhren Karussell in ihrem Magen. Der Länge nach ließ sie sich neben Muli ins Stroh fallen. Wie ihre Knie plötzlich zitterten! Wenn das bloß gut ging. Muli rückte näher heran. Sorgenvoll kraulte Klara sein weißes Maul, während er grummelnd neben ihr fraß.

Jeden Moment konnte die Polizei Muli mit Gewalt hier herausholen. Sicher, die Eingangstür war aus schwerem Eisen. Aber wer weiß, welche Mittel die Polizei hatte? Die hatte schon andere Gebäude gewaltsam geöffnet.

Je mehr Klara über ihre verzwickte Lage nachgrübelte, umso mutloser und verzweifelter wurde sie. Gegen die geballte Staatsmacht kamen sie nie im Leben an. War am Ende doch alles vergebens gewesen?

Mit dem Arm umschlang Klara Mulis Kopf, drückte ihr Gesicht an seine weichen Nüstern und fing an zu weinen.

13. Kapitel
Muli wird Fernsehstar

Einige Stunden waren seitdem vergangen. In rosa Farben zog die Dämmerung über die Nordseeküste, als der Geländewagen von Familie Eichhorn am Ortsschild Westerbüll auftauchte, seine Fahrt verlangsamte und in Richtung Friesenhof abbog.

»Wir fahren lieber nicht am Deich entlang«, sagte Markus Eichhorn und legte einen kleineren Gang ein. »Wer weiß, ob unsere Rasselbande in Sörensens Café am Leuchtturm sitzt. Die trifft der Schlag, wenn wir unverhofft schon heute wiederkommen, am Samstagabend.«

Schmunzelnd nickte seine Frau. »Die Armen! Endlich hätten Lea und Klara abends mal sturmfreie Bude gehabt – und nun sind wir noch am selben Tag zurück. Der Brand an Bord war einfach höhere Gewalt. Dass ausgerechnet uns das passieren musste!«

Obwohl es jetzt um 19 Uhr noch ziemlich hell war, begann der Leuchtturm seine Arbeit und schickte weiße und rote Leuchtzeichen übers Meer. Über ein Stück Feldweg erreichte Markus Eichhorn den Friesenhof. »Ja, gegen so einen Brand im Maschinenraum ist man machtlos.« Er parkte seinen Wagen in der Einfahrt. »Bin froh, dass unser Schiff es noch zurück in den Hafen geschafft hat.«
Mit ein paar Handgriffen räumte Markus Eichhorn den Kofferraum leer. Vor der Haustür setzte er das Gepäck ab und hielt Ausschau nach den Mädchen. Die Anlage wirkte wie ausgestorben. Keine Spur von Klara, Lea und ihren Freundinnen.
Blinzelnd blickte Markus Eichhorn nach Westen, wo die Brandung der Nordsee zu hören war. Gemächlich trieben schmale Wolkenbänke über den Himmel, rote Streifen im tiefen Blau, angestrahlt von der untergehenden Sonne. Was für ein schöner Spätsommerabend. Klar, dass es die Mädchen nicht im Haus hielt. Wahrscheinlich sind sie am Meer, dachte er, oder sie machen einen Ausritt.
Hätte ihm jemand gesagt, Klara und Muli verbarrikadierten sich im Leuchtturm, er hätte ihn für verrückt erklärt.
»Ich sehe im Stall nach dem Rechten«, rief er seiner Frau zu, die bereits mit den Reisetaschen im Hauseingang verschwand.
Alle Boxen waren frisch eingestreut, registrierte Markus Eichhorn zufrieden. Die Pferde guckten nur kurz auf. Magic und Luna schnaubten, als sie den Chef erkannten, machten sich aber gleich wieder über ihr Heu her.
»Ich wusste doch, dass ich mich auf meine Töchter verlassen

kann«, sagte Markus Eichhorn zu sich selber. Dann entdeckte er Mulis leere Box. Der ist sicher wieder ausgerissen und sie holen ihn zurück, dachte er. Beunruhigt war er nicht, eher belustigt. Trotzdem warf er gewohnheitsmäßig einen Blick in die Sattelkammer, wie immer, wenn einer seiner Vierbeiner nicht im Stall stand. Mulis Sattel fehlte, sein Zaumzeug ebenfalls. Also nicht ausgerissen. Die Mädchen hatten ihn zum Reiten mitgenommen. Auch gut.

Am Ausgang stieß er mit Kims Mutter zusammen. »Ich sah Ihren Wagen. Ist etwas passiert?«

»Und ob.« Die Geschichte vom Feuer auf dem Schiff war schnell erzählt. Unschlüssig sah Kims Mutter ihn an. »Wenn Sie jetzt zurück sind . . . übernehmen Sie wieder das Kommando? Soll ich nach Hause gehen?«

»Nein, bloß nicht.« Markus Eichhorn fasste nach ihrem Arm. »Bitte bleiben Sie bis morgen Abend, wie verabredet. Meine Frau und ich nutzen den freien Sonntag, um zu einem Turnier zu fahren. Wo sind eigentlich die Mädchen?«

»Am Strand. Sie wollten Reiterspiele einüben, mit dem Maultier. Sind schon den ganzen Tag unterwegs, aber zwischendurch haben sie nach den Pferden gesehen. Lea, Jette und Nelly sind eben erst wieder weg. Haben die Pferde von der Weide geholt und gefüttert. Tüchtige Mädchen.«

Dr. Eichhorn nickte. »War sonst was?«

»Nein, nichts.«

Ahnungslos schüttelte Kims Mutter den Kopf. Sie wusste ja wirklich von nichts.

Grüßend hob Markus Eichhorn die Hand und folgte seiner Frau mit dem letzten Koffer in die Dachwohnung. Er stieg über die Gepäckstücke hinweg und schaltete den Fernseher ein. »Jetzt kommen Nachrichten aus Norddeutschland«, sagte Markus Eichhorn. »Vielleicht bringen sie etwas über unseren Schiffsbrand. Immerhin – ein Feuer auf hoher See kommt ja nicht alle Tage vor . . .«

Meike Eichhorn hatte sich ein Käsebrötchen gemacht, nahm einen Bissen und lehnte sich an den Korbsessel ihres Mannes.

Die 19.30-Uhr-Nachrichten begannen gerade und die Sprecherin las die Themen der Sendung vor. Nein, kein Schiffsbrand dabei. Schon griff Markus Eichhorn nach der Fernbedienung und wollte abschalten. Da hörte er aus dem Gerät: »Als Erstes zeigen wir Ihnen einen ungewöhnlichen Beitrag. Eine Geschichte aus dem wahren Leben, aber so verrückt, dass wir sie zuerst nicht glauben wollten. Sehen Sie eine Reportage von Sabine Weber und Theo Stein: »Spanier kapert norddeutschen Leuchtturm.«

»Jaja«, murmelte Meike Eichhorn und legte das Brötchen auf den Teller zurück. Sie wischte sich die Hände ab und bückte sich nach der Reisetasche. Ihr stand nicht der Sinn nach verrückten Geschichten. Die Enttäuschung über den unerwarteten Abbruch der Schiffreise hatte sie noch nicht weggesteckt. Der geplante Tanzabend an Bord, das wäre mal eine schöne Abwechslung gewesen. Wehmütig betrachte sie ihr festliches Kleid, bevor sie den Bügel am Türrahmen aufhängte. »Bestimmt wieder so eine aufgebauschte Sache, die an den Haaren herbeigezogen ist.«

Auch Markus Eichhorn beugte sich herunter, um einen Koffer auszuräumen, als er aus den Augenwinkeln ein Paar Oh-

ren auf dem Bildschirm sah. Ohren in Großaufnahme, von einem Tier, überflutet von Licht.
»Meike? Sieh mal.«
Ins Bild kam ein Hinterteil mit schlagendem Schweif, der aussah wie ein Ginsterstrauch. Frau Eichhorn biss von ihrem Brötchen ab.
»Die langen Ohren . . . das ist doch ein Maultier. Interessant.«
Der Vierbeiner klemmte auf einer engen Wendeltreppe fest, zwischen Wand und Geländer. Normalerweise wäre Meike Eichhorn längst stutzig geworden. Aber heute war eine Ausnahmesituation, denn ihr saß noch der Schreck über den Brand in den Knochen.
»Wo das wohl ist?«, rätselte Markus Eichhorn und lehnte sich zurück.
»Sicher Dreharbeiten zu einem Film.« Mit einem Auge behielt Meike Eichhorn den Fernseher im Blick und fuhr fort, Pullover und Schuhe aus ihrer Tasche zu holen. »Die kommen ja auf die unglaublichsten Ideen. Vielleicht ein Tiertrainer, der eine Szene einübt?«
Ein Mädchen tauchte im Bild auf, aber von hinten. Im Gegenlicht erkannte man nur ihre Umrisse. Sie trug Reitsachen und hatte leuchtend blonde Haare.
Markus Eichhorn stutzte. »Könnte fast unsere Klara sein«, sagte er. »Die jungen Mädchen mit ihren langen Haaren sehen sich wirklich zum Verwechseln ähnlich.«
Er stand auf und blieb gleich darauf wie vom Donner gerührt stehen. Über die Mattscheibe flimmerte ein neues Bild. Markus Eichhorn stockte der Atem. Das war doch Lea! Seine

Tochter Lea! Kämpferisch stemmte sie die Hände in die Hüften und warf ihre widerspenstige schwarze Mähne nach hinten.

»Wir rücken Muli nicht heraus«, sagte Lea kess ins Mikrofon.

Markus Eichhorns Augen weiteten sich. »Meike? Da! . . . das ist doch nicht wahr.« Was war mit seiner Stimme los? Seine Frau richtete sich auf und starrte ebenso ungläubig auf den Fernseher. Abwesend biss sie in ihr Brötchen, nein, in das, was sie dafür hielt, aber das war die Schuhbürste.

»Igitt.« Frau Eichhorn würgte und bekam einen Hustenanfall. Sofort war Markus Eichhorn zur Stelle und klopfte ihr den Rücken. Als der Husten nachließ, hatten sie schon wichtige Informationen verpasst. Nur den Rest der Reportage bekamen sie noch mit.

Jette Jacobs, die vor laufender Kamera so locker redete, als sei sie im Fernsehstudio groß geworden. Vor lauter Eifer drehte sie ihre Zöpfchen mit den Fingern. »Vielleicht kann uns ein bestimmter Motorradfahrer helfen«, sagte sie scheinbar harmlos in die Kamera. »Und zwar der Motorradfahrer, der gestern auf dem Friesenhof war und nach unserem Maultier fragte. Er soll sich dringend melden. Oder jemand, der ihn kennt. Er fuhr eine neue schwarze BMW, kam angeblich aus Kiel. Ich beschreibe den Mann kurz. Beim Sprechen rollt er das R . . .«

Dann folgte eine so detaillierte Schilderung von Dirk Linke, dass dieser, hätte er die Sendung gesehen, sofort geflüchtet wäre. Jede Kleinigkeit hatte Jette sich gemerkt. Und mit welchen spitzen Worten sie ihn beschrieb! Man musste schon sehr stumpfsinnig sein, um Jettes Unterton nicht herauszu-

hören. Der sagte: Jede Wette, dass dieser miese Motorrad-Typ hinter dem Gerücht steckt!
In schneller Folge flimmerten danach kurze Bilderfolgen über die Mattscheibe.
Klara auf dem Umlauf des Leuchtturms. Dazu die Sprecherin: »In 20 Metern Höhe macht Klara allen eine lange Nase. An ihr Maultier kommt niemand heran.«
Lea und Jette am Fuße des Leuchtturm. Sie binden einen Strohballen an die Longe. »An zusammengeknoteten Longen zieht Klara Stroh auf den Leuchtturm hinauf. Daraus bereitet sie drinnen ein Lager für das Maultier. Klara rechnet damit, über Nacht im Turm bleiben zu müssen.«
»Klara rechnet damit, über Nacht im Turm bleiben zu müssen.« Wie ein Echo wiederholte Meike Eichhorn den Satz.
Nächstes Bild. Mascha, Jette und Nelly hocken in Schubkarren. Kim befestigt einen Wasserkanister an der Leine, was ein Mann zu verhindern sucht. Der Kanister gerät ins Trudeln, zerbirst an der Mauer des Leuchtturms. Ein Wasserschwall stürzt auf den Mann herab, der sich mit einem Aufschrei duckt. »Der erste Versuch der Wasserversorgung schlug fehl. Einer der Zuschauer bekam eine kalte Dusche ab.«
Entgeistert ließ Meike Eichhorn sich in den nächsten Sessel fallen. Nein, das konnte nicht sein. Sicher träumte sie. Ein Albtraum. »Was ist das hier, Markus? Ein Irrenhaus? Kneif mich, damit ich weiß, dass ich nicht träume . . . Au! Ja!«
Sie rieb sich den Arm, auf dem sich die Abdrücke von zwei Fingern abzeichneten. Unten wurde die Tür zum Treppenaufgang aufgerissen und die aufgeregte Stimme von Kims

Mutter drang nach oben. »Stellen Sie sofort den Fernseher an, Regionalprogramm. Schnell.« Die Tür flog zu.
Auf dem Bildschirm wurde noch einmal Lea gezeigt. »Mama, Papa«, sagte sie direkt in die Kamera. »Falls ihr uns auf dem Schiff sehen könnt, bitte meldet euch. Wir brauchen den Impfausweis von Muli. Und seinen Pferdepass. Ich meine ... seinen Equidenpass, ihr wisst schon. Hier glauben alle, dass Muli die Afrikanische Pferdepest hat, weil er aus Spanien kommt. Und ...«, plötzlich schimmerten Leas Augen feucht. Ihre Stimme drohte zu kippen. »... Wir haben solche Angst, dass sie ihn umbringen.«
Die Reporterin meldete sich noch einmal. »Familie Eichhorn, Sie können sich auch über Internet beim Norddeutschen Rundfunk melden. Falls das für Sie einfacher ist. Wir geben Ihre Nachricht sofort weiter. Das war Sabine Weber live vom Leuchtturm in Westerbüll.«
Die halb leeren Taschen blieben stehen und Meike und Markus Eichhorn stürzten die Treppe hinunter, direkt in die Arme von Kims Mutter. Sie hatte die Reportage ebenfalls im Fernsehen verfolgt.
»Ich wusste von nichts.« Kreidebleich lehnte sie sich an die Wand im Flur. »Sie müssen ja einen schrecklichen Eindruck von mir haben. Nicht mal einen einzigen Tag kann ich auf die Mädchen aufpassen.«
Im Vorbeieilen drückte Meike Eichhorn ihr tröstend die Hände. »Ach was. In ein Laufgitter können Sie die Mädchen ja schlecht einsperren, sind ja keine Babys mehr. Wir fahren sofort zum Leuchtturm und klären die Sache.«
Sie hasteten durchs Wartezimmer in die Tierarzt-Praxis.

Weg mit den Büchern aus dem Regal. Mit beiden Händen griff Markus Eichhorn sich die schweren Nachschlagewerke und stapelte sie achtlos auf dem Boden. Endlich der Safe! Er schüttelte den Tresorschlüssel aus dem Schlüsselbund und öffnete die Tür. »Einmal schließt man ab und ausgerechnet dann passiert etwas.«

Markus Eichhorn nahm einen Stoß wichtiger Papiere aus dem Tresor und durchflog sie. »Irgendetwas geht hier nicht mit rechten Dingen zu«, sagte er, als er hastig Mappe für Mappe durchblätterte. »Wer kennt schon die Afrikanische Pferdepest? Wer zum Teufel weiß, dass Pferde, Esel und Maultiere aus Spanien geimpft sein müssen, damit sie überhaupt über die Grenze dürfen? Seltsam, dass dieses böse Gerücht genau dann verbreitet wird, wenn wir weg sind. Und so kurz vor dem wichtigen Turnier.«

Seiner Frau ging es nicht schnell genug. Ungeduldig nahm sie ihrem Mann einen Haufen Unterlagen aus der Hand und sah sie durch. »Darum kümmern wir uns später. Jetzt müssen wir erst mal unsere Gefangenen aus dem Leuchtturm befreien.«

Frau Eichhorn war schwindelig. In ihrem Kopf überschlugen sich die Gedanken. Wie dramatisch musste die Sache auf die Mädchen gewirkt haben! So wie sie Klara kannte, hatte die sich bis ins Detail über die Krankheit informiert. Dann wusste sie auch, dass die Behörden bei Verdacht auf Pferdepest kein Erbarmen kennen. Und verdächtige Pferde notfalls umbringen. Welche Wellen der Verdacht in Westerbüll geschlagen hatte, sah man ja im Fernsehen! Ohne Grund schickte der NDR kein Kamerateam los. Wer kam nur darauf, solche

Lügen über das Maultier zu verbreiten? Das nutzte doch keinem!

»Na endlich.« Markus Eichhorn stieß einen tiefen Seufzer aus und hielt zwei Ausweise von Muli hoch.

Da waren die Papiere! Nur ein paar bedruckte Seiten, ein paar Stempel, ein paar Eintragungen. Wie viel Aufregung wäre dem Friesenhof erspart geblieben, hätte man diese Ausweise eher in der Hand gehabt.

»Alles da«, stellte Herr Eichhorn fest. »Nur eins verstehe ich nicht. Hat denn keiner das Brandzeichen auf Mulis Schulter gesehen? Das Kreuz? Dann wäre die Sache schnell vom Tisch gewesen.«

Achselzuckend steckte Frau Eichhorn die Ausweise in ihre Tasche und stieg über den Bücherturm hinweg. »Wer weiß schon, was das Kreuzchen bedeutet? Dass Tiere mit diesem Brandzeichen gegen Afrikanische Pferdepest geimpft sind? In Deutschland ist das doch total unbekannt. Selbst bei Tierärzten.«

Sie schloss die Sprechzimmertür ab, als sie die Praxis verließen. »Ehrlich gesagt: Hätten wir uns damals beim Kauf von Muli nicht schlaugemacht, könnten wir auch nichts mit diesem Brandzeichen anfangen.«

Ihr Mann nickte. »Stimmt. Zu dumm, dass wir nie mit den Mädchen darüber gesprochen haben. War bisher ja nicht nötig.«

»Hast recht. Jetzt aber los.«

Inzwischen hatte Kims Mutter zwei Espresso fertig, die beide Eichhorns im Stehen hinunterkippten, bevor sie das Haus verließen. Eine Minute später rollte ihr Geländewagen vom Hof.

Jede Sturmflut war ein lahmes Ereignis im Vergleich zu dem Aufruhr, der kurz danach auf dem Deich ausbrach. Als Meike und Markus Eichhorn die Treppe hinaufstürmten, gab es ein Riesenhallo.

»Entwarnung!«, rief Markus Eichhorn außer Atem und wedelte mit den Ausweisen. »Hier sind alle Papiere von Muli!«

»Mama! Papa!« Mit einem Aufschrei stürzte Lea ihren Eltern entgegen und fiel ihnen schluchzend um den Hals. Die aufgeheizte Stimmung schlug in ausgelassene Freude um. Wildfremde Menschen lagen sich plötzlich in den Armen. Nelly umarmte sogar Hanno Ohlsen. Der Vorsitzende des Reitervereins Westerbüll war wohl der glücklichste Mensch unterm Leuchtturm. Wenn nicht sogar von der gesamten Nordseeküste.

Verstohlen wischte der erschöpfte Mann sich über die Augen, als er Mulis Papiere in der Hand hielt. Sein Turnier war gerettet. Schwarz auf weiß stand da, dass Muli gegen die Afrikanische Pferdepest geimpft war. Jetzt erst merkte Hanno Ohlsen, wie sehr dieser Tag ihn geschafft hatte. Er wollte nur noch eins – nach Hause und Ruhe haben. Im Gehen stützte er seine Hände schwer auf Markus Eichhorns Schultern.

»Doktor, deine Töchter haben mich fix und fertig gemacht. Na, wir sprechen morgen darüber. Jetzt muss ich etliche Turnierreiter anrufen.« Er warf seine Jacke über und schüttelte den Kopf.

»Wenn ich nur wüsste, wer uns das alles eingebrockt hat. Wir melden uns gegenseitig, wenn wir etwas herausbekommen, ja?«

»Papa, komm doch endlich.« Aus der Türöffnung gellte Klaras Stimme.
»Klara! Ihr macht Sachen«, rief Herr Eichhorn seiner Tochter zu. Sie lief ihm entgegen und flog ihm um den Hals. Liebevoll fuhr er ihr durchs Haar. »Wir haben alles aus dem Fernsehen erfahren. Keine Panik, natürlich haben wir Mulis Impfausweis.«
Dann konnte er seine Neugier nicht länger zügeln und drückte sich an Klara vorbei in den Leuchtturm. »Wo hast du Muli versteckt?« Er peilte nach oben. »Der Leuchtturm als Isolierstation. Ich muss schon sagen, das hätte ich mir nicht besser ausdenken können.«
Klara stieg die Rampe empor und zog ihren Vater an der Hand hinter sich her. »Konntet ihr einfach auf hoher See umkehren?«, fragte sie verwundert.
»Nein, wir mussten sowieso zurück, Feuer an Bord. Erzähle ich später. Na, das nenne ich ein gemütliches Muli-Nest.«
Die letzten Worte galten dem Maultier, das ihm aus dem frischen Stroh schläfrig entgegenblickte. »Komm mit Muli, du bist frei.«
Muli grunzte etwas Unverständliches, trottete aber gleich bereitwillig mit steifen Beinen hinterher.
Unten legte Klara ihm das Zaumzeug an, und als sie mit Muli über die Schwelle trat, brach lautes Siegesgeschrei auf dem Deich aus.
Im Triumphzug führten sie Muli nach Hause. Sein Sattel wurde in den Wagen geladen.
»Damit eins klar ist«, sagte Herr Eichhorn, bevor er den Mo-

tor startete. »Morgen trefft ihr euch alle im Leuchtturm zum Ausmisten.«

Als die Prozession auf dem Friesenhof Einzug hielt, hatte Markus Eichhorn bereits Traberwallach Tipo auf die Weide gebracht und winkte Klara nach hinten durch. »Bring Muli gleich zu Tipo auf die Koppel. Muli muss sich richtig bewegen. Leuchttürme . . .«, er zwinkerte Klara zu, »sind nämlich nicht der natürliche Lebenssraum von Maultieren.«

Stunden später wuselten sie alle noch im Haus herum, räumten Sachen weg und erzählten immer wieder Bruchstücke des aufregenden Tages, der hinter ihnen lag – vom Motorradfahrer, vom Strohtransport, vom verunglückten Eimer mit den Pferdeäpfeln. Inzwischen war auch Niels dazugekommen und steuerte ein paar Anekdoten vom Fernsehteam bei.

Sosehr sich anfangs alle über den unbekannten Lügner aufregten – nach einiger Zeit überwog doch die Erleichterung über Mulis Rettung. Dann klingelte das Telefon und die Aufregung begann aufs Neue.

»Du bist es, Hanno Ohlsen«, sagte Markus Eichhorn und stellte auf Mithören. Sofort scharte sich die ganze Clique um den Apparat im Flur. Ohlsens Stimme bebte. Er brüllte fast, als er von der Geschichte berichtete, die er gerade gehört hatte.

Zwei junge Reiterinnen vom Reiterverein Bixholm hatten sich beim Fernsehsender gemeldet. Sie erinnerten sich an einen Vorfall vom Juli. Fast hatten die Mädchen die Begebenheit vergessen, doch nach dem Fernsehbericht über die Pferdepest rückte sie ihnen schlagartig wieder ins Gedächt-

nis. Sie hatten Dirk Linke aus Jettes Beschreibung erkannt, den letzten Zweifel beseitigte das rollende R.
Was war geschehen? Linke hatte die Freundinnen angebaggert. Obwohl sie ihm die kalte Schulter zeigten, versuchte er es hartnäckig weiter. Er hielt sich für unwiderstehlich, gab mächtig mit seinem teuren Motorrad und anderen Sachen an. Als er damit auf Granit stieß, prahlte Linke, dass er bald ein super Reitturnier mit Topreitern nach Bixholm holen würde. Linke machte rätselhafte Andeutungen über seltene Seuchen, die überraschend im Umkreis ausbrechen könnten, zum Beispiel die Pferdepest. Dieses Wort war gefallen, daran erinnerten sich die Mädchen genau. Damals konnten sie nichts damit anfangen, vergaßen es wieder. Erst heute, als sie den Fernsehfilm über das Maultier und die Seuchengefahr sahen, wurde ihnen einiges klar. Dirk Linke hatte die Pferdepest-Lüge offenbar gezielt verbreitet, um die Reiter nach Bixholm »umzuleiten«.
»Damit ist er praktisch überführt«, schimpfte Hanno Ohlsen durchs Telefon. »Immerhin stehen die beiden Aussagen der Mädchen gegen seine.«
»Kommt er ins Gefängnis?«, wollte Lea aufgeregt wissen, als ihr Vater aufgelegt hatte.
»Ärger kriegt er auf jeden Fall«, gab Markus Eichhorn zurück. »Die Mädchen sagen ja, dass Dirk Linke lange geplant hatte, das Gerücht über die Afrikanische Pferdepest zu streuen.« Er nickte grimmig. »Zum Glück gibt es das Gericht der Reiterlichen Vereinigung. Mir fallen auf Anhieb mindestens drei schwere Verstöße gegen die Bestimmungen ein,

die sich Linke hatte zuschulden kommen lassen. Die Richter werden ihm die Hammelbeine lang ziehen.«

»Hoffentlich. Dieses Ekelpaket muss ordentlich bestraft werden, Papa«, sagte Klara.

»Ja, damit muss Linke rechnen. Auf solche heimtückischen Sachen stehen hohe Geldbußen. Außerdem wird der Mann sicher nie wieder ein Turnier veranstalten dürfen. Weder in Bixholm noch anderswo.«

»Dabei dachte dieser Typ, er ist der Oberschlaue«, sagte Jette und breitete zufrieden die Arme aus. »Und jetzt habe ich Hunger. Ist noch was da, Frau Eichhorn?«

»Und ob. Aber lasst uns vorher rasch einen Blick auf die Weide werfen«, schlug Meike Eichhorn vor und öffnete die Tür zum Garten. »Ich habe so ein dummes Gefühl. Bei Muli weiß man nie.«

Aufgedreht durchquerten sie den Garten zur Weide. »Jette hatte mal wieder den richtigen Riecher«, stellte Klara fest. »Sie hat diesem Dirk Linke sofort misstraut.«

Mit gespielter Bescheidenheit wies Jette das Lob von sich. In Wahrheit fühlte sie sich sehr geschmeichelt. »Aber einer war noch schneller als ich, was das Entlarven angeht. Magic! Der hat Linke gleich einen Stoß versetzt. Nicht einmal Lea ist das aufgefallen«, fügte Jette stolz hinzu.

»Stimmt«, gab Lea kleinlaut zu und hopste auf den Weidezaun. »Ich war wirklich wie vernagelt. Passiert mir garantiert nie wieder.«

Die rötliche Dämmerung war blauer Nacht gewichen. Richtig dunkel wurde es jedoch nicht. Wie immer an klaren Sommertagen lag ein silberner Dunst über dem Friesenhof. Die

Blicke schweiften über die stille Koppel, die in tiefem Frieden lag. Mit rührendem Eifer trabte Tipo um Muli herum. Als wollte er ihn behüten wie ein Schäferhund seine Herde.
»Kommt rüber.« Das war Kims Mutter von der Terrasse. »Ich habe Apfelsaft-Bowle gemacht. Zur Feier des Tages.«
Ausgelassen rannte die Horde zum Friesenhaus und stürzte sich auf die Terrassenstühle. Thema Nr. 1 blieb an diesem Abend natürlich der Fiesling Dirk Linke.
»Und den fand ich so cool«, seufzte Kim, während sie Paprikachips knabberte. »Ich muss wohl Stroh im Kopf gehabt haben. Oder Pferdeäpfel auf den Augen.«
»Besser kann man es nicht ausdrücken«, frozzelte Jette.
Lachend hielt Markus Eichhorn Kim sein Glas zum Anstoßen hin. »Nimm's leicht, Kim. Selbst der größte Mistkerl hat ein paar nette Seiten. Keiner ist durch und durch schlecht.«
»Sie meinen, ich bin kein hoffnungsloser Fall?«
Leise klingend, schlugen die Gläser aneinander. Plötzlich hielt der Tierarzt inne und fuhr herum. Ein Schatten huschte an der Terrassen-Mauer vorbei und verhaltenes Hufgetrappel entfernte sich Richtung Leuchtturmweg. Auf der Weide stieß Tipo ein suchendes Wiehern aus.
Markus Eichhorn seufzte tief. »Nein, Kim, du bist kein hoffnungsloser Fall. Du nicht. Aber unser Muli! Der Kerl ist schon wieder unterwegs zum Leuchtturm, scheint mir.«
Bei seinen letzten Worten fegte Klara bereits um den Tisch und lief zur Gartenpforte. »Muli-Jäger Klara meldet sich ab zum Einsatz.«
Niels sprang auf. »Ich komme mit.«
Mit einer sportlichen Flanke setzte er über die Mauer und

rannte hinter Klara her. Im Gegenlicht einer entfernten Laterne zeichneten die zwei sich vor dem Abendhimmel ab. Zweifellos rechnete Niels nicht damit, dass die ganze Terrasse zusah, als er seinen Arm um Klara legte und sie an sich zog.

»Hilfe!«, stöhnte Lea und verdrehte die Augen. »Noch zwei hoffnungslose Fälle.«